AF214749

Lisa-Marie Hartung

Wer will schon einen Dschinn?

www.tredition.de

© 2015 Lisa-Marie Hartung

Verlag: tredition GmbH, Hamburg

ISBN
Paperback: 978-3-7323-6656-9
Hardcover: 978-3-7323-6657-6
e-Book: 978-3-7323-6658-3

Printed in Germany

Prolog

Er beobachtete sie. Sie schlief und war sich nicht bewusst, dass er da war. Im Schlaf bewegte sie sich leicht und drückte ihr Kissen enger an sich. Sie sah sehr jung aus, wenn sie dies tat. Ihre roten Locken fielen ihr in die Stirn und verdeckten fast komplett ihr Gesicht.

Im Schlaf leicht seufzend drehte sie sich von ihm weg. Dabei fiel eines ihrer geschätzten drei Dutzend Kissen auf den Boden und zwei weitere folgten.

Ihm war es unbegreiflich, wie man mit so vielen Kissen im Bett überhaupt eine geeignete Schlafposition finden konnte, um auch nur annähernd schlafen zu können.

Mit zusammen gezogenen Augenbrauen und leicht gerunzelter Stirn sah er sich in ihrem restlichen Zimmer um. Es war, wie die Menschen es sagten, ein einziger riesiger Saustall.

Ihr Schreibtisch war nicht als solcher zu erkennen, da sich Bücher, Blöcke, loses Papier, Stifte und reichlich Krimskrams darauf stapelten und bedrohlich über den Rand ragten.

Überall auf dem Boden lagen Zettel verstreut, die von einzelnen Kleidungstücken und Schuhen bedeckt wurden.

In einer Ecke, neben einer großen Stereoanlange, lagen haufenweise CDs verstreut.

Stirnrunzelnd las er die Titel, konnte damit aber nichts anfangen.

Auf dem Bücherregal daneben stapelten sich nicht nur Bücher, sondern auch Hefter und noch mehr Papier.

Ihm war unklar, wie man sich in so einer Unordnung wohlfühlen konnte. Finden würde sie hier garantiert niemals das, was sie wirklich suchte und wenn doch, dann erst nach langem suchen.

Kopfschüttelnd sah er zum Fenster. Die Sonne ging schon langsam auf. Er musste sich langsam auf den Weg machen. Auf ihn warteten noch einige Sitzungen, an denen er teilnehmen sollte.

Mit einem letzten Blick auf seine Verlobte löste er sich auf und verschwand wie er gekommen war, durch das Fenster, das einen kleinen Spaltbreit offen stand.

Kapitel 1

Kayla stellte den Wecker auf Schlummer und vergrub sich wieder in ihren Decken. Dort war es einfach zu warm und gemütlich um jetzt schon aufzustehen. Aber so war es jeden Morgen. Deswegen kam sie auch öfters mal zu spät.

So war es auch heute. In aller Eile stopfte sie Hefter, Bücher und Zettel in ihre Tasche. Sie hatte gestern Abend noch für einen Test gelernt, deswegen hatte sie ausnahmsweise keine Probleme, ihre Sachen zu finden, weil sie noch wusste, wo sie sie am Abend zuvor hingelegt hatte. Ihren Eltern begegnete sie nicht. Die mussten wahrscheinlich erst wieder ihren Rausch ausschlafen, bevor sie sich wieder an die Gurgel gingen.

Da rannte sie auch schon aus dem Haus und verpasste den Bus. Knapp wohlgemerkt. Er bog gerade um die Ecke, als sie die Haltestelle erreichte.

Verdammt!

Also musste sie mal wieder laufen, obwohl es rennen eher traf. Dementsprechend außer Atem kam sie an der Schule an. Dort stopfte sie noch ein paar Sachen aus ihrem Spind in ihre Tasche, die sie heute sicher noch brauchen konnte. Den Stundenplan hatte sie immer noch nicht im Kopf.

Nur wenige Sekunden vor dem Lehrer schlüpfte sie in die Klasse. Ihre beste Freundin Kim wartete schon ungeduldig auf sie.

„Wieder verschlafen?", frage sie sie, während sie ihr einen kleinen Spiegel und einen Haargummi reichte, mit dem sie versuchte ihre widerspenstige Mähne zu bändigen.

„Wie immer."

Kopfschüttelnd steckte sie ihren Spiegel wieder ein.

„Mensch, der Helmke kriegt noch nen Herzinfarkt, wenn du noch mal zu spät kommst."

Tja, da hatte sie Recht.

„Ich weiß, morgen stehe ich früher auf, versprochen."

Ihr Lehrer bat um Ruhe und alle wandten sich nach vorne.

„Das sagst du immer", flüsterte Kim ihr zu.
Leider hatte sie auch damit Recht.

Nach der Schule schlenderte sie versonnen durch die Straßen. In ihrer Tasche hatte sie einen Elternbrief, dessen Unterschrift sie wohl mal wieder fälschen musste.
Es war nicht so, dass sie ihren Eltern ihn nicht zeigen wollte, nur waren sie meist zu betrunken, als dass sie überhaupt mitbekamen, dass sie sie ansprach.
Dies war nicht immer so gewesen. Vor einem Jahr noch waren sie eine glückliche Familie gewesen, wie aus dem Bilderbuch. Doch dann hatte ihre Mutter eine Fehlgeburt erlitten. Das hatte sie nicht verkraftet. Nach den anfänglichen Depressionen war sie zunehmend gereizt geworden und hatte zum Schluss beschlossen, ihre Trauer wegzutrinken. Ihr Vater war das Problem ganz ähnlich angegangen. Er hatte es nicht ertragen seine Frau so zu sehen und hatte angefangen zu spielen. Dazu kam seine ansteigende Gewalttätigkeit. Nicht zu ihr und ihrer Mutter, sondern zu anderen. Schon oft hatte er eine Klage wegen Körperverletzung am Hals gehabt. Auch er hatte schließlich angefangen zu trinken.
Mit Absicht trödelte sie herum und schaute auch in die Schaufenster, die sie gar nicht interessierten. Doch schließlich kam sie zu Hause an. Innerlich seufzend, schloss sie die Tür auf. Warum nur war ihr Leben so kompliziert?
Die Tür hinter sich zu schlagen lassend, wandte sie sich gleich zur Treppe, um in ihrem Zimmer verschwinden zu können.
„Bin wieder da!", als würden sie das überhaupt zur Kenntnis nehmen, wahrscheinlich waren sie schon wieder hacke dicht. Aber sie sagte es trotzdem immer, wenn sie kam, aus Gewohnheit.
Kayla war schon die halbe Treppe hoch, als sie die Stimmer ihrer Mutter hörte. Komischerweise klang sie kein bisschen betrunken. Das hätte sie eigentlich stutzig machen müssen.

Nach der ersten Besprechung heute Morgen, hatten seine Eltern ihm mitgeteilt, dass er heute seine Verlobte besuchen werde und sie offiziell als diese anerkennen würde und sie somit bei ihnen einziehen würde.

Schon eine halbe Stunde später saß er in einem kleinen verwahrlosten Wohnzimmer auf einem verrotteten, abgewetzten Sofa, das definitiv durchgesessen war. Seine Eltern sahen angewidert aus und wollten dies anscheinend auch nicht verbergen. Die Eltern seiner Verlobten saßen ihnen gegenüber und ihnen schien das ganze entsetzlich peinlich zu sein.

Seine Mutter betrachtete ungeniert die Einrichtung und rümpfte immer wieder angewidert die Nase. Sein Vater besprach gerade die nächsten Schritte mit ihren Gastgebern. Diese schienen ihn nicht ganz zu verstehen, nickten aber synchron, als verständen sie alles.

Was für eine Farce.

Gerade, als es ihm zu dumm wurde, hörten sie einen Schlüssel im Schloss schaben. Endlich war sie da. Gespannt sahen sie alle zur Tür.

Seine Verlobte allerdings ließ sich gar nicht blicken. Erst durch den Ruf ihrer sichtlich nervösen Mutter, kam sie ins Zimmer und wirkte sehr überrascht.

Zum ersten Mal sah er sie nicht schlafend, sondern wach und aufrecht stehend. Sie hatte dunkelrote Haare, die ihr Gesicht umrahmten. Diese dunkle Farbe hob ihre umso helleren, türkisen Augen hervor. Es war ein strahlendes, lebendiges Blau mit mitternachtsblauen Sprenkeln.

Sie war zwar kein Strich in der Landschaft, hatte aber eine gute Figur. Über einem schlichten schwarzen Tang Top hatte sie eine rot karierte Bluse vor dem Bauch zusammengebunden. Ihre Beine steckten in hellblauen Shorts, die für seinen Geschmack etwas zu kurz waren. Ihre Füße steckten in modernen Sandalen mit Nieten.

Diese schien sie sehr zu mögen, denn überall an ihr waren Nieten zusehen, an ihren Handgelenken als lederne Armbänder, um ihren Hals und auch an ihrer Schultasche, die offen an ihr herabhing. Darin konnte er dasselbe Chaos, wie in ihrem Zimmer ausmachen.

Verblüffen ließ ihren Mund leicht offen stehen. Aus den Augenwinkeln sah er, dass die Blicke seiner Eltern prüfend an ihr hoch und runter glitten. Mehrfach blinzelnd, riss sie sich zusammen und räusperte sich unsicher.

„Guten Tag."

Ihre Stimme war sanft und ruhig. Sie schlug ihn sofort in ihren Bann. Seine Eltern hingegen schienen wenig begeistert zu sein. Sie beendeten ihre Musterung und waren recht kühl.

Sie begrüßten sie pflichtbewusst und klärten sie über die jetzige Situation auf. Während ihrer kleinen Ansprache, rutschte ihr die Tasche von der Schulter. Sie ließ sie einfach liegen und hielt sich an einem Stuhl in ihrer Nähe fest.

Sie wurde sehr blass und verärgert stellte er fest, dass ihr die Situation zu missfallen schien.

„Die Tatsache, dass du ein halber Dschinn bist, wird jedoch keine Auswirkungen auf dich haben, da diese Seite nur sehr schwach ausgeprägt ist", klärte sein Vater sie auf. „Und das ist dein Verlobter, Kirian Cajus Alucar", fügte seine Mutter hinzu.

Aha, sie waren schon bei der offiziellen Vorstellung.

Pflichtbewusst erhob er sich und drückte ihr einen Kuss auf die Hand, welche recht kalt war.

„Es ist mir eine Ehre dich kennen zu lernen."

Er lächelte sie liebevoll an und fragte sich insgeheim, wie lange er wohl noch in diesem Loch von einem Wohnzimmer bleiben musste.

Nicht mehr lange, wie sich herausstellte. Nachdem sie ihr die wichtigsten Termine und Fakten genannt hatten, verabschiedeten sie sich und gingen.

Er hätte es auch keine Sekunde länger in dieser Bruchbude ausgehalten. Auf dem Heimweg unterhielten sie sich über Kayla. Kayla Marie Jones.

Ein interessanter Name.

„Sie schien sehr schlicht und naiv zu sein."

Sein Vater stimmte seiner Mutter zu.

„Na ja, aber es geht ja auch nur darum, den Pakt einzuhalten, mehr nicht."

„Zum Glück."

Seine Mutter schien aufrichtig erleichtert, er auch, wenn er ehrlich war.

Zu Hause setzte er sich ins Wohnzimmer und schaute sich die Nachrichten an. Dabei ging ihm der Gesichtsausdruck von Kayla nicht mehr aus dem Kopf. Sie hatte so hilflos und verletzlich gewirkt.

Kopfschüttelnd ging er in sein Zimmer und setzte sich an seinen Schreibtisch.

Kapitel 2

Es war einmal ein mächtiger Dschinn, dem ein Menschenmädchen versprochen wurde, ..."
Diese Geschichte hatte sie sich in ihrer Kindheit mehr als nur einmal anhören müssen.
Doch Kayla wäre nie auf den Gedanken gekommen, dass sie stimmte, und zwar bis auf das letzte klitzekleine, beschissene Komma!
Wütend starrte sie auf die Leinwand vor ihr. Die Farben waren wahllos auf ihr verteilt und ergaben keinen Sinn, nicht einmal für sie selbst, obwohl sie es doch gemalt hatte.
Wütend warf sie den Pinsel in den Wassereimer und stapfte aus dem Zimmer. Heute war der Tag ihres Umzugs. Da sie ja jetzt die Verlobte von Kirian irgendetwas Wichtiges war, sollte sie natürlich bei ihm wohnen, warum auch nicht?
Sauer kickte sie die verstreuten Sachen auf ihrem Boden durchs Zimmer. Es hatte doch alles keinen Sinn.
Kurzentschlossen schnappte sie sich ihren I-Pot und ging eine Runde Joggen. Besser, als ihr Zimmer zu verwüsten, war dies allemal.
Während sie ihre übliche Strecke lief, dachte sie über das Gespräch mit ihren Eltern nach, das sie nach dem Auftauchen der Dschinns gehabt hatte.
Sie hatten ihr erklärt, dass sie selbst halb Dschinn sei. Das käme daher, dass ihre Mutter vor ihrem Vater, schon mit einem anderen Mann zusammen war, welcher ein Dschinn war.
Das erste wusste sie bereits, sie hatten nie ein Geheimnis daraus gemacht, dass sie nicht die leibliche Tochter ihres Vaters war. Das letztere war ihr fremd. Dschinn, würde sie sich ab sofort in Luft auflösen, wenn sie wütend wurde, oder was?
Auf jeden Fall gab es da so eine Prophezeiung, die besagte, dass der jüngste Sohn aus dem Hause was auch immer, das

Halbblut zur Frau nehmen sollte, damit ein Pakt weiter existieren konnte, der vor Millionen vor Jahren geschlossen worden war.

Und sie war dieses Halbblut, weil sie der erste Mischling seit dem Beschluss des Pakts war.

Toll, nicht?

Auf jeden Fall sollte sie jetzt bei ihm einziehen. Extra dafür, räumten seine Eltern das Landhaus und zogen in eine nicht allzu weit entfernte Stadt, ins Herrenhaus.

Sie sollte über all dies strengstes Stillschweigen bewahren, aber sie hatte es Kim trotzdem gleich erzählt.

Die fand das alles sehr spannend, konnte ihre Situation aber auch verstehen und bot ihr an, bei ihr zu schlafen, wenn sie es bei Kirian nicht aushielt.

Das würde sie auch auf alle Fälle tun, und wenn er an die Decke ging.

Zu ihrer üblichen Route machte sie noch einen Abstecher in den Park und setzte sich auf eine Bank, um kurz zu verschnaufen. Da kam eine SMS von Kim.

Soll ich beim Umzug helfen?

Kayla schmunzelte. Kim, wie eh und je. Hilfsbereit wo sie nur konnte.

Nein, lieber nicht. Wer weiß, was sie noch vorhaben.

Die Antwort kam sofort.

Viel Glück, schreib wenn du fertig bist.

Klar.

Nachdem sie ihre Mailbox überprüft hatte, steckte sie das Handy weg und machte sich wieder auf den Rückweg.

Dort wartete schon ihr Verlobter mit seinen Eltern, die sie geringschätzig musterten.

Kayla spürte Wut in sich aufkommen, unterdrückte diese aber.

Sein Aussehen verschlug ihr wieder den Atem. Bei ihrer letzten Begegnung hatte er schon unglaublich gut ausgesehen aber im Sonnenschein sah er noch besser aus.

Er hatte dunkle, wunderschöne braune Augen, die von dichten Wimpern umrahmt wurden. Dazu hohe Wangenknochen und ein markantes Kinn. Sein Gesicht wurde von rabenschwarzem, glänzendem Haar umrahmt, das modisch frisiert war. Er war ziemlich groß und hatte breite Schultern.
Heute trug er normale Jeans und ein lockeres T-Shirt, unter einem schwarzen Hemd. Obwohl er so schlichte Klamotten trug, sah er unglaublich elegant aus.
Was sie, wie sie seinem verdrießlichen Blick zu folgen nicht war.
Aber zu ihrer Verteidigung musste man sagen, dass sie gerade vom Joggen kam.
Ein stummes Stoßgebet ausstoßend, zog sie sich die Kopfhörer aus den Ohren und stellte sich den drei Besuchern.

Verrückt, völlig verrückt. Die drei hatten ihr Haus in Beschlag genommen und würden es so schnell nicht mehr verlassen, so viel stand fest.
Eine viertel Stunde nach ihrem Eintreffen, waren mindestens ein Dutzend Angestellte gekommen, welche jetzt damit beschäftigt waren, ihre Habseligkeiten in Kisten zu verstauen und in einen Transporter zu laden.
„Eh, seien sie vorsichtig damit, das ist noch feucht!", rief sie einem Mann zu, der ihr jüngstes Bild gerade aus ihrem Mal-Raum, wie sie ihn nannte, brachte.
Dieser nickte nur, ohne etwas an seiner Tragweise zu verändern.
Wütend entwand sie ihm die Leinwand und brachte sie vor dem Haus in Sicherheit.
„Kunstbanausen", schimpfte sie dabei vor sich hin.
„Was ist das?"
Die Stimme ließ sie herumwirbeln und in dunkle Augen blicken.
Kirian musterte das Bild skeptisch, welches sie gerade an die Hauswand gelehnt hatte.

„Ein Bild", war das einzige, was ihr dazu einfiel. Er bedachte sie mit einer hochgezogenen Augenbraue.

Ja, ja Herr von und zu ich weiß alles.

Och!

„Ich meinte, was soll es darstellen?"

Ach nee.

„So fragt man nicht. Es soll nämlich kein Motiv darstellen. Es ist eher ein Gefühl, das man auf die Leinwand bring. Man stellt sich davor und lässt das Bild wirken. Was dabei herauskommt, ist unterschiedlich, je nach dem in welcher Stimmung man gerade ist."

Ihre Erklärung schien ihn nur noch mehr zu verwirren. Seufzend schob sie ihn so, dass er das Bild genau sehen konnte.

„So und jetzt siehst du es dir an, ohne zu denken."

Er schaute sie skeptisch an, doch sie nickte nur zur dem Bild hin. Nachdem er es eine Weile betrachtet hatte und immer noch nichts gesagt hatte, half sie ihm ein bisschen auf die Sprünge.

„Was fühlst du, wenn du es dir ansiehst? Was drücken die Farben und Formen aus?"

Es schwieg eine Weile und sie war sich schon sicher, dass er es nicht verstanden hatte.

„Trauer", sagte er schließlich. Verwirrt sah er zu ihr hin.

„Das Bild drückt Trauer aus."

Sie nickte nur. Er hatte Recht. Es war das Bild, welches ihr vorhin nicht gelungen war, aber jetzt sah sie, dass es sehr wohl gelungen war. Es drückte eine tiefe Trauer aus und wenn man genauer hinsah auch Zorn.

In Kirians Augen sah sie, dass er gleich eine Frage stellen würde, die sie nicht beantworten wollte. Deswegen konzentrierte sie sich wieder auf das Geschehen um sie herum.

„Hey, Vorsicht! Das war teuer!"

Da trug doch so ein Idiot ihre sau teure Staffelei wie einen Basketball unterm Arm!

Wutschnaubend rannte sie auf ihn zu und nahm sie ihm ab.

Er sah ihr hinterher und wusste nicht, was er denken sollte. Zuerst hatte er das Bild für wahrloses Gekritzel gehalten, aber jetzt ergab es einen Sinn.

Aus den Augenwinkeln konnte er sehen, dass seine Eltern ihn beobachteten.

Schnell wandte er sich ab und widmete sich anderen Dingen.

Zähneknirschend betrachtete er seine Verlobte. Sie saß zusammen mit ihnen im Auto. Sie waren gerade auf dem Weg zu ihm nach Hause.

Sie hatte sich wortlos ihre Kopfhörer in die Ohren gesteckt und schaute schon die ganze Fahrt über aus dem Fenster.

Als gäbe es dort etwas zu sehen!

Er biss sich auf die Zunge um sich daran zu hindern, sie anzuherrschen. Sie war seine Verlobte, verdammt! Da konnte er doch wenigstens etwas Benehmen und Anstand verlangen, oder nicht?

Er war heilfroh, als sie endlich anhielten und er aussteigen konnte.

Grimmig beobachtete er ihr Mienenspiel, als sie das Haus sah, in dem sie nun leben würde.

Es war ein großes Haus, mit verglaster Ostseite und im modernen Stil gebaut. Für ihn war es nichts Besonderes aber wenn man dies hier mit ihrer Wohnung verglich, konnte einem ruhig schon einmal der Mund offen stehen.

Kopfschüttelnd schloss er die Haustür auf und ging sofort in sein Zimmer. Er war zu gereizt, als sich jetzt mit ihr zu befassen. Seine Eltern konnten ihr alles erklären, aber er nicht. Er hatte wichtigere Verpflichtungen.

Kapitel 3

Wichtigere Verpflichtungen! Grimmig schaute sie die Tür an, die eben von Kirians Eltern geschlossen worden war. Sie hatten ihr kurz und knapp alles erklärt und waren dann mit dem Kommentar gegangen, dass ihr Verlobter wichtigere Verpflichtungen hatte, als sich mit ihr zu befassen.

Sauer stapfte sie jetzt durch das Haus und inspizierte die Zimmer. Um Kirians machte sie absichtlich einen großen Bogen. Wie es aussah, gab es eine große, sehr moderne Küche, ein riesiges Wohnzimmer, ein nicht minderkleines Esszimmer und ein Bad im Erdgeschoss. Die schmiedeeiserne Treppe hinauf gab es sein Zimmer, ihr Zimmer (das stellte sich heraus, als sie die Kisten darin stehen sah) und noch zwei Gästezimmer, jedes mit einem eigenen kleinen Bad versehen. Dazu noch sein Arbeitszimmer, so wie ihres. Wozu sie ihr Arbeitszimmer nutzen konnte, war ihr sofort klar. Dann gab es noch den Dachboden, aber den wollte sie nicht genauer unter die Lupe nehmen.

Kayla bewaffnete sich mit Folie und Klebeband und machte sich daran ihr „Arbeitszimmer" zu präparieren.

Sie klebte alle Wände mit der Folie ab, sowie die Fenster und die Tür. Ihre Stereoanlage ebenfalls. Danach stellte sie ihre Staffelei auf. Daneben den kleinen Beistelltisch. An der Wand zur Tür hin, hängte sie ihre Regale mit den Farben auf und brachte Halterungen für ihre Pinsel an. Sie schlug gerade noch einen Nagel für ihre Paletten in die Wand, als die Tür aufgerissen wurde und Kirian wutschnaubend vor ihr stand.

„Was zur Hölle treibst du da?"

Was dachte er denn, was sie machte? Leichen zerstückeln? Mit einer weit ausholenden Geste zeigte sie in den Raum.

„Arbeiten."

Mehr sagte sie nicht, sondern schlug noch einen Nagel in die Wand.

Er schnaubte aufgebracht.

„Das ist keine Arbeit, das ist Lärmbelästigung!"

„Zeig mich doch an", murmelte sie, während sie mit einer Was-
serwaage überprüfte, ob die Nägel auch in einer geraden Linie
angebracht waren.

Er knurrte nur wütend. Das veranlasste sie, sich zu ihm umzudrehen und ihn anzusehen. Er hatte sein Hemd ausgezogen
und trug jetzt nur noch das Shirt. Seine Haare waren zerzaust,
als ob er sich mit den Händen wütend hindurchgefahren wäre.

„Kannst du auch bellen?"

Seine Miene wurde, wenn das überhaupt möglich war noch
finsterer.

„Nein!", schrie er und riss ihr den Hammer aus der Hand.

„Hey!"

Doch schon war er aus dem Zimmer gestürmt und hatte die
Tür hinter sich zugeschlagen.

„Idiot", murmelte sie.

Na ja, konnte ihr auch egal sein, immerhin war sie fertig. Witzig
war es ja schon. Kopfschüttelnd schaltete sie ihre Anlage an
und drehte sie voll auf. Nicht um ihn zu ärgern, sondern weil
sie beim Malen immer laut Musik hörte.

Im Takt mitwippend, stellte sie eine neue Leinwand auf die
Staffelei und machte ihren ersten Strich. Dieser war entschei-
dend, denn er bestimmte den Ausgang ihres Bildes. Auf ihn
bauten die anderen Striche, beziehungsweise Muster auf, die
sie hinzufügen würde.

Wie von selbst mischte sie Farben und schaffte Übergänge,
ließ die Farben ineinander verlaufen oder hart auf einander
treffen.

Sie vergaß alles um sich herum und war ganz in ihre Arbeit vertieft.

So merkte sie auch nicht, wie Kirian die Tür erneut öffnete,
schon zu einem Vortrag über Lärmbelästigung den Mund geöffnet. Doch er sagte nichts und sah ihr erstaunt beim Malen
zu.

Es war, ... faszinierend.

Ihre Bewegungen waren präzise aber gleichzeitig schwungvoll. Sie bewegte sich zur Musik und schien ganz mit ihrem Werk zu verschmelzen.

Jetzt verstand er auch, warum sie die Wände und den Boden abgeklebt hatte. Sie machte manche Striche so schwungvoll, dass die Farbe durch den Raum spritze und alles Mögliche traf, sogar die Decke. Na ja, die würde man dann irgendwann neu tapezieren müssen.

Leise machte er die Tür wieder zu und zog sich zurück. In seinem Zimmer angekommen, versuchte er die nerv- tötende Musik zu ignorieren und erstellte eine Tabelle. Dabei erwischte er sich dabei, wie er auf dem Rand seines Blattes kritzelte, was er sonst nie tat. Wütend über sich selbst, zerknüllte er das Blatt und begann noch einmal von vorn.

Als er fertig war, beschloss er in die Küche zu gehen und etwas zu essen. Die Liste nahm er mit. Kurz vor der Küche hörte er Kayla mit jemand reden und hielt irritiert inne.

„Sieht er denn gut aus? Garantiert ist er ein total heißer Typ", hörte er eine unbekannte Stimme, die sich weit entfernt anhörte.

Man konnte Kayla lachen hören.

„Du übertreibst", meinte sie.

Ein übertriebenes Seufzen war von ihrer Gesprächspartnerin zu hören.

„Na los, ist er heiß oder ist er heiß?", drängte die Stimme.

Kayla ließ sich mit ihrer Antwort Zeit und Kirian fragte sich über wen die Beiden wohl redeten. Es musste ihre Freundin sein, die sie auf Lautsprecher gestellt haben musste, während sie in der Küche irgendetwas machte.

Geschepper war zu hören.

„Und?", drängte ihre Freundin.

Nochmaliges Seufzen, dann: „Ja, er ist heiß, jetzt zufrieden?"

„Von wegen, beschreib ihn gefälligst!"

„Du bist so was von nervig, echt. Nur das du das weißt!"

Gelächter.

„Weiß ich schon", antwortete ihre Freundin fröhlich.

„Warum machst du dann nichts dagegen?", muffelte Kayla.

„Weil ich dich dann nicht mehr ärgern könnte", sagte die Freundin, als wäre es das natürlichste von der Welt.

„Stimmt ja", murmelte Kayla.

„Also?"

Ein tiefer Seufzer.

„Schwarze Haare, dunkle Augen, sehr groß", ratterte sie dann hinunter.

„Ey!", beschwerte sich die Freundin.

„Du bist fies. Wetten er hat tiefe, geheimnisvolle Augen und die Figur eines Adonis? Und das willst du mir nicht sagen, was für eine Freundin bist du eigentlich?"

„Eine, die gleich auflegt", war Kaylas trockene Bemerkung.

„Außerdem übertreibst du. Und er ist nervig. Herr von und zu ich scheiß so klug, ist ein alter Besserwisser, notorischer Nörgler und außerdem gibt es tausendmal wichtigere Verpflichtungen, die er zu erledigen hat, als sich um mich zu kümmern. Also schlag dir den Märchenritter aus der Rübe, Kim. Die gibt es nämlich nur dort, im Märchen."

Täuschte er sich oder klang sie etwas verbittert?

Ihre Freundin, Kim, schwieg eine Weile, dann: „Aber er hat doch auch gute Seiten, oder? Ich meine sein Name ist doch schon mal cool. Kiri, irgendwas."

Kayla seufzte schon wieder.

„Kirian. Ja, ist ganz gut. Aber ansonsten, ... ich weiß auch nicht."

Er hielt kurz inne. Die beiden redeten über ihn!

Was hatte sie eben gesagt? Besserwisser, notorischer Nörgler?

Was fiel ihr ein, sie kannte ihn doch gar nicht!

„Lern ihn doch erst mal besser kennen. Dann siehst du alles bestimmt anders", riet ihre Freundin.

Kirian fand das auch eine fabelhafte Idee. Also wirklich.

Es schepperte wieder in der Küche und Kayla fluchte.

„Was machst du da eigentlich?"

„Ich versuche Reis zu kochen, die Betonung liegt auf versuche. Dieser blöde Herd ist der Neuste vom Neusten. Ich hab keine Ahnung, wie ich ihn einschalte."

Es herrschte kurze Zeit Ruhe.

„Verdammt! Denkst du, man kann Reis in der Mikrowelle kochen?"

„In der Mikrowelle? Vielleicht wenn du genug Wasser dazu tust, wenn nicht versuch´s im Wasserkocher."

Was?! Am Ende brannte sie noch das Haus nieder!

„Gute Idee. Aber noch mal zu vorhin. Ich meine ich kann ja schon froh sein, wenn ich mal ein Hemd von ihm in der Waschmaschine zu Gesicht bekomme! Er hat sich den ganzen Tag nicht blicken lassen. Nur einmal und da hat er rumgemosert. Außerdem haben seine Eltern klar und deutlich durchblicken lassen, dass ich seiner nicht wert bin. Ich habe weder einen Haustürschlüssel, noch die neue Telefonnummer.

Das ich jetzt die doppelte Strecke zur Schule brauche, schien auch keinen zu interessieren."

Ihre Freundin gab beklagende Laute von sich.

„Und mit der Tatsache, dass ich halb Dschinn bin, werde ich auch alleine gelassen. Das man eben mal so mein ganzes Weltbild aus den Angeln gehoben hat geht allen am Arsch vorbei."

„Das ist schon alles ziemlich beschissen, aber hey, du bist halb Dschinn, wie cool ist das denn? Hast du mal probiert zu Rauch zu werden? Mich würde ja mal interessieren, ob du mir drei Wünsche erfüllen kannst."

„Schön das bei dir alles klar ist", muffelte Kayla.

„Kayla! Jetzt lass dich doch nicht so hängen! Du bist eine moderne, unabhängige Frau des einundzwanzigsten Jahrhunderts! Das kannst du doch auch so."

Sie schnaubte.

„Ohne Schlüssel komm ich trotzdem nicht ins Haus!", erinnerte sie ihre Freundin.

„Äh, stimmt. Frag doch Kirian."

„Wann denn? Wenn ich ihn störe, schnauzt er mich nur wieder an und es ist nicht sehr wahrscheinlich, dass er sich heute noch mal blicken lässt. Ich geh ihm doch am Arsch vorbei."

Die Klingel der Mikrowelle ertönte.

„Nicht ganz durch, aber genießbar", konnte er sie murmeln hören.

„Willst du zu mir kommen? Hier gibt es auch richtiges Essen", locke Kim.

Er hörte Kayla lachen. Hatte sie den Reis wirklich in der Mikrowelle gekocht?

„Nein, dann muss ich ihm ja Bescheid geben und da wird er eh nur was dagegen haben, da ich es dir ja auch gar nicht erzählen sollte."

„Ja und? Er wird schon keinen Herzkasper kriegen", war Kims trockene Bemerkung.

Herzlichen Dank auch, ging es ihm durch den Kopf.

„Ich will keinen Streit. Immerhin müssen wir ja jetzt miteinander auskommen."

Ihre Freundin gab einen zustimmenden Laut von sich.

„Stimmt schon, wie geht´s deinen Eltern?"

Kayla seufzte tief. Kirian verlagerte das Gewicht auf ein Bein und lauschte weiter.

„Wie immer. Bald habe ich genug Geld zusammen."

„Sehr gut. Ich würde dir auch was leihen, das weißt du."

Ein leises Lächeln stahl sich in ihre Stimme, als sie antwortete.

„Ja, aber ich muss es auch so schaffen. Wie auch immer, musst du nicht los? Du wolltest doch mit Jim ins Kino."

Verlegenes Räuspern war die Antwort.

„Ja, was das angeht, ich habe Schluss gemacht."

„Was?! Wieso?"

„Wir haben einfach nicht zusammengepasst."

„Oh, aber es ist alles in Ordnung, oder?"

„Ja klar, immerhin habe ich mit ihm Schluss gemacht. Aber ich muss trotzdem los, ich geh mit meiner kleinen Schwester hin, bis morgen und verschlaf nicht wieder."

„Ja, ja, ich versuch´s."

Kim lachte.

„Nicht versuchen, machen", sagte sie, bevor sie auflegte.

„Ist doch nicht meine Schuld, wenn es morgens einfach zu früh ist", muffelte sie und dann konnte er den Fernseher hören. Nachrichten.

Kirian dachte über das Gespräch nach. Sie hatte schon Recht, sie hatten sie ganz schön in der Luft hängen lassen. Kurzerhand schnappte er sich einen Stift, schrieb etwas auf sein Blatt und schnappte sich den Ersatzschlüssel, dann ging er ins Wohnzimmer.

Dort saß sie zusammengerollt im Sessel und stocherte mit einer Gabel in einer Schüssel. Als er ins Zimmer kam hob sie den Kopf, zeigte aber ansonsten keine Reaktion.

„Hi", meinte sie nur.

„Hallo", begrüßte er sie seinerseits, von ihrer Kühle etwas irritiert.

Ohne große Umschweife legte er das Blatt vor ihr auf die Sessellehne. Dazu kamen der Schlüssel und eine Kreditkarte.

„Das ist für dich."

Er wies auf die Karte.

„Nutze sie, wann und wofür du willst, der Betrag wird monatlich abgebucht, du hast freien Zugang."

Als nächstes kam der Schlüssel.

„Der ist für dich, verlier ihn nicht."

Zuletzt die Liste.

„Da steht alles Wichtige drauf, was du wissen musst, Telefonnummer, Fax, alles, auch über mich. Merk dir meine Daten, dann merke ich mir deine."

Mit diesen Worten machte er kehrt und ließ sie mit großen Augen im Sessel sitzen.

Kayla starrte die Liste ratlos an. Was war das denn gewesen?

Immer noch völlig perplex, überflog sie die Liste. Es war eine Liste von Telefon und Handynummern, dann kam eine Art Steckbrief über Kirian.

Seine kühle Art zeigte ihr, dass es für ihn nur ein Geschäft war, das er erfüllen musste.

„Merk dir meine Daten, dann merke ich mir deine."

Es verletze sie. Warum, wusste sie auch nicht, immerhin konnte er ihr doch genauso egal sein, wie sie ihm war. Doch es tat weh gleich von der gesamten Familie ihres Verlobten und von ihm selbst abgewiesen und als Last empfunden zu werden. Sie fühlte sich alleingelassen und einsam.

Trübsal blasen, räumte sie leise ihr benutztes Geschirr weg und ging schlafen. Das frühe Schlafengehen half ihr am Morgen trotzdem nicht eher aus dem Bett zu kommen.

Wie immer stand sie erst knapp vor der Not auf und raste dann durchs Haus auf der Suche nach ihren Sachen. Als sie dann endlich alles zusammengesucht hatte, hatte die erste Stunde schon begonnen. Fluchend rannte sie in die Küche und blieb wie versteinert stehen.

Dort friedlich die Zeitung aufgeschlagen und Kaffee schlürfend saß Kirian.

„Guten Morgen", grüßte er, einen kurzen Blick über seine Zeitung werfend.

„Wie lange bist du schon auf?", verlangte sie zu wissen.

Er sah auf die Uhr.

„Eine Stunde ungefähr."

Sie kochte innerlich.

„Warum hast du mich nicht geweckt?"

Er faltete ganz lässig die Zeitung zusammen und legte sie neben seinen Teller.

„Du hast einen Wecker, oder?"

„Ja und?", schnauzte sie ihn an.

„Benutz ihn. Außerdem bist du zu spät", meinte er und trank einen Schluck Kaffee.

Sie ballte die Hände zu Fäusten und zwang sich aus dem Haus zu gehen und ihm keine reinzuhauen.

Ihre Wut glomm auf dem Weg zur Schule etwas ab, weil sie die gesamte Strecke rannte.

Fix und fertig traf sie zur Beginn der zweiten Stunde in der Klasse ein. Ihr Lehrer war davon natürlich nicht sehr begeistert. In der Pause kochte sie immer noch.

„Was war denn heute Morgen los? Du kochst ja richtig", wollte Kim wissen.

Sie lachte wütend auf.

„Kirian war schon vor mir wach, hat es aber nicht für nötig gehalten, mich zu wecken, stattdessen sagt er, dass ich einen Wecker besitze und ihn auch benutzen sollte. Außerdem bin ich den ganzen Weg zur Schule gerannt. Ich sag dir eins, der Kerl hat ne Meise. Ich weiß nicht, wie ich den weiter ertragen soll und es sind erst zwei Tage!", seufzte sie.

Kim legte ihr einen Arm um die Schultern.

„Das wird schon. Das dein Weg jetzt doppelt so lang ist, ist echt blöd, aber morgen stehe ich pünktlich vor deiner Tür und warte auf dich."

„Echt?"

Kim lachte.

„Klar, wofür sind Freundinnen denn da? Hast du eigentlich einen Schlüssel oder willst du später mit zu mir?"

Kayla winkte ab.

„Nee, lass mal, ich hab einen gekriegt, hiermit", sagte sie und schob ihr die Liste zu.

Kims Augenbrauen wanderten immer höher, je mehr sie von der Liste las.

„Das ist sehr,…. Puh, man kommt sich vor wie ein Angestellter."

Kayla nickte.

„Ja. Er scheint mich kein bisschen zu mögen oder mögen zu wollen. Wie soll das nur werden?"

Kim drückte sie tröstend an sich.

„Das wird schon. Vielleicht müsst ihr euch erst noch etwas beschnuppern."

„Wenn du das sagst."

„Klar, er ist einundzwanzig, garantiert hält er dich für viel zu naiv und jung. Zeig ihm einfach, dass du genauso reif und erwachsen bist, wie er."

„Hey, ich bin siebzehn, fast achtzehn. Ich bin schon reif und erwachsen.", brummte sie.

„Wenn du das sagst", lachte Kim.

Kaylas Blick wanderte auf dem Schulhof umher, um sich abzulenken. Ihr Blick fiel auf Jim, der sie zu beobachten schien.

Sie stieß Kim in die Seite.

„Guck mal." Sie wies auf Jim.

„Wie hat er es denn aufgenommen?"

Kim schaute zerknirscht drein.

„Nicht so gut. Er scheint echt in mich verliebt zu sein. Aber von mir aus ist nichts. Überhaupt nichts. Besser ich beende es jetzt, als wenn es zu spät ist, oder?"

Kayla nickte. Solche Probleme sollte sie mal haben. Die Jungs schienen sie überhaupt nicht wahrzunehmen. Vielleicht lag es auch daran, dass Kirian so kühl zu ihr war.

Nachdenklich kratzte sie sich am Kopf.

„Kommst du dann noch mit in die Stadt?", fragte Kim dazwischen und lenkte sie von ihrem Verlobten ab.

„Klar, ich brauche noch Farben. Außerdem wollten wir dir doch mal ein schönes Kleid kaufen."

Kim verzog das Gesicht. Sie mochte Kleider nicht. Da Kayla das wusste, zeigte sie ihr eins nach dem anderen und heute war sie fest entschlossen ihr eins zu kaufen.

„Ach komm schon, du hast so tolle Beine. Was hast du denn dagegen?"

Kim zuckte die Schultern.

„Ich mag sie einfach nicht."

„Das sagst du nur, weil du noch keins angehabt hattest", behauptete sie.

Bevor sie sich wegen dem Thema noch in die Haare kriegen konnten, klingelte es und sie gingen wieder ins Schulgebäude.

Kapitel 4

„Das ist doch schön."

Kim schaute das Kleid kritisch an.

„Meinst du echt?"

„Klar, das lässt deine Augen noch dunkler wirken und hebt gleichzeitig das Blau hervor. Außerdem ist es der perfekte Schnitt für dich."

„Äh."

„Doch. Vertrau mir, ich bin Künstler, ich weiß das."

„Das macht mir ja gerade Sorgen", murmelte Kim.

Kayla lächelte und schob sie in Richtung der Umkleiden.

„Nichts da. Du probierst das jetzt an. Wenn du es nicht kaufen willst, kaufe ich es dir und schenke es dir zu Weihnachten", stellte sie fest.

„Das ist erst in fünf Monaten", nörgelte Kim.

„Ja und? Dann halt zum Geburtstag."

„Der war erst."

„Oh, Herr Gott, dann halt zu Ostern."

Sie zeigte drohend mit dem Finger auf sie.

„Sag jetzt einfach nichts. Du bekommst es so oder so", warnte sie.

Kim lachte.

„Okay, Okay. Ich geh ja schon."

Kayla setzte sich auf die Stühle, die davor standen und sah auf die Uhr. Sie waren jetzt schon eine Stunde unterwegs, den Weg mitberechnet. Es war gar nicht so einfach Kim zu etwas zu bewegen, was sie nicht wollte.

Wenn sie sich erst mal etwas in den Kopf gesetzt hatte, dann konnte man so viel bitten und betteln wie man wollte. Sie gab nicht nach.

Doch dieses Kleid würde sie ihr kaufen und wenn sie sich auf den Kopf stellte.

Kim kam aus der Kabine, ein wunderschönes meerblaues Kleid schwang um ihre Beine. Es ging knapp über die Knie und hatte einen weiten Rock, der bei jedem ihrer Schritte leicht schwang. Dazu ein enges Oberteil und um die Taille ein breiter schwarzer Gürtel.

„Ok. Gekauft!", verkündete Kayla sofort.

„Ey, warte. Das muss man erst genau überlegen", wehre Kim ab.

„Red nicht so eine gequälte Scheiße. Das wird jetzt genommen, keine Wiederrede."

„Sturkopf", brummte Kim.

„Sagt die Richtige", schlug sie zurück.

Kim schnaubte ärgerlich, grinste aber.

„Verrücktes Huhn", war ihr letzter Kommentar, bevor Kayla sie zur Kasse schleifte.

Zufrieden traten die beiden aus dem Laden und genossen die warme Julisonne.

„Lass uns ein Eis essen gehen, bevor wir deine Farben holen", schlug Kim vor.

„Von mir aus", stimme Kayla zu.

Sie gingen zu ihrer Lieblingseisdiele und genossen den sonnigen Tag.

„Meinst du er macht sich Sorgen? Ich hab ihm nicht gesagt, dass ich noch mit dir weggehe", überlegte sie.

Kim grinste.

„Keine Ahnung, war aber ein kluger Schachzug."

„Wieso?"

Kluger Schachzug? Sie verstand gar nichts mehr.

„Na ja, weil wenn du nach Hause kommst und er sich aufregt, hat er sich Sorgen gemacht und eure Beziehung ist nicht so aussichtslos, wie du denkst", erklärte sie, als wäre es das natürlichste auf der Welt und selbst ein Stein hätte darauf kommen können.

„Ja klar und morgen regnet es Kühe, ich weiß", erwiderte sie.

„Als ob der sich Sorgen machen würde. Der ist doch froh, wenn er mich los ist."

„Kayla Marie Jones du bist unmöglich!"

„Was denn? Stimmt doch."

Kim schüttelte den Kopf.

„Dir ist echt nicht mehr zu helfen."

„Kommt vor", meinte sie.

Schaufensterbummelnd machten sie sich auf den Weg zu Kaylas bevorzugtem Farbladen. Auf dem Weg dahin fielen ihr ein paar süße Riemchenschuhe mit Absatz in die Augen, die Kims Outfit perfekt ergänzen würden.

Zum Glück ließ Kim bei Schuhen eher mit sich reden, als über Kleider. Sie selbst kaufte sich noch ein paar neue Joggingschuhe.

Als sie dann endlich im Farbladen angekommen waren und vor dem Regal mit den Acrylfarben standen fand sie ihre Liste nicht.

Sie wühlte in ihren Hosentaschen, förderte aber nur einige Geldscheine, Münzen und Fussel, sowie ein ziemlich alt aussehendes Tempo zu Tage.

„Ich hab die Liste zu Hause liegen lassen", stellte sie wenig begeistert fest. Kim seufzte.

„Und jetzt?"

„Jetzt muss ich morgen wieder kommen. Ich habe nicht genug Geld um auf Verdacht zu kaufen."

Toll. Dabei hatte sie morgen vorgehabt zu lernen und heute Abend wollte sie ihr Bild vollenden, wozu sie die Farben brauchte.

Kim überlegte kurz, dann blitzten ihre Augen auf und Kayla wusste, das ihr ihre Idee nicht gefallen würde.

„Du hast doch jetzt seine neue Nummer, oder?"

„Ja?", frage sie vorsichtig.

„Dann ruf Kirian an, er soll dir die Liste kurz durchgeben."

Sie hatte sich schon so etwas gedacht.

„Nein. Ich bin immer noch sauer wegen heute Morgen und außerdem hat er eh keine Zeit, wetten?"

„Du wirst es erst erfahren, wenn du es ausprobiert hast", flötete Kim.

Da hatte sie Recht und sie brauchte die Farben echt dringend. Kayla überlegte hin und her.

Das ganze schien Kim zu langsam zu gehen, denn sie fischte ihr Handy aus ihrer Tasche und scrolle schon durch ihr Telefonbuch.

„Hey!"

„Sei ruhig", meinte Kim nur und wählte die Nummer.

Der Lautsprecher war eingeschaltet. Es klingelte laut. Kayla sah sich im Laden um und war heilfroh, dass sie außer einem älteren Mann die einzigen Kunden waren.

Es klingelte fünfmal.

„Er ist beschäftigt, leg auf", meinte sie nervös.

„Schhhh", meinte Kim.

Nach dem achten Klingeln nahm Kirian ab.

„Alucar", meldete er sich.

„Äh, hi. Ich bin´s", stotterte Kayla, nachdem Kim ihr ihren äußerst spitzen Ellbogen in die Rippen gerammt hatte. Sie sah sie böse an, aber Kim grinste nur.

„Wo bist du? Sag mir gefälligst vorher Bescheid, wenn du weggehst", knurrte er. Er hatte schlechte Laune. Wegen ihr?

Kayla konnte Kim lachen hören und warf ihr einen vernichtenden Blick zu.

„Sorry, kommt nicht wieder vor. Ich bin in der Stadt."

Er brummte einmal, sagte aber ansonsten nichts.

„Äh, ja. Bis dann."

Kayla wollte schon auflegen, aber Kirian kam dazwischen.

„Was wolltest du denn jetzt?"

„Nichts wichtiges, schon gut", wehrte sie ab und wollte das Gespräch am liebsten gleich wieder beenden.

„Sie will, dass du ihr die Farbliste vorliest, weil sie sie zu Hause vergessen hat", mischte sich Kim ein.

„Farbliste?"

Kayla wurde rot und wandte sich von Kim ab.

„Ja, liegt in meinem Zimmer. Aber wenn du beschäftigt bist, mach dir keine Umstände, es geht auch so."

„Von wegen", murmelte Kim so laut, dass er es bestimmt auch hörte.

Kayla hörte ihn seufzen und dann seine Schritte. Er ging anscheinend in ihr Zimmer.

„Hab sie, bereit?"

„Ja", sagte Kayla und scheuchte Kim zum Regal.

„Also gut. Zinnoberrot, Kobaltblau, Türkis, …."

Er las die ganze Liste vor, ratterte sie aber nicht gelangweilt runter, sondern ließ immer eine kleine Pause, damit sie die Farbe finden konnte.

„Das war´s", meinte er am Ende.

„Danke. Du hast mir wirklich sehr geholfen."

Kim grinste schon wieder. Sie warf ihr einen bösen Blick zu.

„Gern geschehen und Kayla?"

„Ja?"

Was kam jetzt?

„Erzähl es bitte nicht so vielen Leuten."

Verblüfft starrte sie ihr Handy an. Die Leitung war tot, er hatte aufgelegt.

„Toll, jetzt weiß er, dass ich es dir erzählt habe."

Sie steckte ihr Handy weg.

„Das hätte er eh noch rausgefunden, spätestens morgen, wenn ich dich abhole."

Stimmte auch wieder. Kim stieß sie breit grinsend an.

„Siehst du, er macht sich doch Sorgen."

Kayla überhörte diesen Kommentar ganz einfach. Sie wollte jetzt nicht über ihn reden.

„Gut, wo willst du jetzt hin?"

Kim überlegte kurz.

„Wie wäre es mit Bijou Brigitte? Ich brauche noch eine Kette."

„Klar, eine schwarze mit blauen Steinen wäre gut, aber ob die so eine haben?"

Hatten sie nicht, dafür eine schöne schwarze Kette mit einem kleinen Herzanhänger.

Sie war ganz filigran gearbeitet und passte perfekt.

„Jetzt ist nur noch die Frage, wann ich das alles anziehen soll", meinte Kim, als sie sich an der Bushaltestelle verabschiedete.

„Bei deinem nächsten Date oder wenn dir ein Kerl gefällt", schlug sie vor.

„Gute Idee", stimme Kim zu.

„Bis morgen und versuch ihn nicht umzubringen, ja?"

Sie lächelte schwach.

„Ich versuch´s."

Sie hatte ja keine Ahnung, wie nah sie daran noch kommen würde.

Kirian sah seine Notizen der heutigen Besprechung durch, lauschte aber immer nach der Haustür. Dann endlich, konnte er einen Schlüssel im Schloss hören.

Seine innere Anspannung löste sich Augenblicklich.

Sich durch die Haare fahrend stand er auf und ging die Treppen hinunter.

Sie rief gerade: „ Bin wieder da", als sie inne hielt, da sie ihn sah.

„Hi", meinte sie dann nur und ging in die Küche.

„Hallo, Essen steht im Kühlschrank", sagte er, bis er sich ins Wohnzimmer zurückzog.

Er konnte sie in der Küche kramen hören. Anscheinend hatte sie das Sushi gefunden, dass er ihr neben seinem eigenen mitgebracht hatte.

Er hörte ihre Schritte doch sie kamen nicht auf ihn zu, sondern gingen von ihm weg.

„Danke, ich bin oben", rief sie und schon konnte er sie die Treppe hoch poltern hören.

Mit zusammengezogenen Augenbrauen trommelte er mit den Fingerspitzen auf seiner Sessellehne herum.

Knurrend griff er nach der Fernbedienung und schaltete die Nachrichten ein.

Leider war es nur eine Wiederholung vom Vormittag.

Fluchend schaltete er den Fernseher wieder aus und starrte den schwarzen Bildschirm an.

Was trieb sie nur da oben?

Kirian stand auf und ging in die Küche, trank einen Schluck Wasser und kehrte ins Wohnzimmer zurück.

Was machte er da eigentlich? Es konnte ihm doch schnurz piep egal sein, was sie da oben trieb.

Doch er war nervös und unruhig, wusste aber nicht wieso und das machte ihn wütend.

Den Kopf in den Nacken gelegt und die Augen geschlossen ließ er sich auf dem Sofa nieder.

Er nahm seine Nebelgestalt an und schwebte über dem Haus im Wind.

Er ließ sich treiben und entspannte langsam.

Das machte er immer, wenn er zu aufgewühlt war. Hier oben konnte ihn niemand, außer andere Dschinn, die ebenfalls in Nebelgestalt unterwegs waren, sehen. Er war ganz ungestört und konnte seine Seele baumeln lassen.

Doch etwas zog an ihm.

Er ließ sich ziehen und fand sich in Kaylas Zimmer wieder. Sie kaute gerade auf einem Stück Sushi herum und packte ihre Einkaufstaschen aus.

„Das ist echt gut", murmelte sie dabei.

Ihm wurde klar, dass sie das Sushi meinte, als sie es umdrehte und nach der Firma suchte, die es hergestellt hatte.

„Wo hat er das nur her?", murmelte sie.

Tja, das war sein kleines Geheimnis. Seine Eltern hassten Sushi. Deswegen hatte er das kleine Lokal hinter dem Bahnhof ganz für sich alleine.

Nur sein Bruder wusste, dass er dort öfters aß und mochte es auch.

Kayla riss ihn aus seinen Gedanken, als sie den Namen des Lokals vor sich hin murmelte.

„Woher kenn ich den Namen denn? Irgendwo,... Mhmm", überlegte sie laut.

„Verdammt ich komm nicht drauf!", fluchte sie etwas später. „Auch egal", tat sie es ab und ging aus dem Zimmer. Er folgte ihr in seiner körperlosen Gestalt lautlos.

Sie ging in ihr Arbeitszimmer.

Dort fiel ihm gleich die Staffelei mitten im Zimmer ins Auge. Darauf stand ein fast vollendetes Bild. Nur einige wenige Stellen warnen noch weiß.

Nachdenklich schwebte er davor und legte den Kopf schief, soweit man das so nennen konnte.

Das Bild war sehr dunkel, zeigte aber definitiv eine männliche Gestalt, sie aus den Schatten den Raum beobachtete.

Ihm lief eine Gänsehaut über den Rücken. Man fühlte sich wirklich beobachtet.

Ihm fiel auf, dass ihr Malstil sehr unterschiedlich war. Sie begrenzte sich nicht nur auf eine Richtung, wie Abstrakt, sondern machte auch Portraits und diese Art von Bildern. Er glaubte beim Umzug auch eins in Pop-Art gesehen zu haben oder wie man das nannte.

Seine Aufmerksamkeit wurde wieder auf Kayla gelenkt, da sie gerade eine Palette zur Hand nahm und sich vor die Leinwand stellte.

Er machte ihr Platz. Frühere Geschehnisse hatten gezeigt, dass es nicht allzu gut war, wenn ein Mensch in der Nebelgestalt eines Dschinn stand.

Er sah ihr beim Malen zu und das Bild bekam noch mehr Ausdruck und wirkte noch eindringlicher.

Kirian besah sich die Farben, die sie benutzte. Zinnoberrot.

Das war doch die Farbe, die sie heute neu gekauft hatte.

Also hatte sie diese dringend gebraucht.

Warum hatte sie dann gezögert ihn zu fragen?

Er dachte eine Weile darüber nach.

Die Kreditkarte, die er ihr gegeben hatte, hatte sie auch nicht benutzt.

Wieso lehnte sie alles ab, was mit ihm zu tun hatte?

Doch erneut wurde er aus seinen Gedanken gerissen, denn sie war anscheinend fertig.

Zufrieden nickend, setzte sie ihre Unterschrift auf den unteren rechten Bildrand.

Er war allerdings zu verschnörkelt, als das man ihn richtig lesen konnte.

Dann ging sie wieder in ihr Zimmer. Er folgte ihr erneut.

Ah, sie hatte damit begonnen ihre Sachen aus den Kartons zu räumen.

Sie öffnete einen nach dem anderen, als sie auf einmal zu ihm herum wirbelte und mehrfach blinzelte.

Dann schüttelte sie den Kopf und wandte sich wieder ihren Kartons zu.

Was war das denn gewesen?

Konnte sie ihn etwa sehen?

Aber das war unmöglich. Sie war ein Mensch.

Aber auch zur Hälfte Dschinn.

Mhmm. Möglich wäre es. Keiner hatte das je richtig erforscht.

Er beschloss so lange in ihrem Zimmer zu bleiben, bis er eine Antwort darauf hatte.

Kirian machte es sich auf ihrem Bett bequem und sah ihr beim Ausräumen zu. Sie holte einige Oberteile und Hosen aus der Kiste vor ihr. Ihm fielen diese kurzen Shorts auf, die sie auch bei ihrer ersten Begegnung getragen hatte. Gerade trug sie auch so eine. Er fand sie immer noch zu kurz und dachte darüber nach, wie er dieses Problem beheben konnte. Dabei wanderte sein Blick durchs Zimmer.

Auf dem Bett lagen, wie bei ihr zu Hause auch mindestens ein Dutzend Kissen. Aber anders als dort, war es hier erstaunlich aufgeräumt, was bestimmt auch daran lag, dass sie erst so kurz hier lebte.

Er bemerkte ein Bilderrahmen auf ihrem Nachttisch und streckte sich um ihn näher betrachten zu können.

Dabei bemerkte er, wie sie wieder einen Blick in seine Richtung warf. Interessant.

Sein Blick flog zum Bild. Es war ein Foto ihrer Eltern. Sie standen eng umschlungen da und lächelten sich liebevoll an.

Es war ein sehr schönes Bild.

Nachdenklich legte er den Kopf schief.

Das Bild musste aufgenommen worden sein, bevor die beiden so abgerutscht waren.

Sie sahen glücklich aus.

Ein Gefühl machte sich in ihm breit doch er verdrängte es sofort wieder.

Entschlossen wandte er sich von dem Foto ab und schaute wieder zu Kayla. Diese nahm gerade eine Hand voll Unterwäsche aus einem Karton.

Gut, das war sein Zeichen zu gehen.

Ihm Wohnzimmer nahm er wieder Gestalt an und sah in die Nacht.

Seine Augenbrauen waren nachdenklich zusammengezogen.

Kayla war heilfroh, als sie die letzte Kiste ausgepackt hatte. Es war doch mehr, als zunächst angenommen. Gähnend streckte sie sich und sah auf die Uhr. Es war schon ganz schön spät geworden.

Den Wecker stellend ging sie in ihr Arbeitszimmer. Dort nahm die mittlerweile trockene Leinwand mit in ihr Zimmer. Den Wecker stellte sie auf ihren Nachttisch.

In einer Kommode fand sie, was sie suchte.

Es blitzte, als sie ein Foto von ihrem Gemälde machte. Als das erledigt war, packte sie die Leinwand sorgfältig ein und verstaute sie in einer Ecke neben ihrem Schrank.

Als nächstes öffnete sie ihren Laptop und loggte sich ein. Dort gab sie die Anzeige auf und ging ins Bad, während diese erstellt wurde.

Als sie wieder kam, leuchtete ein grüner Hacken. Sie klappte ihren Computer zu und stellte ihn auf den Schreibtisch.

Dann verkroch sie sich unter ihrer Decke, einen Arm voll Kissen an sich drückend.

Die Ziffern des Weckers beschienen ihr Gesicht während sie einschlief.

Kapitel 5

Ein penetrantes Klingeln weckte ihn.

Er blieb noch eine Weile liegen, bis er sich auf einen Ellbogen stemmte und den Wecker ausstellte.

Verschlafen fuhr er sich durchs Haar.

Seufzend stand er auf, im Geiste schon den Plan des heutigen Tages durchgehend.

Nach einer Dusche fühlte er sich schon gleich etwas besser.

Nur mit seiner Pyjamahose bekleidet ging er in die Küche und stellte die Kaffeemaschine ein. Diesen ließ er durchlaufen, während er die Zeitung holte.

An die Arbeitsplatte gelehnt schlug er diese auf und trank seinen Kaffee.

Es war nichts Bedeutendes passiert, deswegen faltete Kirian die Zeitung wieder zusammen und legte sie auf den Tisch.

Sein Blick flog zur Uhr an der Wand. Es war langsam Zeit, dass Kayla aufstand. Da er sich eh noch anziehen musste und eh an ihrem Zimmer vorbei kam, blieb er davor stehen und lauschte. Sie schlief noch.

Das brachte ihn zum Lächeln.

Kopfschüttelnd klopfte er an die Tür.

Sie bewegte sich. Er klopfte noch einmal.

„Kayla, aufstehen", rief er.

Sie stockte mitten in der Bewegung und schien zu lauschen.

„Es ist halb", rief er, bevor er ging.

Er konnte sie noch „Ja, danke" rufen hören.

Sie klang etwas erschrocken.

Kayla hatte offensichtlich nicht damit gerechnet, dass er sie wirklich wecken würde.

Gerade, als er seine Zimmertür schloss, konnte er ihren Wecker klingeln hören.

Jetzt hatte sie keine Ausrede dafür, wenn sie wieder zu spät kam.

Schmunzelnd wandte er sich seinem Kleiderschrank zu und war gerade dabei, ein Hemd überzuziehen, als es an der Tür klingelte.

Wer konnte das sein?

Kayla rieb sich gerade das Shampoo in die Haare, als sie die Klingel hörte.

Erschrocken hielt sie inne.

Das erinnerte sie an den Moment, als sie Kirians Stimme gehört hatte.

Sie hatte kerzengerade im Bett gesessen.

Warum weckte er sie?

Weil sie ihn gestern so angeschnauzt hatte? Das war aber eigentlich kein richtiger Grund.

Na ja, ihr konnte es egal sein. Wegen ihm musste Kim jetzt nicht so lange auf sie warten.

Solange die Sache etwas Gutes an sich hatte, war sie die letzte, die sich beschweren würde.

Trotzdem beeilte sie sich und stand schon zehn Minuten später in der Küche.

„Und du bist ein echter Dschinn", konnte sie Kim fragen hören.

O Gott, sie kam wirklich keinen Moment zu früh.

„Ja", antwortete Kirian.

„Das ist so cool, musst du eigentlich jedem drei Wünsche erfüllen, dem du begegnest?"

Oh, sie konnte es aber auch nicht lassen.

„Nein, das steht nur in Büchern", meinte er und sie glaubte ein Schmunzeln in seiner Stimme gehört zu haben. Das machte sie jetzt aber wirklich neugierig und sie bog um die Ecke in die Küche. Dort saß Kim am Tisch, eine Tasse Kaffee in der Hand und Kirian stand am Küchentresen, ebenfalls einen Becher in der Hand.

„Guten Morgen", grüßte er sie, als er den Kopf hob.

Nein, keinerlei Anzeichen eines Schmunzelns, Lächelns oder auch nur irgendeiner Art von Erheiterung.

Da musste sie sich wohl getäuscht haben.

„Guten Morgen", grüßte sie etwas verspätet zurück.

„Moin, Moin", ließ sich Kim vernehmen.

„Und bereit?"

Kayla lächelte.

„Gleich du Wirbelwind, trink nicht so viel Kaffee. Du weißt, der bekommt die nicht gut."

Kim zog einen Schmollmund.

„Aber der ist echt gut, porbier mal", sagte sie und hielt ihr ihren Becher auffordernd hin.

Sie verdrehte die Augen, grinste aber.

„Siehst du, fängt schon an", meinte sie, bevor sie die Tasse entgegen nahm und einen Schluck trank.

Dann gleich noch einen.

„Wow, der ist echt gut."

Wie hatte er ihn so hinbekommen?

„Sag ich doch", meinte Kim neunmalklug.

„Ja, stimmt", lachte sie.

Kayla gab ihr die Tasse wieder.

„Jetzt trink aus, wir müssen."

Sie glaubte den Blick Kirians im Nacken zu spüren doch als sie sich umdrehte, war er in seine Zeitung vertieft.

Schulterzuckend ging sie nach oben und holte ihre Tasche.

Als sie wieder in die Küche kam, las Kirian immer noch Zeitung, aber Kim war gerade dabei ihren Apfelvorrat zu dezimieren.

„Hey, Vielfraß, los geht's", rief sie.

Kim sah sie böse an.

„Ich bin kein Vielfraß! Ich hatte kein Frühstück", beschwerte sie sich.

Lachend schnappte sich Kayla auch einen Apfel denn sie hatte ja selber noch nichts gegessen.

„Dann kaufen wir dir was unterwegs, komm schon. Sonst bist du dran schuld, wenn wir zu spät kommen und nicht ich."

Kim lachte.

„Soweit kommt´s noch. Tschüs Kirian, war schön dich kennen zu lernen."

Sie reichte ihm die Hand.

„Übrigens schickes Hemd", meinte sie noch.

Schickes Hemd?

Kayla sah ihn an und wusste sofort, was sie meinte. Sie hatte weniger sein Hemd als eher seinen Oberkörper gelobt. Er hatte nämlich vergessen es zuzuknöpfen.

Er sah an sich hinunter und schien es auch begriffen zu haben, denn er grinste.

Das ließ sie fast aus den Latschen kippen. Er grinste!

Er grinste nie.

„Danke", meinte er nur.

Was war denn mit dem los?

Kim zog sie aus der Küche.

„Los Sklaventreiber wollten wie nicht gehen?"

Kim lachte, als sie stolperte und rot anlief.

„Stimmt. Tschüss", rief sie über die Schulter und dann schlug auch schon die Tür hinter ihnen zu.

Den ganzen Weg zur Schule grinste Kim.

„Du bist unmöglich."

„Wieso denn? Was kann ich dafür, wenn er sein Hemd nicht zu macht?"

„Kim."

„Ich hab nichts gemacht."

Kayla stöhnte.

„Iss dein Brötchen", meinte sie nur.

„Aber er hat einen tollen Körper", nuschelte Kim mit vollem Mund.

„Mit mehr als zwei Gramm im Mund spricht man nicht."

Kim schluckte.

„Dann hol ne Waage. Es waren nämlich genau eins Komma neun Gramm."

Sie lachte.

„Ja genau. Das weißt du natürlich ganz genau was?"

Kim nickte und stopfte sich fast das ganze Brötchen auf einmal in den Mund.

„Jetzt siehst du aus wie ein Hamster", meinte sie.

„Hahaha, sehr witzig."

Kim versprühte Krümel durch die Luft.

„Oder eher wie ein Ferkel."

Kayla wich ihrem Schlag aus.

„War nur ein Scherz. Bleib locker."

„Ich kann nicht darüber lachen", meinte Kim gespielt beleidigt als sie runtergeschluckt hatte.

„Meinst du wir bekommen die Arbeit wieder?", wechselte sie das Thema.

„Kann schon sein. Langsam wird es mal Zeit. Es ist immerhin schon zwei Wochen her. Aber um ehrlich zu sein kann er sie gerne behalten. Ich bin einfach zu blöd für PoWi."

Kim sah sie mitleidig an.

„So schlimm?"

Sie nickte leidend.

„Ja. Ich kann froh sein, wenn ich noch ne fünf bekomme."

Das war leider die grausame Realität. Sie war verdammt schlecht in Politik.

Im Ganzen hatte sie immer eher durchschnittliche Noten aber die Politiknote zog sie immer wieder runter.

„Und du?"

Kim wirkte zerknirscht.

„Ich fand sie ganz einfach", gestand sie.

„War ja klar. Ich und der Superstreber. Eine Klasse für sich", scherzte sie.

„Hey, ich hab dir angeboten mit dir zu lernen."

Sie seufzte.

„Ja, ich weiß. War nur ein Scherz."

Kim legte ihr den Arm um die Schultern.

„Weiß ich doch."

So schlenderten sie ins Schulgebäude. Zu ihrem Pech bekamen sie die Arbeit wirklich zurück. Kim hatte eine zwei plus, elender Streber und sie puh, gerade noch die fünf gekriegt.

In der nächsten Stunde war es dann soweit den Elternbrief abzugeben.

Sie hatte wie immer selber unterschrieben aber da sie das schon immer so machte, merkte es nie einer.

Aber heute stutzte ihr Lehrer.

„Kayla, haben das deine Eltern unterschrieben?"

Ihr wurde schlagartig heiß und ihr Herz raste. Scheiße.

Sie hatte es doch so wie immer gemacht. Wie kam der Lehrer jetzt darauf?

Einfach so wie immer verhalten, ermahnte sie sich und sah den Lehrer verblüfft an.

„Ja, wieso?"

Er kam zu ihr, damit er nicht durch die ganze Klasse schreien musste.

„Ich habe die Information bekommen, dass du einen neuen Erziehungsberechtigten hast, der für so etwas zuständig ist."

Hä? Neuer Erziehungsberechtigter?

„Kirian Alucar, soweit ich weiß", meinte der Lehrer.

Oh Scheiße. Das war doch jetzt nicht war.

„Äh, ja. Das stimmt. Aber den einen haben sie noch davor unterschrieben. Beim nächsten macht dann er das", spielte sie einfach mit, im Geiste einen Anfall kriegend.

Warum hatte ihr das niemand gesagt? Er hätte es ja wenigstens auf seiner Liste als Randbemerkung aufschreiben können oder war das zu viel verlangt?

Als der Lehrer wieder nach vorne ging, sah sie Kims fragenden Blick, bedeutete ihr aber bis zur Pause zu warten.

Pünktlich zur Klingel stand sie dann auch schon vor ihrem Tisch.

„Was war denn los?"

„Das willst du gar nicht wissen. Dreimal darfst du raten, wer jetzt mein neuer Vormund ist."

Kim bekam große Augen.

„Sag jetzt nicht Kirian", meinte sie.

Kayla nickte.

„Oh, doch. Er muss jetzt alles unterschreiben, was ich nach Hause schaffe."

Sie fuhr sich durch die Haare.

„Der rastet aus, wenn er meine Note sieht."

Kim setzte sich auf ihren Tisch und dachte nach.

„Und wenn du sie ihm einfach nicht zeigst und es so wie immer machst nur mit seinem Namen? Er hat es dir doch nicht gesagt, oder?"

„Nein. Aber irgendwann wird er darauf kommen und was dann los sein wird will ich echt nicht wissen. Dieser Typ ist so anstrengend."

Kim seufzte.

„Da kann man nichts machen. Soll ich mitkommen, damit er dich nicht so anschnauzt?"

Ein Lächeln breitete sich auf ihrem Gesicht aus. Kim war einfach die Beste.

„Nein, wird schon, wenn nicht bleib ich übers Wochenende bei dir, okay?"

„Klar und dann denken wir uns einen schönen Racheplan aus. Wir könnten seinen Computer ins Klo werfen oder so."

„Genau", lachte sie.

„Und dann schmeißt er uns hinterher."

„Er und welche Armee?"

Beide lachten wurden aber von der Klingel gestört. Die nächste Stunde hatte angefangen.

Kayla dachte den restlichen Tag darüber nach, wie sie diese blöde Arbeit verschwinden lassen konnte.

Als sie schließlich zu Hause ankam hatte sie immer noch keine Idee.

Die Arbeit in der Hand kam sie in die Küche.

Puh, er war nicht da.

Erleichtert legte sie ihre Tasche und das Blatt auf den Tresen und lehnte sich dagegen.

Wie sollte sie das anstellen?

Er hielt sie doch jetzt schon für unfähig. Wahrscheinlich würde es ihn nicht mal interessieren.

Sie würde ihm das Blatt einfach hinlegen und wenn er etwas dazu zu sagen hatte, konnte er es sagen.

Wenn nicht dann nicht.

Trotzdem war es ihr irgendwie peinlich.

Ein Rumpeln über ihr ließ sie an die Decke sehen. Er war also doch da.

Aber momentmal. Über der Küche lag ihr Zimmer. Was machte er da?

Mit zusammengezogenen Augenbrauen ging sie die Stufen hoch und öffnete ihre Tür. Dort war zuerst nichts Verdächtiges zu sehen. Nur ihre Schranktüren standen offen.

Niemand war zu sehen.

Hätte sie sich vielleicht verhört? Gerade wollte sie wieder gehen und ihre Sachen aus der Küche holen, als er hinter der Schranktür hervorkam, eine ihrer Hosen in den Händen.

Verständnislos starrte sie ihn an.

„Was machst du da?"

Er sah auf. Ertappt wirkte er nicht, eher entspannt und gelassen.

„Du bist schon wieder da?"

„Ja, was machst du da?"

Er legte ihre Hose auf einen Stapel auf dem Bett. Komisch, der war ihr vorhin gar nicht aufgefallen.

Seelenruhig zog er eine ihrer kürzeren Hosen hervor.

„Ich sehe deine Klamotten durch."

Er hielt die Hose vor sie.

„Die geht nicht, die ist zu kurz", meinte er und legte sie auf einen anderen Stapel, vor dem Bett. Ihr fiel auf, das dort ihre ganzen kurzen Hosen lagen und auch ein paar Oberteile, die etwas enger geschnitten waren.

„Was?"

Er sah zu ihr.

„Deine Hosen. Die sind alle viel zu kurz. Als meine Verlobte solltest du dich nicht so billig anziehen."

Eine Jeans mit Löchern und Schlitz an der Seite flog auch vors Bett.

„Geht's dir noch gut?"

Spinte der jetzt total oder was? Die Hosen waren nicht zu kurz. Sie gingen bis knapp über die Knie, bis auf eine, das war eine Hotpants. Aber so oder so hatte er kein Recht ihre Sachen zu durchsuchen ob Verlobter oder nicht.

„Ja, alles bestens", meinte er.

Wut stieg in ihr auf. Was fiel ihm ein hier die Klamottenpolizei zu spielen?

„Dann hast du wohl deine Pillen heute Morgen nicht genommen oder was?", schnauzte sie und riss ihm die Bluse, die er gerade inspizierte aus den Händen.

„Ich nehme keine Medikamente", meinte er etwas verwirrt. Jetzt reichte es wirklich.

„Dann ist wohl gerade deine letzte Gehirnzelle gestorben. Was fällt dir ein dich hier hin zu stellen und meine Sachen zu durchwühlen?"

„Wie bitte?"

Er sah jetzt auch wütend aus. Dazu hatte er ja mal gar kein Recht. Immerhin war er hier am Wühlen gewesen und nicht sie.

„Wie redest du mit mir?", wollte er mit in die Hüften gestemmten Händen wissen.

„So wie ich will und jetzt verschwinde. Ich glaub bei dir hackt es."

Sie schob ihn Richtung Tür. Da fiel ihr etwas ein, was sie abrupt zum Stoppen brachte.

„Sag mit nicht, dass du auch meine Unterwäsche kontrolliert hast", verlangte sie zu wissen.

Er blinzelte irritiert.

„Nein, die ist in Ordnung."

Jetzt platzte ihr der Kragen.

„Du Schwein", schrie sie und gab ihm einen Stoß, dass er aus dem Zimmer taumelte.

Vor seiner Nase knallte sie die Tür zu und drehte den Schlüssel herum.

„Denkst du, du kannst mich einfach so rausschmeißen oder was? Ich habe jedes Recht darauf zu bestehen, dass du dich ordentlich anziehst!", wetterte er von draußen.

„Du hast gar kein Recht dich an meinen persönlichen Sachen zu vergreifen du Perverser!", schrie sie zurück.

„Kayla Jones", fing er an doch sie ließ ihn nicht ausreden.

„Behalt es für dich", schrie sie, bevor sie die Musik voll aufdrehte. Sie konnte ihn noch irgendetwas rufen hören doch dann war Ruhe.

Erleichtert ließ sie die Schultern hängen und drehte die Musik wieder etwas leiser.

Dann machte sie sich daran ihre Sachen wieder in den Schrank zu räumen.

Der hatte sie wohl nicht mehr alle. Was würde er denn machen, wenn sie einfach mal so in seien Sachen wühlen würde? Männer! Die nahmen sich aber auch jedes Recht raus.

Wütend marschierte sie zu ihrer Kommode, zog eine große Sporttasche heraus und warf einige Sachen hinein. Gerade als sie die Tür öffnen und ihre Sachen aus dem Bad holen wollte, hämmerte Kirian von außen dagegen.

„Kayla", rief er.

Seufzend machte sie die Musik aus und öffnete die Tür.

„Kannst du mir mal das hier erklären?"

Verblüfft starrte sie auf ihre PoWi-Arbeit.

Scheiße! Die hatte sie ja mal komplett vergessen.

„Was soll ich da erklären?", schnauzte sie.

„Zum Beispiel wieso du eine fünf geschrieben hast?"

Sie zischte wütend.

„Warum nicht? Ist doch kein Weltuntergang. Jeder greift mal ins Klo."

Seine wütende Miene blieb.

„Damit rechtfertigst du das also?", wollte er wissen.

„Das geht dich erstens gar nichts an", machte sie ihm klar.

„Und zweitens woher hast du die? Wühlst du immer noch in meinen Sachen?"

Seine Augenbrauen zogen sich noch enger zusammen.

„Nein. Sie lag ganz öffentlich in der Küche."

Ja, gut. Ihr Fehler.

„Als dein Vormund musst du mir so etwas sagen", wetterte er weiter.

Sie lachte wütend auf.

„Schön, dass ich das auch noch erfahre. Weißt du was?"

Sie riss ihm das Blatt aus der Hand und drängte sich an ihm vorbei.

„Du kannst mich mal und zwar kreuzweise!", schrie sie, stürmte ins Bad, holte ihre Zahnbürste und was sie sonst noch so brauchte und dann die Treppe runter. Er blieb ihr dich auf den Fersen.

„Wohin gehst du?", verlangte er zu wissen.

Sie schnaubte.

„Find´s raus."

In der Küche nahm sie ihre Tasche und strebte zur Tür. Doch er hielt sie am Arm fest.

„Kayla du sagst mir jetzt sofort wohin du gehst."

Sein Ton war wieder total nüchtern. Keine Spur von Wut. Nur eine steile Falte zwischen seinen Augenbrauen zeigte ihr, dass er innerlich am Kochen war.

„Zu Kim, Herr Diktator", zischte sie, bevor sie sich losriss und aus dem Haus stürmte.

Die Tür knallte sie hinter sich zu.

Die ganze Strecke stapfte sie wütend entlang doch bei Kim angekommen war ihr zum Heulen zumute.

Das musste man ihr wohl angesehen haben, denn als Kim die Tür öffnete warf sie nur einen kurzen Blick auf ihre Tasche und dann in ihr Gesicht.

„Oh, Süße, was ist passiert?"

Sie zog sie ins Haus und setzte sie auf die Couch.

„Kirian ist passiert."

Und dann brach alles aus ihr heraus.

„Er ist aber auch wirklich blöd", meinte Kim am Ende, auf einem Schokoriegel kauend.

„Total bescheuert trifft es eher", moserte Kayla. Sie hatte ihre Gefühle soweit im Griff, dass sie nicht mehr zwischen Heulkrampf und Wutanfall hin und her wechselte.

Den restlichen Tag verbrachten sie gemeinsam in Kims Zimmer und machten Hausaufgaben.

Ihre Eltern waren gelassen, als sie zum Abendessen auch blieb und erklärte übers Wochenende zu bleiben. Sie kannten das schon. Früher wenn sie es bei ihren Eltern nicht mehr ausgehalten hatte, hatte sie oft hier übernachtet.

Am Abend gingen sie gemeinsam mit Kims Schwester und ihrem Hund nach draußen.

„Ich leg ihm die Arbeit am Montag einfach hin. Entweder er unterschreibt sie oder nicht, ist mir dann auch egal", meinte sie, während sie Kims Schwester dabei zusahen, wie sie einen Hundehaufen aufsammelte.

„Genau, wer nicht will, der hat schon", ermutigte Kim sie.

Zu ihrer Verwunderung versuchte Kirian nicht sie zu erreichen. Erst am nächsten Abend klingelte ihr Handy, aber sie ging nicht ran. Sollte er doch denken, was er wollte.

Als dann aber noch Kims Festnetztelefon klingelte, ging diese ran.

Kayla hörte gespannt mit.

„Ja, sie ist hier."

Kims Mienenspiel gab ihr nichts Preis. Kim hörte ihm eine Weile zu, bis sie das Telefonat ziemlich knapp beendete.

„Ja, alles in Ordnung. Tschüss", beendete sie es auch schon.

„Er scheint sich Sorgen zu machen", meinte sie dann.

Kayla schnaubte nur.

„Geschieht ihm ganz recht, hat wohl Angst, dass er in den Knast kommt, wenn mir was passiert."

Kim sah sie kritisch an.

„Übertreibst du nicht ein bisschen?"

Sie zuckte mit den Schultern. War möglich aber sie hatte keine Lust sich näher mit dem Thema Kirian zu befassen.

Am Sonntagabend kam sie erst spät nach Hause in der Hoffnung ihn nicht zu treffen, womit sie Glück hatte.

Den Zettel legte sie auf den Küchentresen und verschwand dann leise in ihrem Zimmer. In seinem Zimmer brannte noch Licht.

War er wegen ihr aufgeblieben?

Kopfschüttelnd vertrieb sie den Gedanken und legte sich schlafen.

Am nächsten Morgen stand sie extrem früh auf. Ein Blick in die Küche zeigte ihr, dass er die Arbeit am Abend noch unterschrieben hatte.

Seufzend steckte sie sie ein und machte sich auf den Weg zu Kim. Sie wollten zusammen frühstücken.

Kapitel 6

Sie schob den Einkaufswagen durch die Gänge und sah auf ihre Liste.

Sie war Kirian seit ihrem Streit aus dem Weg gegangen und nutzte jede Gelegenheit aus dem Haus zu kommen. Vorgestern hatte sie endlich genug Geld zusammen gehabt um ihre Eltern in eine Suchtklinik einweisen zu lassen. Ihre Mutter hatte sich bedankt und tausendmal entschuldigt weil sie ihr so eine Last war.

Ihr Vater war wenig begeistert gewesen, war aber gegangen.

Sie wollte jetzt schnell einkaufen gehen um dann zu ihrem alten Haus zu fahren und mit der Renovierung anzufangen.

Kayla würde damit anfangen alle alten und kaputten Möbel rauszuschmeißen und dann wenn sie noch Zeit hatte, würde sie schon mal die alten Tapeten von den Wänden kratzen oder anfangen zu streichen.

Es wartet noch viel Arbeit auf sie. Zum Glück hatte sie die Schränke schon ausgeräumt.

Hoffentlich verlief der Verkauf ihrer Bilder weiterhin so gut. Ansonsten musste sie sich eine andere Möglichkeit suchen um die Renovierung zu finanzieren. Möbel waren teuer, Laminat auch.

Die Kreditkarte, die sie von Kirian bekommen hatte, benutzte sie absichtlich nicht.

Sicher warteten seine Eltern nur darauf, dass sie etwas richtig Teures kaufte um sie als Schnorrer dazustellen.

Aber diesen Einkauf würde sie davon bezahlen. Immerhin war es ja nicht nur für sie, sondern auch für ihn.

Auf Markenprodukte verzichtet sie trotzdem.

Sie stand gerade an der Kasse, als ihr Handy klingelte.

„Ja?", meldete sie sich, das Handy zwischen Schulter und Kinn eingeklemmt, während sie die gescannten Sachen wieder in den Einkaufswagen legte.

„Hi, ich bin´s. Ich wollte nur fragen ob du Zeit hast", meldetet Kim sich.

„Eigentlich nicht. Ich kauf gerade ein, warte mal kurz."

Sie bezahlte und steckte die Karte wieder ein. Mit einer Hand schob sie den Einkaufswagen, mit der anderen telefonierte sie weiter.

„So, es ist gerade schlecht. Ich will die Lebensmittel nur schnell nach Hause bringen und dann mit der Renovierung anfangen", erklärte sie Kim.

„Ach so. Ich kann ja vorbeikommen und dir helfen, wie wäre das?"

Kayla lächelte.

„Großartig. Sagen wir in einer Stunde vor dem Haus?"

„Abgemacht, bis dann."

„Ja, bis dann."

Sie unterbrach die Verbindung, nahm die Tüten aus dem Wagen und stellte ihn wieder zurück in die Reihe.

Da sie weder einen Führerschein, noch einen Wagen hatte, würde sie die Einkäufe so nach Hause tragen müssen.

Tja, das Geld für ihren Führerschein war in den Entzug ihrer Eltern geflossen. Ein Auto hatten die nie besessen.

Seufzend machte sie sich auf den Weg.

Dabei kam sie an einer Bushaltestelle vorbei, stieg aber nicht ein. In dem Gedränge mit den schweren Taschen, da war laufen um einiges besser.

Ihre Arme taten weh, als sie endlich zu Hause war.

Die Tür schloss sie mit Not und Mühe auf, ohne eine Tasche fallen zu lassen.

Kayla trat sie einfach hinter sich zu.

Dann ging sie in die Küche und versuchte die Taschen auf den Tresen zu heben. Bei der ersten klappte es, wenn auch nur mit Mühe. Die zweite machte verdächtige Geräusche, als sie sie weiter hob.

„Oh, das darf doch jetzt nicht wahr sein", fluchte sie, als der Boden der Papiertüte riss.

Sie sah sich schon auf dem Boden rumkriechen und alles wieder aufsammeln, als eine schlanke Hand hervorschoss und die Tüte von unten stützte.

Sie sah auf und schaute in wunderschöne, braune Augen.

„Danke"

Kirian setzte die Tasche auf dem Tresen ab.

„Gern geschehen. Warum hast du keine Plastiktüte genommen? Die sind stabiler."

Sie verzog das Gesicht.

„Kann schon sein aber Papiertüten sind besser für die Umwelt."

Er nickte und sah ihr dabei zu, wie sie die Lebensmittel wegräumte.

Die Stille zwischen ihnen war erdrückend.

„Sag mir doch das nächste Mal bescheid, dann gehe ich mit einkaufen."

Sie drehte sich um und lächelte ihn dankbar an.

„Mach ich."

Sie wandte sich wieder den Schränken zu. Er räusperte sich.

„Wegen letzter Woche. Ich hätte dich wohl erst fragen sollen", meinte er dann und spielte mit einem Apfel herum.

Kayla wartete ob noch mehr kam, kam aber nicht.

„Ja, hättest du", meinte sie, fügte aber, weil sie einer Entschuldigung nicht näher kommen würde hinzu: „Lass uns nicht mehr drüber reden."

Er nickte und half ihr die Sachen wegzuräumen.

Erleichtert sah sie auf die Uhr. Sehr gut, ihr blieben noch immer zwanzig Minuten.

„Du gehst schon wieder", stellte er fest.

Kayla drehte sich zu ihm.

„Ja, aber ich bin heute Abend wieder da. Bis später."

„Bis später."

Und schon war sie wieder verschwunden und auf dem Weg zu ihrem alten zu Hause.

Dort wartete Kim schon vor der Tür.

„Hey, wie geht´s?", begrüßte sie sie.

„Alles bestens und bei dir? Stehst du immer noch auf Kriegsfuß mit ihm?"

Sie schloss die Tür auf.

„Nein, er hat sich sogar entschuldig."

„Echt? Das hätte ich jetzt nicht erwartet."

Kayla grinste.

„Ich auch nicht. Wenn man es genau sieht war es auch gar keine Entschuldigung. Er meinte nur, das er mich hätte fragen müssen."

Kim zog ihre leichte Sommerjacke aus und hängte sie an einen Hacken im Flur.

„Tja, aber immerhin. Also, wo fangen wir an?"

Sie rieb sich die Hände.

Auch Kayla zog ihre Jacke aus.

„Wir schmeißen erst mal alle Möbel raus. Die guten räumen wir in die Mitte der jeweiligen Zimmer. Allerding glaube ich nicht, das es allzu viele werden."

Kim beäugte die Möbel.

„Da könntest du Recht haben."

Kayla nickte. Sie schämte sich nicht vor Kim. Sie wusste, wie es um ihre Eltern stand. Im Ganzen hätte es auch schlimmer aussehen können.

„Fange wir oben an?", fragte Kim.

„Ja, dann wird es am Ende leichter, wenn wir hier unten sind." Also machten sie sich an die Arbeit. Es erwies sich schwerer als gedacht.

Zusammen konnten sie zwar die kleineren Möbel nach unten vor die Tür tragen, aber die meisten mussten sie auseinanderschrauben.

Die alten Dinger waren zwar einsturzgefährdet aber die Schrauben saßen fest als wollten sie den nächsten Krieg überleben.

Es war mühsam und anstrengend. Doch zusammen schafften sie es die oberste Etage leer zu räumen. Wie sie schon prophezeit hatte, waren nur sehr wenige Möbel zu retten gewesen. Eigentlich nur einige Regale und ein, zwei Kommoden. Ihr Kleiderschrank und Bett auch. Der Rest war zu runtergekommen und teilweise auch morsch gewesen, als das man ihn hätte behalten können.

Gemeinsam zerrten sie gerade den alten Wohnzimmerschrank zur Tür als ihr Handy klingelte.

„Ja?", meldete sie sich, den Schrank immer noch von hinten schiebend.

Es war der Arzt der Klinik, in der ihre Eltern behandelt wurden.

„Ist gut, schönen Tag noch", beendete sie das Gespräch nach fünf Minuten wieder.

„Wer war´s?", wollte Kim wissen, die den Schrank von vorne zog.

„Der Arzt meiner Eltern. Er wollte nur Bescheid sagen, das alles in Ordnung ist."

Kim keuchte und gemeinsam wuchteten sie den Schrank noch ein Stück weiter zur Tür hin.

„Das ist doch gut", meinte sie.

„Ja, finde ich auch. Hoffentlich schaffen sie es."

Sie wusste nicht, was sie sonst machen würde.

„Das wird schon", machte Kim ihr Mut.

Mit einem letzten Ruck schoben sie den Schrank aus der Tür und die drei Stufen davor hinunter.

Er polterte diese hinunter und zerbrach am Ende seines Fluges in kleinere Teile. Diese trugen Kim und sie gemeinsam zu den anderen Schränken vor dem Zaun. Es war schon ein beachtlicher Berg zusammengekommen.

„Das können wir so aber nicht stehen lassen", machte Kim sich Sorgen.

„Ich weiß, ich hab den Sperrmüll schon angerufen, die kommen morgen. Dann ist der ganze Müll endlich weg."

Gerade trugen sie gemeinsam ein besonders großes Teil des Schrankes, als ein Sportwagen vor ihrem Tor erst langsamer wurde und dann hielt.

Kim blieb deswegen so plötzlich stehen, dass Kayla in sie reinlief und fast auf ihr gelandet wäre.

„Sorry. Was ist, warum bleibst du stehen?"

Sie drehte sich grinsend zu ihr um.

„Dein Verlobter ist da!", verkündete sie.

Was?

Sie beugte sich zur Seite und tatsächlich, das war Kirian, der da gerade aus dem Sportwagen stieg und auf sie zukam.

„Na, willst du uns helfen?", begrüßte Kim ihn.

„Es gibt noch genug Arbeit."

Er wurde kurz langsamer, entdeckte sie dann aber und lächelte schief.

„Wenn ich darf."

Und so kam es, dass Kirian in Designerhemd und Hose auf dem Boden ihrer Küche saß und die Schränke auseinanderschraubte und sie ein Stockwerk weiter oben die alten Tapeten von den Wänden kratzten.

Kayla hatte ja nicht damit gerechnet das er ihnen wirklich helfen würde, aber er hatte einfach seine Jackett Jacke ausgezogen und sich in die Arbeit gestürzt.

„Vielleicht hat er ein schlechtes Gewissen wegen eurem Streit", vermutete Kim.

„Kann sein. Beschweren werde ich mich auf jeden Fall nicht. Wie kommst du voran?"

„Ganz gut, die Seite ist gleich fertig und du?"

Kayla riss gerade ein großes Stück Tapete von der Wand.

„Diese Seite ist fertig, nur noch kleine Reste."

Kim streckte sich.

„Sehr gut. Dann wäre der Raum ja schon mal fertig."

Da hatte sie Recht, nur warteten noch etliche andere auf sie.

„Mein Zimmer und das Gästezimmer können wir eigentlich so lassen, da müssen wir nur neu streichen."

„Das Bad und das Wohnzimmer auch", stimmte Kim ihr zu.
Dann waren es doch nicht mehr so viele Räume. In dieser
Etage nur noch das Büro ihres Vaters und die Abstellkammer.
Kayla sah auf die Uhr.
„Das Arbeitszimmer meines Vaters schaffen wir vielleicht noch,
das ist nicht allzu groß", überlegte sie.
Genau in dem Moment kam Kirian ins Zimmer.
„Ich bin fertig", verkündete er.
„Sehr gut, dann kannst du das Arbeitszimmer machen und
Kayla und ich machen die Abstellkammer", befahl Kim.
Und genauso machten sie es auch. Am Ende des Tages war das
komplette Haus ausgeräumt und die erste Etage von den Tape-
ten befreit.
Im Laufe der Woche würden sie noch die restlichen Tapeten
und die Böden entfernen.
Aber jetzt war erst mal Feierabend.
„Danke für deine Hilfe", verabschiedete sie sich von Kim.
Sie drückte sie einmal fest an sich. Kim erwiderte die Umar-
mung.
„Immer doch. Sag mir bescheid, wenn es weiter geht. Bis Mor-
gen dann."
Kayla wandte sich an Kirian, der ihre beiden Jacken in der Hand
hielt und auf sie wartete.
„Danke auch dir, ohne dich hätten wir es nicht so weit ge-
schafft."
Ein Mundwinkel hob sich.
„Gern geschehen."
„Du musst ihn auch umarmen!", hörte man Kim rufen. Ver-
wundert sah sie sich um und entdeckte sie am Zaun stehen.
„Na los, ich warte", rief sie und grinste sie hinterlistig an.
Dieses Biest.
Unschlüssig wandte sie sich an Kirian. Der hob fragend eine
Augenbraue.
„Wenn es dir nichts ausmacht?", fragte sie.
In seinen Augen blitzte etwas auf.

„Warum sollte es?"

Ja, was soll´s, dachte sie und drückte ihn an sich.

Er roch gut, war das erste, was sie dabei feststellte. Sie konnte den Geruch nicht ganz zuordnen, aber es war etwas exotisch.

Seine Arme schlossen sich hinter ihrem Rücken und er erwiderte die Umarmung.

„Danke", murmelte sie noch einmal an seiner Schulter. Erstaunt stellte sie fest, dass ihr Kopf bequem in die Mulde von seiner Schulte zu seinem Hals passte.

Unbewusst schmiegte sie sich enger an ihn.

Er war so warm.

Der Moment wurde unterbrochen, als sie Kim lachen hörte.

Schnell trat sie einen Schritt zurück. Ihr schien es fast, als ließe Kirian sie nur unfreiwillig los.

„Ich geh dann mal und lass euch Turteltäubchen alleine", rief Kim und machte sich auf den Weg.

„Verrücktes Huhn", murmelte sie, während sie ihr nachsah.

Kirian reichte ihr ihre Jacke.

„Wollen wir?"

Sie nickte und zog die Jacke an.

„Gerne."

Kayla war heilfroh das sie nicht laufen musste. Sie war fix und fertig. Am liebsten hätte sie einfach nur geschlafen.

Kirian fuhr sie beide nach Hause. Dabei achtete er weniger auf den Verkehr, als mehr auf Kayla, die neben ihm eingenickt war.

Das Gefühl das ihre Umarmung in ihm ausgelöst hatte, klang noch immer in seinem Inneren nach.

Verwirrt über diese Gefühle schielte er an einer roten Ampel erneut zu ihr. Sie hatte sich von ihm abgewandt zusammengerollt und den Kopf an die Scheibe gelehnt.

Ihr Atem ging ruhig und gleichmäßig.

Hinter ihm hupte ein Wagen.

Es war grün. Schnell fuhr er an, damit Kayla nicht aufwachte.
Das tat sie nicht, sie änderte nur ihre Position und schaute nun
in seine Richtung.

Ihr Gesicht war entspannt und weich.

Er riss sich davon los und konzentrierte sich nur aufs Fahren.

Was war nur los mit ihm?

Seit sei ihn umarmt hatte, fühlte er sich irgendwie anders. Dabei hatte er ihr nur geholfen um dieses drückende Schuldgefühl los zu werden. Er dachte wenn er ihr half würde es verschwinden aber es hatte nur einem anderen Gefühl Platz gemacht.

Kopfschüttelnd unterdrückte er es und fuhr ohne weitere Zwischenfälle zu ihrem Haus.

Dort angekommen fragte er sich gerade ob er sie wecken sollte
oder lieber ins Haus trug.

Doch sie nahm ihm die Entscheidung ab. Denn sie öffnete die
Augen, kaum dass der Wagen stand und sah sich um.

„Sind wir schon da?"

Sie fuhr sich durch die Haare.

„Mann, ich bin voll eingepennt!", stellte sie fest, während sie
sich ausschnallte und ausstieg.

Kirian schwieg und schloss die Tür auf.

Kayla überholte ihn und marschierte gleich in die Küche.

„Ich hab einen Bärenhunger", verkündete sie. Bei dieser Bemerkung musste er schmunzeln.

„Aber kochen ist blöd", murmelte sie.

„Wie wäre es mit Pizza?", fragte sie ihn.

Er erklärte sich einverstanden.

Schon nach einer Viertelstunde saßen sie zusammen vor dem
Fernseher und aßen ihr Pizzen.

„Nächste Woche ist ein Fototermin für die ganze Familie angesetzt", erinnerte er sich.

Kayla sah von ihrem Essen auf.

„Oh, wann?"

„Nächsten Freitag. Es ist hier zu Hause, deswegen mach dir keine Sorgen. Du musst nur pünktlich von der Schule kommen", meinte er.

Mit diesen Infos konnte sie umgehen.

„Soll ich irgendwas Besonderes anziehen oder so?"

Er schien eine Weile zu überlegen.

„Irgendwas schickes wäre gut, vielleicht ein Kleid", meinte er dann.

Ein Kleid also. Gähnend räumte sie ihr Geschirr weg.

„Ich geh schlafen", verkündete sie dann. Ihr tat alles weh und ihr ganzer Körper schrie einfach nur Bett, Bett, Bett.

„Gute Nacht", sagte er und räumte auch sein Geschirr weg.

„Nacht", murmelte sie, schon mit den Gedanken in ihrem Bett.

Als sie dann endlich in ihre Kissen sank, schlief sie schon halb.

Dies war die erste Nacht in der sie von Kirian träumte.

Kapitel 7

Kayla versuchte ihren Wecker zum Schweigen zu bringen in dem sie ihn niederstarrte, was natürlich nicht klappte.
Seufzend strich sie sich die Haare aus dem Gesicht und stand murrend auf.
Da sie heute einen Test in Erdkunde schrieben stand sie schon eine Stunde früher auf, damit sie vorher noch alles durchgehen konnte.
Noch so eine Pleite wie beim letzten Test wollte sie nicht erleben.
Aber auch die kalte Dusche weckte ihren Geist nicht wirklich. Immer noch schlaftrunken wankte sie in die Küche. Dabei fiel ihr Blick ins Wohnzimmer. Die Sonne strahlte herein und beschien die Silhouette eines Mannes, der an dem Tisch saß.
Sich am Kopf kratzend ging sie in die Küche, blieb aber kurz darauf wie versteinert stehen.
Momentmal. Ein Mann? Im Wohnzimmer?
Sie zog die Augenbrauen nachdenklich zusammen. Hatte sie sich vertan?
Rückwärts ging sie wieder zurück und sah ins Wohnzimmer. Tatsache. Dort saß ein Mann an ihrem Tisch und trank eine Tasse Kaffee.
Jetzt war sie vollkommen wach. Verwirrt blinzelte sie. Doch der Mann blieb und grinste sie breit an.
„Guten Morgen", meinte er dann ganz lässig.
„Morgen", murmelte sie immer noch auf dem Schlauch stehend. Wie kam der hier rein?
„Wer sind sie?"
Er fing an zu kichern und sie fragte sich wieso.
„Ich bin Kirians Bruder, Elian", meinte er.
„Und das soll ich ihnen jetzt glauben?", versicherte sie sich.
Er grinste schon wieder.
„Klar doch."

„Na dann", murmelte sie und ging wieder in die Küche um sich einen Kaffee zu holen.

Sie setzte sich neben ihn und trank einen großen Schluck. Das Koffein wirkte fast sofort.

„Wie sind sie hier rein gekommen?", verlangte sie zu wissen.

Während er antwortete betrachtete sie ihn genauer. Er könnte wirklich Kirians Bruder sein. Er hatte die gleiche Statur und Haarfarbe aber seine Augen waren grün, mit dunklen Sprenkeln.

„Durch die Tür. Ich habe einen Schlüssel", verkündete er und hielt ihn wie zum Beweis hoch.

„Aha."

In ihrem Kopf war immer noch Watte aber langsam legte sich diese.

„Elian, richtig?"

Er nickte.

„Und was machst du hier?"

„Ich bin wegen dem Fototermin heute hier und wenn ich dich so ansehe müsstest du die Verlobte von Kirian sein."

Sie nickte und fluchte über sich selbst das sie so unhöflich war und sich nicht vorstellte.

„Ja, richtig. Ich bin Kayla."

Er grinste und schüttelte ihre ausgestreckte Hand.

„Kann es sein das du etwas übermüdet bist?", fragte er dann.

Sie winkte ab.

„Nee, ist nur nicht meine Zeit. Normalerweise schlaf ich jetzt noch."

Er trank seinen Kaffee, zog aber fragend eine Augenbraue hoch.

„Wir schreiben heute Morgen einen Test und ich will in Ruhe noch mal alles durchgehen", erklärte sie deshalb.

„Ah, welches Fach?"

„Erdkunde."

Er lehnte sich in seinem Stuhl zurück.

„Du sagst das so als würdest du es nicht sehr mögen", stellte er fest.

„Na ja, geht so."

Er musterte sie.

„Lass mich raten dein Lieblingsfach ist", er machte eine kurze Pause und überlegte, „Mathe?"

Das brachte sie zum Grinsen.

„Nein, Kunst", verriet sie ihm dann.

Er schlug sich mit der Hand an den Kopf.

„Hätte man wissen können", meinte er dann.

Bevor sie ihn nach dem Grund fragen konnte, weckte Kirian ihre Aufmerksamkeit, da er gerade ins Wohnzimmer schlenderte.

Er stutzte kurz, lächelte dann aber als sein Blick auf seinen Bruder fiel.

„Was machst du denn hier?", fragte er während Elian ihn in eine brüderliche Umarmung zog.

„Ich komme wegen dem Termin heute Mittag. Na wie geht´s, altes Haus?"

Kayla war von der Art und Weise wie die beiden miteinander umgingen fasziniert.

Sie hatte Kirian noch nie so locker und entspannt gesehen.

Doch ein Blick auf die Uhr zeigte ihr, dass sie sich beeilen musste. Also schlüpfte sie unbemerkt an den beiden vorbei und ging ihre Sachen holen.

„Es ist echt schön wieder hier zu sein."

Kirian grinste. Das konnte er sich denken.

„Wie laufen die Geschäfte?"

Er rührte in seiner Tasse während er antwortete.

„Gut, so wie immer. Wenn es weiter so geht können wir im Sommer expandieren."

„Das hört sich doch gut an."

Der Blick seines Bruders wurde vertraulicher und er beugte sich zu ihm vor. Kirian überlegte was er ihm jetzt wohl sagen wollte.

„Aber mal was anderes. Deine Verlobte ist echt heiß. Da hätte es dich auch schlimmer erwischen können", meinte er ganz lässig.

Kirian lächelte gequält. Darüber wollte er eigentlich nicht mit seinem Bruder reden.

Aber er hatte recht. Es hätte ihn auch schlimmer treffen können.

„Ja, sie ist nett", meinte er.

Sein Bruder schlug ihm lachend auf die Schulter.

„Und ob. Obwohl man sagen muss, das sie morgens ziemlich neben der Spur ist."

„Wieso?"

Er kicherte.

„Sie hat erst nach drei Minuten entdeckt, dass ich da bin obwohl sie mich schon gesehen hatte."

Das brachte Kirian jetzt aber doch zum Schmunzeln. Er konnte es sich schon fast bildlich vorstellen.

„Wo ist sie überhaupt?"

Stimmt. Sie war nicht mehr im Wohnzimmer. Suchend reckte er den Kopf und spähte in die Küche aber dort war sie auch nicht.

„Wahrscheinlich holt sie ihre Sachen", meinte er.

Und da konnte man sie auch schon die Treppen hinunter poltern hören. Sie kam in sein Sichtfeld, mehrere vollbeschriebene Blätter vor sich haltend.

Im Eingang zum Wohnzimmer blieb sie kurz stehen und sah von ihren Blättern auf.

„Ich bin dann mal weg", verkündete sie und war schon im Begriff sich umzudrehen und zu gehen, als Elian sich einmischte.

„Du läufst?"

Verwirrt sah sie ihn an und ließ ihre Blätter etwas sinken.

Kirian erhaschte einen Blick darauf. Es war Erdkunde. Vulkane und Erdbeben. Wahrscheinlich schrieb sie einen Test, was auch erklärte warum sie schon vor ihm wach gewesen war.

„Ja, wieso?", wollte sie von seinem Bruder wissen.

Dieser lehnte sich auf seinem Stuhl zurück und musterte erst sie und dann ihn.

„Kirian könnte dich doch fahren", meinte er dann.

Bevor er selbst etwas dazu sagen konnte, antwortete Kayla ihm schon.

„Nee, las mal. Ich laufe lieber, ist gut für die Figur", meinte sie nur und war auch schon verschwunden. Die Tür fiel hinter ihr ins Schloss.

Kirian spürte den prüfenden Blick seines Bruders und wandte sich wieder ihm zu.

„Sag mir nicht, dass du bei ihr den Geschäftsmann genauso raushängen lässt, wie bei unseren Eltern", verlangte er nach einer Weile zu wissen. Diese Frage irritierte ihn.

„Wieso?"

Elian seufzte.

„Weil das euer angespanntes Verhältnis erklärt."

Er stieß ihn an.

„Mann, merkst du es nicht? Kaum kommst du in den Raum ist sie voll angespannt und auf der Hut. Was hast du gemacht? Ihr gesagt sie fliegt raus wenn sie sich nicht ordnungsgemäß verhält, oder was?"

Kirian runzelte die Stirn. Was sollte das denn jetzt?

„Nein, hab ich nicht", rechtfertigte er sich.

„Aha."

Man konnte ihm ansehen das er das bezweifelte, stark.

„Hab ich wirklich nicht", beteuerte er.

Elian zog eine Augenbraue hoch.

Oder?

„Die Hack hat sie nicht mehr alle!", verkündete Kim am Ende des Tages.

„Stimmt", stimmte Kayla ihr, auf einer Möhre kauend zu.

Der Test in Erdkunde war verdammt schwer gewesen. Sie hatte trotzdem kein allzu schlechtes Gefühl deswegen.

„Da nimmt die doch einfach Sachen dran die wir im Lebtag noch nicht besprochen haben."

Auch damit hatte sie recht. Kim hatte sich noch während der Arbeit darüber beschwert und hatte dafür einen Tadel kassiert.

„Mach dir nichts draus. Wenn wir die Arbeit nachschreiben müssen fällt es auf sie zurück", tröstete sie sie.

„Stimmt auch wieder."

Kim stieß sie mit den Ellbogen spielerisch an.

„Fototag, wie?"

Kayla seufzte. Den hatte sie ja schon fast vergessen.

„Ja. Kirians Bruder ist auch schon da. Ich weiß nicht, wie ich das überleben soll. Schon allein mit ihm fühl ich mich wie ein Trampel aber bei der ganzen Familie?"

Sie seufzte erneut.

Kim legte ihr einen Arm um die Schultern.

„Das wird schon, ich komm einfach mit. Bruder hast du gesagt? Ist er genauso heiß wie er?"

Jetzt ging das schon wieder los.

„Ja, ziemlich. Er sieht ihm ziemlich ähnlich, nur seine Augen sind grün", meinte sie.

Kim grinste.

„Dann komme ich auf alle Fälle mit", verkündete sie in einem Tonfall der keinen Wiederspruch duldete.

„Von mir aus", gab sie sich geschlagen.

Zusammen schlenderten sie über den Schulhof zum Ausgang als sie drei Jungs entdeckten die direkt auf sie zukamen.

„Nicht schon wieder", stöhnte Kim.

Doch, schon wieder.

Es waren die gleichen drei Idioten die sie auch schon letzten Monat belästigt hatten.

„Bleib einfach locker, vielleicht lassen sie es ja heute", murmelte Kayla.

„Eher lernen Schweine fliegen", flüsterte Kim zurück.

Womit sie wie immer mal wieder recht hatte.

„Hey, Indiana Jones, schon ein paar Kristallschädel gefunden?", rief einer.

Nur weil ihr Name Jones war, musste sie sich immer wieder diese blöden Sprüche anhören.

Die Kerle kamen näher und grinsten dämlich.

„Nein, heute noch nicht", spielte sie ihr Spiel mit, in der Hoffnung, dass sie sich dann schneller verziehen würden.

„Schade", meinte der Kerl und legte ihr vertrauensvoll einen Arm um die Schulter.

Sie wand sich, kam aber nicht los.

„Und du Blondie?", erkundigte sich ein anderer und rückte Kim auf die Pelle.

„Verpiss dich", sagte sie nur und wich seinem Arm aus.

Der Kerl nahm es locker und lachte.

„Ach komm schon Kleine, war doch nur ein Scherz."

Kayla wollte den Arm von ihren Schultern schieben aber der Kerl zog sie einfach näher an sich heran.

„Und du kleiner Indiana Jones, heute schon was vor?"

„Ja, jede Menge", motzte sie und schaffte es endlich sich aus seinem Griff zu winden.

„Jetzt habt euch doch nicht so", meinte der Dritte in der Runde.

„Wir wollen doch nur ein bisschen Spaß."

„Nein danke, nicht mit uns, auf Wiedersehen", sagte Kayla während sie die Hand des Kerls neben ihr wegschlug und Kim am Arm mit sich zog.

„Genau, auf nimmer wiedersehen", rief sie.

„Wartet doch mal."

Die Drei wollten sie so schnell nicht gehen lassen.

Als sie eine am Arm festhielt, wurde es Kayla zu bunt.

„Lass mich sofort los!", zischte sie.

Der Kerl lachte.

„Wieso? Was willst du dagegen tun?", säuselte er.

„Oho, alle man in Deckung", konnte sie Kim murmeln hören.

Die Kerle waren sichtlich amüsiert.

„Du willst also wissen, was ich gegen dich kleinen Scheißer zu bieten habe?", frage sie ihn honigsüß.

„Hey, die Kleine will rangeln", rief der Dritte.

Der Kerl der immer noch ihren Arm festhielt grinste dreckig.

„Na dann zeig mir doch mal was du so drauf hast", meinte er spöttisch.

„Gerne", sagte sie und rammte ihm ihre Faust ins Gesicht.

Er schrie überrascht auf.

Kayla ließ ihre Tasche von der Schulter gleiten.

Mit den Schultern rollend wandte sie sich den Typen vor ihr zu, der sich die Nase hielt.

„Schon genug?", säuselte sie.

„Von wegen du Schlampe!", schrie er und holte aus. Sie fing seine Hand ab und schlug sie zur Seite. Gleichzeitig wich sie dem Typen aus, der Kim belästigt hatte. Er wollte sie von hinten Packen, bekam aber einen Tritt dahin, wo es wehtat. Stöhnend und seine Kronjuwelen festhaltend ging er erst in die Knie und schlug dann mit dem Gesicht auf den Boden auf.

Wage registrierte sie, dass Kim ihm noch einen Arschtritt verpasste, aber da flog schon die Faust des Dritten und der Fuß des erste auf sie zu. Ersteren blockte sie und letzterem wich sie aus.

„Na warte du Schlampe", schrie der Dritte und stürzte sich auf sie.

Kayla musste nur einen Schritt zur Seite machen und ihn an sich vorbei rennen lassen.

Der erste war da schon konzentrierter und schlug mit mehr System zu.

„Man schlägt keine Mädchen", meinte sie während sie gegen seinen zum Schlag ausholenden Arm schlug und ihm dann eins überzog.

Er taumelte.

„Von wegen. Dir werde ich deinen süßen Arsch versohlen", rief er und grinste pervers.

„Idiot."

Und schon hatte er wieder ihre Faust im Gesicht. Er schrie wütend.

Ein brutaler Schal traf sie im Nacken und riss sie auf die Knie.

„Das wirst du mir büßen", rief der Dritte.

„Kayla pass auf", hörte sie Kim schreien. Diese saß auf dem, den sie getreten hatte. Aber wirklich zu wehren schien er sich nicht.

Der Dritte, der sie geschlagen hatte, holte mit dem Fuß aus und wollte sie gerade in den Rücken treten, als sie sich auf die Hände stemmte und mit den Beinen herumfuhr. So riss sie ihm und seinem Freund die Beine weg.

„Wollt ihr noch mehr?" fragte sie die beiden am Boden liegenden.

Der eine rappelte sich noch einmal auf, landete aber wieder auf dem Boden.

Der Anführer stemmte sich auf die Füße und funkelte sie wütend an.

„Dafür wirst du bezahlen", knurrte er, bevor er und seine Kumpels das Weite suchten.

Kim kam zu ihr und reichte ihr ihre Tasche.

„Denen hast du es gezeigt! Wie geht's deinem Nacken? Der hat dich echt voll erwischt."

Kayla nahm die Tasche entgegen und rieb sich den Nacken. Es tat nur ein bisschen weh, würde aber im Laufe des Tages bestimmt noch schlimmer werden und blau.

Sie seufzte.

„Geht schon, bei dir alles in Ordnung?"

Kim lachte.

„Klar, dank dir Kampfmaschine. Es war doch gut das du die Verteidigungskurse gemacht hast."

Kayla lachte.

„Du warst doch auch dabei."

„Ja, aber ich war schlecht, schlechter als schlecht, kurz gesagt miserabel."

Beide lachten. Doch Kayla blieb das Lachen im Hals stecken als sie sah, wer da vor dem Tor auf sie wartete.

Kirian und sein Bruder starrten sie mit offenen Mündern entsetzt an.

„Oh, Scheiße!", fluchte sie.

Kirian und Elian hatten beschlossen Kayla abzuholen, damit sie alle zur gleichen Zeit da waren und ihre Eltern keinen Grund zu meckern hatten. Als sie ankamen, kam sie gerade mit ihrer Freundin aus dem Schulgebäude und unterhielt sich mit ihr.

„Wer ist das da bei ihr?", fragte sein Bruder interessiert.

„Ihre Freundin, Kim."

Er murmelte etwas und sah sie an.

Kirian wusste genau wo das enden würde und schüttelte den Kopf.

„Vergiss es", meinte er.

„Vergiss was?", erkundigte sich sein Bruder.

Doch bevor er ihm antworten konnte, lenke ihn ein Tumult ab.

Drei Typen schienen Kayla und Kim zu belästigen.

„Was sind das für Typen?", fragte sein Bruder.

„Keine Ahnung."

Aber sie schienen den beiden nicht gerade zimperlich gegenüber zu sein.

Als einer Kayla einen Arm um die Schultern legte, ballte er die Fäuste.

Doch bevor er dazwischen gehen konnte, schlug Kayla ihm ins Gesicht.

Kirian blinzelte irritiert.

„Hat sie gerade?", fragte er.

Sein Bruder nickte.

„Ja, hat sie."

Und schon wurden sie Zeugen, wie Kayla die drei zur Schnecke machte.

Als sie den ersten zu Boden schickte, stöhnte selbst Elian. Jepp, der war erledigt.

Doch dann wendete sich das Blatt und Kayla wurde von einem der drei niedergeschlagen. Er hatte sich hinterlistig von hinten angeschlichen und sie voll erwischt.

Kalte Wut stieg in ihm auf. Doch erneut brauchte sie seine Hilfe nicht. Denn schon lagen die beiden auf dem Boden.

Schon nach wenigen Minuten war alles vorbei und die drei machten, dass sie weg kamen.

Er sah wie sie sich den Nacken dort rieb, wo sie getroffen worden war aber schon wieder mit ihrer Freundin lachte. Sie hörte aber sofort damit auf als sie seinem Blick begegnete und Entsetzten zeichnete sich auf ihren Zügen ab.

Jetzt saßen sie im Auto, sie und er vorne und Elian und Kim hinten.

Diese unterhielten sich angeregt.

„Wie geht es deinem Nacken?", wollte er wissen. Sie winkte ab.

„Schon in Ordnung."

„Sicher? Er hat dich ziemlich heftig erwischt."

Kayla machte erneut eine wegwerfende Handbewegung.

„Sie haut nichts so leicht um", ließ sich Kim von hinten vernehmen.

Kayla lachte. Da hatte sie schon nicht ganz Unrecht.

„Kommt das häufiger vor?", wollte Elian wissen.

Kayla grinste noch immer in sich hinein, wenn sie daran dachte, wie er sich Kim vorgestellt hatte. Er hatte ihr galant die Hand geküsst und sich als Elian Narvik Alucar vorgestellt. Kim war gleich Feuer und Flamme gewesen.

„Manchmal", antwortete Kim ihm. Sie wollte sich zu ihnen umdrehen, zuckte aber zusammen als sich ein stechender Schmerz in ihrem Nacken meldete.

„Es geht dir eben nicht gut", sagte Kirian neben ihr und lenkte ihre Aufmerksamkeit wieder auf sich.

„Doch", erwiderte sie leicht genervt.

Sie hatte heute noch einiges vor und konnte sich einen schmerzenden Nacken nicht erlauben.

„Ich schmiere etwas Salbe drauf und dann geht es schon wieder", versuchte sie ihn zu beruhigen.

„Von wegen", meinte er und bog um eine Ecke.

„Wir setzten die beiden zu Hause ab und dann fahre ich dich zu einem Arzt", verkündete er.

„Der macht auch nichts andres als mir eine Salbe zu verschreiben. Außerdem habe ich keine Zeit für so was."

„Wieso?", fragte er irritiert.

Sie zog genervt eine Augenbraue hoch.

„Wegen eurem Haus?", ging es ihm dann wohl auf.

Ihm schien noch etwas anderes eingefallen zu sein.

„Wo waren eigentlich deine Eltern?"

Die Frage musste ja kommen.

„Sie sind in einer Klinik", sagte sie nur und hoffte, dass er es dabei belassen würde.

Doch er zog die Augenbrauen fragend zusammen und beließ es natürlich nicht dabei.

„In welcher Klinik? Sind sie krank?"

Sie seufzte und bemerkte sehr wohl dass es auf dem Rücksitz erstaunlich ruhig geworden war.

„Nein, sie sind nicht „krank"."

Dabei betonte sie das Wort krank extra stark in der Hoffnung er würde verstehen, was sie meinte.

Tat er nicht.

„Was haben sie dann?"

Sie stöhnte. Wie konnte man nur so begriffsstutzig sein?

„Ich habe sie in eine Suchtklinik einweisen lassen, jetzt zufrieden? Ihr dahinten seit übrigens erstaunlich schlechte Spione", murrte sie.

Im Rückspiegel sah sie, wie die beiden ertappt zusammenzuckten und betreten drein blickten.

Kirian sagte nichts mehr.

Zu Hause angekommen ging sie schnurstracks ins Bad. Dort suchte sie nach einer Schmerztablette und spülte sie mit einem Schluck Wasser hinunter.

Es klopfte.

„Kann ich dir was helfen?", wollte Kim wissen. Kayla lachte.

„Klar. Hilf mir nicht wie eine wandelnde Leiche auszusehen", meinte sie und öffnete die Tür.

„Immer doch", grinste Kim und zückte den Schminkpinsel.

Ein Stockwerk weiter unten, in der Küche beschwerten sich Kirians Eltern gerade lautstark über Kalya.

Er hörte sich alles an und sah seinen Bruder leidend an.

„Wir haben ihr noch extra gesagt sie soll es niemanden erzählen und was macht sie? Sie rennt zu diesem Balg und erzählt alles", beschwerte sich seine Mutter.

Er schritt dazwischen.

„Mutter!"

Diese sah ihn verblüfft an. „Was ist?", wollte sie wissen.

„Erstens ist Kim kein Balg und zweitens ist es meine Schuld, dass sie es weiß", meinte er. Das erste stimmte, das zweite war gelogen. Aber das musste seine Mutter ja nicht wissen.

Elian kam aus der Küche und sah verstimmt aus. Er schien Kim wirklich zu mögen.

„Ach ja?", wollte sie wissen.

„Ja", meinte er und suchte eine plausible Geschichte.

„Ihre Freundin hat ihr beim Auspacken geholfen und wollte natürlich wissen, wer ich sei. Sie sagte ein alter Bekannter ihrer Eltern", spann er seine kleine Geschichte.

„Ich meinte ihr Verlobter. Da war es natürlich nur klar, dass sie wissen wollte wieso auf einmal."

Er wusste, dass seine Mutter ihm nicht so ganz glaubte. Aber sie war lieber wütend auf Kayla als auf ihn.

Als es klingelte und der Fotograf ankam war sie abgelenkt und Elian zog ihn in eine ruhige Ecke, während sie Anweisungen gab. Sein Vater war im Wohnzimmer verschwunden.

„Das war gelogen, oder?", wollte Elian sofort wissen.

„Was denn sonst?", meinte er nur und sah ihrer Mutter dabei zu, wie sie an allem etwas zu meckern hatte.

„Ich verstehe."

Verwirrt flog sein Blick wieder zu seinem Bruder.

„Was verstehst du?"

Doch da wurde er schon wieder abgelenkt.

Kayla kam gerade in die Küche, begleitet von Kim.

Er musterte sie. Sie hatte sich ein fröhliches Sommerkleid angezogen, so wie er es vorgeschlagen hatte.

Dazu hatte sie sich leichte Locken in die Haare gemacht und
sich geschminkt.

Dies brachte ihre helle Haut zum Vorscheinen und betonte ihre
blauen Augen nur noch mehr.

Sie sah fabelhaft aus.

„Hey, mach den Mund zu, sonst fliegt dir noch eine Fliege
rein", meinte sein Bruder grinsend und stieß ihn mit dem Ellbogen an.

„Sehr witzig", murrte er.

Kapitel 8

Kayla fuhr sich durch die Haare. Ihr tat alles weh, nicht nur der Nacken.

Seit sie aus dem Bad gekommen war, hatte Kirians Mutter die komplette Kontrolle an sich gerissen. Seit Stunden schon kommandierte sie alle herum.

Hinter ihren Schläfen pochte ein brennender Schmerz und sie hätte sich am liebsten einfach nur im Bett verkrochen.

„So, alle lächeln, bitte", wies die Fotografin sie an.

Sie war eine junge, nette Frau, die Nerven wie Drahtseile haben musste.

Gerade fotografierte sie die gleiche Pose bestimmt zum zehnten Mal.

Zuerst hatten die Männer alle Möbel im Wohnzimmer zur Seite gerückt, wobei sich seine Mutter permanent darüber beschwert hatte, dass man das auch Angstelle hätte machen lassen können.

Danach wurde ein Sessel in die Zimmermitte geschoben und dahinter eine dunkelblaue Wand gespannt. Königsblau.

Die Fotografin fand, dass das am besten zu den Beteiligten passte. Kayla stimmte ihr da voll zu.

Kirian und Elian hatten sich noch umgezogen und trugen nun Anzüge. Dabei hatte Elian ein königsblaues Hemd an und Kirian eine Krawatte in dieser Farbe.

Sein Vater trug ein Einstecktuch und seine Mutter eine Blume in den Haaren.

Nur sie hatte nichts Blaues an.

Sie kam sich allein und unbedeutend vor. Das schien sich auch auf den Bildern wieder zu spiegeln.

Bei jedem Bild rannte Kirians Mutter sofort zur Kamera und inspizierte dieses.

„Sie lächelt schon wieder nicht!", nörgelte sie.

Kayla war zum Heulen zu mute. Anscheinend war sie der Hauptgrund weswegen sie immer noch nicht fertig waren.

Die Fotografin sah es ihr wohl an, denn sie verkündete, dass es Zeit für eine Pause sei.

Kim kam sofort aus der Küche, in der sie sich zurückgezogen hatte.

Sie warf nur einen kurzen Blick in ihr Gesicht, schnappte sie am Arm und zog sie die Treppen hoch.

Dort angekommen ging sie mit ihr in ihr Zimmer und knallte die Tür zu.

„Diese Frau ist nicht zum Aushalten!", machte sie ihren Gefühlen erstmal Luft.

„Stell das nicht dahin, tu das, lächle gefälligst, blablabal!", rief sie und imitierte Kirians Mutter so gut, dass Kayla lachen musste.

Aber dann fing sie doch an zu weinen.

„Ich halte das nicht aus", murmelte sie, in Kims Armen leise weinend.

Kim strich ihr über den Kopf.

„Das wird schon. Während ich in der Küche war, habe ich mir etwas überlegt.

Außerdem werden die Bilder nicht nur wegen dir nichts. Du siehst zwar wirklich so aus, als wäre dein Hund gerade gestorben, aber sie ist ja nicht besser!

Sie sieht aus, als würde sie Einen gleich fressen. Und die anderen sind auch nicht besser.

Elian guckt als würde er gleich einschlafen und Kirian zeigt gar keine Gefühle. Dem einzigen dem man es wirklich abnimmt, ist sein Vater."

Kayla richtete sich wieder auf und wischte sich die Tränen ab. „Wirklich?"

„Klar doch. Komm, wir machen dein Make-up neu und dann zeigst du denen da unten mal, wie schön du sein kannst."

Sie ließ sich von Kim aus dem Zimmer ins Bad schleifen. Dabei kamen sie an Kirian und seinem Bruder vorbei. Schnell wandte sie den Kopf ab, damit sie ihre verheulten Augen nicht sahen.

Im Bad nahm sie dann noch eine Schmerztablette, es ging einfach nicht anders.

Dort warteten sie noch gemeinsam, bis diese auch wirkte. Der drückende Schmerz in ihrem Kopf und auch im Nacken ließ nach und sie fühlte sich schon gleich etwas besser.

„Und schon lächelst du wieder", meinte Kim zufrieden.

Ein Klopfen an der Tür ließ sie aufsehen.

„Seid ihr fertig? Wir wollen weiter machen", erklang Elian Stimmte.

„Kommen gleich!", rief Kim.

Sie sah sie fragend an.

„Geht´s wieder?"

Kayla schluckte und nahm die Schultern zurück.

„Ja."

Erst als sie das hörte, öffnete Kim die Tür. Davor stand Elian immer noch. Neben ihm stand Kirian.

„Was seid ihr? Die Klopolizei?", witzelte Kim.

„Sehr witzig", grinste Elian.

Kayla sah vorsichtig zu Kirian. Dieser sah ihr forschend ins Gesicht.

Mist! Er hatte es doch bemerkt.

Sie sah wo anders hin.

„Aber mit euch beiden wollte ich reden", plapperte Kim weiter.

„So?", fragte Kirian.

„Jawohl. Es geht nicht an, dass deine Mutter Kayla so runter macht. Sie guckt ja selber nicht besser. Deswegen habe ich mir gedacht, dass wir das ganze etwas entspannen."

Sie erklärte ihren Plan und Elian war sofort begeistert. Kirian musste man zwar noch etwas zureden, stimmte dann aber doch zu.

Gemeinsam gingen sie nach unten. Dort erwartet sie schon Kirians Mutter.

„Endlich", murrte sie.

Kayla überhörte das einfach und lächelte. Sie war froh, wenn sie diesen Tag überleben würde.

Als sie sich alle im Wohnzimmer eingefunden hatten, stellten sie sich wieder in Position.

Die Eltern hinter den Sessel, Kirian saß darin, weil er der ältere von beiden Brüdern war, sie saß auf der Sessellehne und Elian stand neben Kirians anderer Seite. Sein Vater legte ihm symbolisch eine Hand auf die Schulter.

Die Fotografin zählte von drei rückwärts.

„Eins, lächeln."

Kayla konzentrierte sich dabei auf Kim, die hinter der Kamera stand und ihr Handy hoch hielt. Darauf war ein Foto von der letzten Pyjamaparty.

Kayla musste nur an das Bild denken und fing schon an zu grinsen. Dieses Grinsen milderte sie zu einem Lächeln ab. Es blitzte einmal und schon rannte seine Mutter zur Kamera.

Diese Zeit nutzten sie um Kims Plan umzusetzen. Denn diese hatte ihnen mit einem Daumen nach oben bestätigt, dass das Bild etwas geworden war.

Kayla sah, wie Elian Kirian zunickte und schon fingen sie an ihre Anzugsjacken auszuziehen. Kirian zog auch noch die Krawatte aus und machte die obersten Knöpfe auf. Kayla stutze. So hatten sie das nicht besprochen, es war nur von den Jacken die Rede gewesen.

Wie auch immer. Seine Mutter hatte die Kamera erreicht und musterte das Bild.

„Annehmbar", meinte sie.

War ja klar.

Als sie jetzt zu ihren Söhnen sah, traf sie fast der Schlag.

„Was macht ihr da?", verlangte sie zu wissen.

„Wir machen es jetzt auf die moderne Art", antwortete Elian ihr.

„Aber...!", wollte sie schon dazwischen gehen, doch ihr Mann legte ihr eine Hand auf die Schulter.

„Lass sie doch. Das Foto eben war doch gut", meinte er und neigte den Kopf in ihre Richtung.

Fantastisch!

Er spielte auch mit!

Das nächste Foto machen sie also in der gleichen Stellung aber ohne die Jacken.

„Sehr gut", lobte die Fotografin.

Sie versuchten noch andere Posen und jedes Bild wirkte natürlich und harmonisch.

„Jetzt zu den Einzelbildern", meinte die Fotografin.

Kayla dachte, dass jetzt jeder einzeln fotografiert würde, aber damit meinte sie, dass sie und Kirian zusammen fotografiert wurden.

Ihr Herz rutschte ihr in die Hose.

So kam es, dass sie wieder total steif auf der Sessellehne saß, Kiran dicht neben sich. Sie spürte seine Nähe und war total verkrampft.

Das fand auch die Fotografin.

„Rückt mal näher zusammen."

Sie schoss ein Foto.

„Nein, setzt dich doch mal auf seinen Schoß", schlug sie vor.

Was?

Da hörte sie Kim sagen.

„So wird das auch nichts. Alle raus", kommandierte sie und schob Elian voran alle aus dem Zimmer.

Kayla fühlte sich gleich etwas leichter, da der bohrende Blick seiner Mutter weg war, war aber immer noch ein Nervenbündel.

„Das ist schon ganz gut, setzt dich trotzdem mal auf seinen Schoß", meinte die Fotografin.

Ihr Magen machte einen Satz, als sie sich zu Kirian wandte, der lässig in seinem Sessel saß und ihrem Blick begegnete.

„Warum nicht?", meinte er und schon lag sein Arm um ihre Taille und er hatte sie auf seinen Schoß gezogen.

Das geschah so unerwartet, dass sie sich mit einem Arm an seiner Brust abstützte und scheu zu ihm aufsah.

Es blitzte.

„Oh, wie süß", quietschte Kim. Sie und Elian waren unbemerkt wieder ins Zimmer gekommen.

„Wie du ihn so scheu von unten ansiehst! Und er guckt dich von oben so beschützend und hochmütig an!", schwärmte sie.

„Kim", sagte sie warnend und sah sie böse an.

Es blitzte erneut.

„Sehr schön", meinte die Fotografin.

„Stimmt, das ist fast noch besser. Du guckst total wütend und er sieht dich belustigt an. Traumhaft!"

Was hatten die der den gegeben.

„Jetzt fehlt nur noch, das ihr euch küsst oder so", hörte sie einfach nicht auf zu reden.

Kaylas Herz rutschte noch tiefer. Dabei schlug es wie wild. Sie saß fiel zu dicht bei oder auch auf Kirian.

Sie konnte seine Wärme spüren und das machte sie ganz konfus.

Leider schien ihm das nicht sehr viel auszumachen. Denn er hob ihr Gesicht an und sah ihr tief in die Augen. Sie verlor sich in seinem Blick und nahm wage war, wie es erneut blitzte.

„Kirian", fing sie an, doch er ließ sie nicht ausreden, sondern hauchte ihr einen Kuss auf die Stirn.

Sie wurde automatisch rot, wandte sich ab und stand auf.

„Ich denke das reicht jetzt", meinte sie etwas heißer.

Sie war sich seinem brennenden Blick bewusst, sah aber nicht zurück. Es blitzte erneut.

Kayla hörte Kim entzückt seufzen.

„Wie du rot geworden bist! Einfach süß. Und wie er dich eben angesehen hat. Total besitzergreifend!", flötete sie.

„Halt endlich die Klappe!", fuhr sie Kim an und stürmte auf sie zu.

„Zwing mich doch", rief diese lachend und rannte vor ihr weg.

„Na warte!"

Und schon jagte sie sie durchs Haus.

Kirian sah ihr grinsend hinterher.

„Wenn das nicht schön war", meinte sein Bruder, der neben der Kamera an der Wand lehnte.

Sein Vater kam ins Zimmer zurück, warf einen Blick auf die Bilder und lächelte.

Wo hatte er wohl seine Mutter gelassen?

Wie immer war sie nicht weit und kam schon gleich ins Zimmer.

Auch sie besah sich die Bilder, rümpfte die Nase und schaute ihn irritiert an.

„Was sind das für Bilder? Die sind ja furchtbar!", sagte sie genau in dem Moment, indem Kayla mit Kim zurückkam. Er sah, wie ihr Grinsen sofort verschwand und Betroffenheit und Schmerz zu sehen waren.

„Mutter, es reicht. Die Bilder sind sehr gut", platzte es aus ihm heraus, bevor er sich hätte stoppen können.

Seine Mutter hatte offensichtlich nicht mit dieser Antwort gerechnet, denn sie sah völlig entgeistert zu ihm.

„Aber, aber", wollte sie schon anfangen, doch er ließ sie nicht ausreden.

„Nichts aber. Jetzt sind Elian und Kim dran", meinte er nur. Als diese ihn verblüfft ansahen, grinste er frech.

„Rache ist süß."

Sein Blick flog wieder zu Kayla. Diese lächelte und sah die beiden an.

Ja, es war wirklich unverkennbar, dass die beiden sich mochten.

Am Abend dann endlich waren sie fertig. Am Ende hatten noch die Brüder zusammen einige Bilder gemacht und die Eltern auch.

In der Zeit hatten sich Kim und Kayla in ihr Zimmer zurückgezogen und Hausaufgaben gemacht.

Kim war mit Kirians Eltern gegangen, aber Elian hatte sie noch nach Hause gebracht.

Jetzt saß sie in eine Decke gewickelt im Wohnzimmer auf dem Sofa und sah sich eine alte Komödie an. Sie hörte Kirian in der Küche hantieren.

Genüsslich streckte sie sich und genoss die Ruhe. Sie schloss die Augen und entspannte sich.

Sie merkte nicht, wie sie einschlief.

Kirian stand in der Küche und rührte in einem Topf. Dabei dachte er über den heutigen Tag nach und befand, dass er doch ganz gut gelaufen war.

Zum Glück hatte sich Kayla nach der kleinen Pause etwas entspannt.

Er hatte die ganze Zeit gemerkt, dass es ihr nicht gut ging, doch als er sie dann mit verweinten Augen gesehen hatte, hatte sich ein Schalter in ihm umgelegt.

Und sie hatte ja Recht. Seine Mutter hatte kein Recht sie so runterzumachen.

Seufzend stellte er den Herd aus und ging ins Wohnzimmer.

Dabei trug er die beiden Teller und stellte sie auf den Tisch ab.

Deswegen bemerkte er auch erst sehr spät, dass Kayla eingeschlafen war.

Er sah sie an und setzte sich zu ihr aufs Sofa.

Sie murmelte etwas im Schlaf und rollte sich enger in die Decke.

Er schmunzelte und strich ihr das Haar über die Schultern.

Sie hatte den Tag gut gemeistert, seine kleine Kämpferin.

Er war immer noch über die Kraft erstaunt, mit der sie sich gegen diese drei Typen gewehrt hatte.

Deswegen verstand er nicht warum sie in seiner Gegenwart immer so verhalten und fast schon schüchtern wirkte.

Heute hatte er gesehen, was in ihr steckte und was sie alles konnte.

Ihm fiel ihr Telefonat mit Kim wieder ein.

Sie wollte keinen Streit. Verhielt sie sich deswegen so? Er wusste es nicht.

Ein Schlüssel, der im Schloss umgedreht wurde, riss ihn aus seinem Grübeln.

Schnell stand er auf und ging zu seinem Bruder und bedeutete ihm leise zu sein.

„Sie ist eingeschlafen."

Elian warf einen Blick auf sie und lächelte milde.

„Ist ja auch kein Wunder, bei dem Tag."

Da hatte er Recht.

„Wir sollten sie schlafen lassen", befand er und gemeinsam gingen sie in die Küche.

„Und, hat Kim gut nach Hause gefunden?", erkundigte er sich grinsend.

„Klar doch, immerhin war ich dabei", brüstete sich Elian.

Beide grinsten sich an.

„Du magst sie, oder?"

Elian nickte.

„Ja, ziemlich."

Er schwieg und sah aus dem Fenster.

„Glaubst du an Liebe auf den ersten Blick?", erkundigte er sich dann bei ihm.

„Eigentlich nicht, aber bei dir kann es ja nur so sein", zog Kirian ihn auf.

Elian rieb sich den Nacken.

„Sie ist einfach so witzig und natürlich. Sie bringt eine Seite in mir zum Klingen, das ist unglaublich", sagte er dann.

Das Gefühl kannte er. Bei der ersten Begegnung mit Kayla hatte er so etwas Ähnliches gefühlt.

Seufzend folgte er dem Blick seines Bruders in die Nacht.

Was das wohl zu bedeuten hatte?

Kapitel 9

Sie streckte sich und gähnte einmal herzhaft. Es war später Freitagabend. Sie und Kim waren fast fertig das letzte Zimmer zu streichen.

„Und was hat er gesagt?", wollte Kim wissen.

Kayla grinste breit.

Heute hatten sie den schweren Erdkundetest wiederbekommen und sie hatte eine zwei geschrieben, eine zwei plus!

„Er hat jetzt keine Luftsprünge gemacht oder so, aber ich denke er fand es nicht schlecht."

„Das ist doch schon mal etwas", meinte Kim zufrieden.

„Das du das alles schon letzte Woche abgeklebt hast, hilft einem echt gewaltig", fügte sie noch hinzu.

Da hatte sie Recht. So mussten sie nur noch Streichen und das ging mit den großen Rollen ziemlich flott.

„Stimmt, aber riechen tut es doch jedes Mal."

Sie hatten zwar schon vor dem Streichen alle Fenster geöffnet, aber es roch trotzdem extrem nach Farbe.

„Wollen wir heute schon mit dem Tapezieren anfangen?", erkundigte sich Kim.

„Ich weiß nicht, wenn du was anderes vorhast, mit deiner Familie oder so. Ich will dich nicht aufhalten."

Kayla bekam ein schlechtes Gewissen, weil sie Kim so in Beschlag nahm.

„Nee, heute nicht, aber morgen will Elian mit mir ins Kino. Er ist so süß", schwärmte sie.

„Er hat mir sogar einen Blumenstrauß geschickt! Und er sagt immer so süße Sachen!"

Kayla schüttelte lächelnd den Kopf. Da hatten sich zwei gefunden, soviel stand fest.

„Wie läuft es denn bei dir und Kirian?", erkundigte sie sich, als ihr Höhenflug vorbei war.

„So wie immer. Er arbeitet, ich gehe zur Schule. Wir sehen uns nicht allzu oft."

Was hauptsächlich an ihr lag. Sie ging ihm aus dem Weg. Seit diesen blöden Fotos bekam sie immer so ein Flattern im Bauch, wenn sie ihn sah.

Sie wusste genau, was für Anzeichen das waren, weigerte sich aber dies zu akzeptieren, soweit kam es noch!

„Da müsste man mal mehr Schwung rein bringen", murmelte Kim vor sich hin. Sie und Elian hatten sich fest vorgenommen Kirian und sie zu verkuppeln.

„Von wegen Schwung. Kümmer dich lieber um den Kleister", versuchte sie sie abzulenken.

„Spielverderber", brummte Kim, fing aber an den Kleister anzurühren.

„Sollen wir oben anfangen?"

Kayla dachte nach.

„Wäre wohl besser. Das Zimmer meiner Eltern ist das größte, wäre besser wenn wir damit anfangen würden."

„Ist gut", rief Kim von der Küche aus.

Kayla suchte die goldenen und hellbraunen Tapeten zusammen.

Den letzten Monat über hatte sie genug Bilder verkauft um die Farben und die Tapeten zu kaufen.

„Soll ich Elian anrufen? Der hilft uns garantiert", wollte Kim wissen.

„Nee, las mal, dann können wir nicht so gut quatschen", meinte sie.

Dabei wollte sie hauptsächlich vermeiden, dass er Kirian mitbrachte.

Im Schlafzimmer angekommen, legte sie die Tapeten so aus, wie sie sie später dem Muster nach an die Wand bringen wollte.

Kim kam mit einem großen Eimer Kleister ins Zimmer und betrachtete ihre Vorarbeit.

„Das sieht doch echt gut aus", meinte sie anerkennend.

„Wenn wir mal Renovieren sollten, musst du bei uns die Planung übernehmen!"

Kayla lachte.

„Aber nur wenn ich einen von den tollen Kuchen deiner Mutter bekomme."

Kim winkte ab.

„Da kannst du Tonnen von haben. Du weißt doch wie gerne sie backt."

Ja, das wusste sie und gemeinsam nutzten sie das regelmäßig aus.

Aber die Kuchen von Kims Mutter waren auch echt verdammt gut.

„So, dann las uns mal anfangen", meinte sie, nachdem sie noch einmal prüfend das Muster nachgegangen war.

Zusammen schafften sie es tatsächlich das große Schlafzimmer und sogar noch das Büro und die Abstellkammer.

Kim streckte sich, sodass ihr Rücken bedenklich knackte.

„Du brichst dir noch mal das Rückgrat", prophezeite sie ihr.

„Kann schon sein", meine Kim nur gelassen.

„Also, morgen den Rest?"

Es waren nur noch die Küche und das Wohnzimmer zu tapezieren, dann waren sie fertig.

Bis sie wieder anfangen konnten würde auch noch etwas dauern, denn ihr fehlte das Geld für das Laminat. Sie hatte nämlich beschlossen keinen Teppichboden mehr zu nehmen. Laminat war einfach pflegeleichter.

„Ja, morgen den Rest. Aber auch nur wenn du Zeit hast."

„Passt schon, wenn wir bis zum Abend fertig sind."

Stimmte ja, sie wollte ja ins Kino.

„Bestimmt."

Sie verabschiedeten sich und Kayla ging nach Hause. Ihre Arme fühlten sich an wie Wackelpudding und ihr ganzer Körper schrie praktisch nach Schlaf. Es wurde Zeit, dass sie mit den blöden Wänden fertig wurden.

Aber dann kam ja noch der Boden und die Möbel.

Sie war Kim echt was schuldig, wenn sie fertig waren.

Zu Hause angekommen, erwartete Kirian sie.

„Wo warst du denn?", fragte er und sah auf die Uhr.

„Streichen."

Er schien zu verstehen und lies es darauf beruhen.

„Willst du etwas essen?", erkundigte er sich.

„Nee, las mal. Ich will nur noch ins Bett."

Er schien es zu verstehen oder er sah die Schatten unter ihren Augen, wer weiß schon?

Auf jeden Fall duschte sie erst einmal und schrubbte sich die Farbe vom Körper.

Dann machte sie doch noch einen kleinen Abstecher in die Küche. Dort machte sie sich einen Tee. Während das Wasser kochte, lehnte sie sich an den Küchentresen.

Kirian kam hereingeschlendert und legte fragend den Kopf schief.

„Wolltest du nicht schlafen gehen?"

„Ja, aber mit Tee geht das besser."

Er nickte und kam näher. Sein Blick verwob sich mit ihrem und diese Spannung baute sich wieder zwischen ihnen auf.

Er streckte die Hand aus und legte sie an ihre Wange. Sein Gesichtsausdruck war unergründlich.

Mit dem Daumen rieb er über ihre Wange.

„Du hast da was", murmelte er.

Und tatsächlich klebte an seinem Finger noch immer etwas Farbe.

Wie war die da hingekommen?

„Danke", murmelte sie.

„Keine Ursache", erwiderte er.

Der Wasserkocher gab sein Signal und zerstörte den Moment.

„Schlaf schön", sagte er und verschwand wieder.

Kopfschüttelnd machte sie sich ihren Tee und legte sich wieder schlafen.

Kapitel 10

„Wieso?"

Peinliches Schweigen.

Er zog eine Augenbraue hoch, sie seufzte gequält.

„Wieso nicht?", erwiderte sie pampig.

Er seufzte.

„Kayla", sein Unterton war warnend.

Sie seufzte.

„Du bist selbst dran schuld. Du hättest ja einfach unterschreiben können, aber nein, du musstest dir ja unbedingt die Note ansehen!", meinte sie gereizt.

Was konnte sie dafür, wenn sie schon wieder ins Klo gegriffen hatte?

Kirian schüttelte den Kopf und fuhr sich durchs Haar.

„Du musst dich mehr anstrengen", meinte er dann seufzend.

Hey!

„Was heißt hier mehr anstrengen? Ich habe gebüffelt, bis zum Umfallen."

Skeptisch zog er eine Augenbraue hoch.

„Wirklich!"

Die Augenbraue wanderte noch höher.

„Das ist nicht fair! Ich bin nicht die einzige, die in PoWi abgekackt hat! Fast die ganze Klasse ist durchgefallen."

Er murmelte etwas vor sich hin aber so leise, dass sie es nicht verstand.

„Ich will nicht wissen, was die anderen geschrieben haben, sondern warum du schon wieder eine fünf hast", meinte er dann.

„Weil ich es nicht raffe!", herrschte sie ihn an.

Also wirklich!

Es war doch kein Weltuntergang, wenn man in einem Fach halt schlecht war. Dafür war sie in Mathe gut. Daran verzweifelten nämlich die anderen.

Man konnte halt nicht alles haben!

„Dann streng dich mehr an!", knurrte er.

„Dann erklär du mir`s doch, oh Allwissender!", knurrte sie zurück.

Seine Augen blitzten.

„Ich bin nicht allwissend. Und wie kommst du auf den Gedanken, dass ich Zeit hätte dir Politik zu erklären?"

Wütend warf sie die Hände in die Luft.

„Unterschreib einfach. Aber ich sag dir gleich, dass du nächste Woche noch so einen Test unterschreiben kannst, wenn wir nachgeschrieben haben", meinte sie nur.

„Dann lern es bis nächste Woche", pampte er sie an, während er unterschrieb.

„Erklär es mir doch. Nur weil du gut in PoWi bist, muss das nicht der Rest der Weltbevölkerung auch sein."

Er stutzte.

„PoWi?"

Genervt nahm sie das Blatt an sich.

„Ja, PoWi. Das ist eine Abkürzung für Politik und Wirtschaft, kurz PoWi.

Du entschuldigst mich? Ich habe zu lernen!", motzte sie, machte kehrt und marschierte in ihr Zimmer.

Sie konnte ihn seufzen hören.

Sturer Bock!

Er könnte es ihr doch einfach erklären, wenn er es anscheinend schon wusste!

Aber wie wahrscheinlich war es, dass sie es bei ihm besser verstand, als bei einem ausgebildeten Lehrer?

Seufzend schlug sie ihre Bücher auf und machte sich an die Arbeit.

Einige Stunden später saß sie mit zurückgelehntem Kopf auf ihrem Schreibtischstuhl, ihre Notizen vorm Gesicht und drehte sich im Kreis.

Es war einfach nur zum Verzweifeln. Kapiert hatte sie gar nichts von dem Thema. Auswendiglernen brachte theoretisch gesehen nicht viel, weil die Fragen immer zweideutig geschrieben waren, aber hatte sie eine andere Wahl?

Also murmelte sie jeden Stichpunkt so lange vor sich hin, bis sie ihn konnte, ohne auf das Blatt zu sehen.

Kirian kam gerade da ins Zimmer, wo sie mit einer Hand das Blatt abgedeckt hatte und frustriert ihre Wand anstarrte.

„Der Bundeskanzler muss, …", murmelte sie.

Mit ihrer freien Hand kratzte sie sich am Kopf.

„Arbeiten?"

Es war offensichtlich, dass sie es nicht wusste. Mit verschränkten Armen lehnte Kirian sich in den Türrahmen und beobachtete sie.

Kayla schob ihre Hand etwas von dem Blatt weg und seufzte. Anscheinend hätte sie es wissen müssen.

Dann, griff sie zu einem Textmarker und markierte sich die Stellen, die sie anscheinend noch nicht auswendig konnte.

„Das wird nichts bringen", meinte er, nachdem er ihr eine Weile zugesehen hatte.

Sie fuhr herum und sah ihn böse an.

„Wieso?"

Er seufzte und kam auf sie zu. Auf ihre Blätter weisend zog er eine Augenbraue hoch.

„Weil du über die Hälfte deines Textes markiert hast. Außerdem lernt man es nur richtig und kann es auch dementsprechend anwenden, wenn man es verstanden hat."

Sie schnitt eine Grimasse.

Er kratzte sich im Nacken und zog dann kurzerhand einen Stuhl zu ihr heran.

„Was verstehst du denn nicht?", fragte er sie dann, als er ihre Notizen durchgegangen war. Diese waren eigentlich perfekt zum Lernen. Nur das Wichtigste stand darauf und es war übersichtlich gegliedert.

„Alles. Ich weiß zwar, dass es das alles in unserer Regierung gibt, aber nicht warum und welchen Zweck die verschiedenen Ämter haben kann ich mir auch nicht merken."

Aha, also würde er von ganz vorne anfangen müssen.

Er lehnte sich in seinem Stuhl zurück und legte ihre Notizen auf seinen Schoß.

„Also, du weißt, dass wir ein Bundesparlament haben?"

Skeptisch nickte sie. Sie schien nicht zu verstehen, warum er ihr nun doch half. Er verstand es ja selber nicht, würde sich aber hüten, das zu sagen.

„Also, darin sind verschiedene Parteien vertreten, nenne", er überlegte kurz, „ fünf Stück."

Sie antwortete sofort und ohne zu zögern.

Er nickte und ordnete die Blätter neu.

„Sehr gut."

Kayla sah ihn skeptisch an.

„Und was hat das jetzt mit dem eigentlichen Thema zu tun, das mit den Parteien kam schon in der letzten Arbeit dran", meinte er.

„Wir fangen einfach bei null an und arbeiten uns zu dem eigentlichen Thema vor", war seine Erklärung.

„Also, welche Parteien sind momentan im Bundestag vertreten?"

Diese Frage beantwortet sie wieder richtig und ohne zu zögern.

So ging es weiter. Er stellte ihr verschiedene Fragen und sie musste antworten. Wenn sie daneben war, sagte er ihr nicht, dass es falsch sei, sondern änderte die Frage etwas oder half ihr mit einer Randbemerkung.

Nach zwei Stunden waren sie fertig.

„So, wo ist denn jetzt das Problem, du kannst es doch", meinte er.

Sie seufzte und nahm ihre Zettel wieder an sich.

„Ja, aber nur weil du mir geholfen hast", erwiderte sie.

Unschuldig sah er sie an.

„Ich? Ich habe dir nur ein paar Fragen gestellt", meinte er und war auch schon halb aus dem Zimmer.

„Klar", murmelte sie, war ihm aber dankbar. Dank ihm hatte sie im Grunde alles verstanden und fühlte sich für den Test gut vorbereitet.

„Kommst du zum Essen?", rief Kirian aus dem Flur.

Ihr Magen knurrte auffordernd, also ließ sie sich nicht zweimal bitten.

Sie aßen nur zu zweit, weil Elian in seine eigene Wohnung in der Stadtmitte gezogen war, um das junge Liebesglück, wie er es nannte, nicht zu stören.

Kayla hatte zwar eher den Verdacht, dass er mit Kim ungestört sein wollte wenn sie sich trafen aber wer wusste das schon?

Das Essen verlief ganz entspannt.

Danach setzten sie sich vor den Fernseher und sahen sich die Nachrichten an.

„Was arbeitest du eigentlich?", fragte sie ihn dann ganz unvermittelt.

Diese Frage hatte sie schon ziemlich lange beschäftigt.

Aber ihr war kein guter Grund eingefallen, ihn zu fragen.

„Ich arbeite in der Firma meines Vaters", erklärte er.

„Es geht hauptsächlich um Finanzen und Aktien."

Aha und damit konnte man so viel Geld verdienen?

Sie war beeindruckt, besonders, wenn man bedachte, wie jung er eigentlich noch war.

Normale Leute in seinem Alter würden jetzt eher zu Partys gehen oder eine Ausbildung machen oder vielleicht studieren.

Aber er war schon voll in dem Geschäft seines Vaters eingegliedert.

Sie dagegen hatte noch keine Ahnung, was die Zukunft für sie bereithielt.

Der Verkauf ihrer Bilder lief ja ganz gut, aber auf die Dauer war das auch nichts.

Na ja, nach der Schule würde sie erst mal kellnern oder so.

Eine Ausbildung war auch nicht schlecht.

In ihren Gedanken versunken, bekam sie so halb mit, dass Kirian sie interessiert ansah.

„Woran denkst du gerade?"

Überrascht sah sie ihn an. Das hatte er sie noch nie gefragt. Nie hatte er wissen wollen, was sie dachte oder fühlte.

Dementsprechend überrumpelt war sie.

„Ich hab nur über die Zukunft nachgedacht", meinte sie nach einer kurzen Pause.

Dann nahm sie die Fernbedienung in die Hand und zappte durch die Kanäle, bis sie an einem Horrorfilm angekommen war.

Kirians Blick spürte sie deutlich und sah kurz zu ihm hin. Doch anstatt sie anzusehen, sah er auf den Fernseher.

„Was ist das?", fragte er mit zusammengezogenen Augenbrauen.

Verwirrt sah sie auf den Bildschirm.

„Ein Horrorfilm, was sonst?"

Er sah den Bildschirm immer noch verwirrt an.

Konnte es sein, dass er noch nie einen Horrorfilm gesehen hatte?

„Das ist ein Film, der ziemlich blutig und meist auch brutal ist. Er soll die Zuschauer erschrecken und erzählt meist nur eine ausgedachte Geschichte, wie Thriller, wenn man so will", erklärte sie deshalb.

Jetzt sah er sie verwirrt an.

„Menschen mögen es sich ein Gemetzel anzusehen?", fragte er dann.

„Na ja, sie mögen wohl eher den Gruselfaktor, als das Gemetzel."

Er schien es immer noch nicht zu verstehen.

„Sie mögen es sich zu erschrecken und eine Gänsehaut zu bekommen, obwohl sie wissen, dass das, was im Film gezeigt wird nicht echt ist. Sie suchen den Nervenkitzel. Ganz wie wenn man aus einem Flugzeug springt oder Bungee jumping."

Er schien über ihre Worte nachzudenken.

„Du auch?", fragte er dann.

Sie zuckte mit den Schultern.

„Ich brauche es nicht unbedingt, aber wenn die Story gut erzählt ist, warum nicht?"

Er schien mit dem Ganzen immer noch nicht viel anfangen zu können.

„Wie wäre es, wenn wir uns den Film einfach ansehen? Du wirst dann schon merken, ob es dir gefällt oder nicht", schlug sie vor.

Und so kam es, dass sie mit Kirian auf dem Sofa saß, eine große Schüssel Popcorn zwischen ihnen und sich einen Horrorfilm ansahen.

Kirian schaute sich den Horrorfilm mit gemischten Gefühlen an. Einerseits verstand er nicht, wie die Darsteller so dumm sein konnten. Sie wollten in einem alten Spukhaus übernachten, wo schon mehrere Personen verschwunden waren? Und dann gingen sie auch noch überall alleine hin. Dabei wäre es taktisch definitiv klüger gewesen in einer Gruppe zu bleiben.

Er wurde aus seinen Gedanken gerissen, als er merkte, dass Kayla immer näher an ihn heran gerückt war. Es kam ihm fast so vor, als würde sie bei ihm Schutz suchen, was ihn verwirrte. Denn dies hatte sie ohne Zweifel unbewusst getan, denn sie starrte gebannt, mit leicht geöffnetem Mund und weit aufgerissenen Augen auf den Bildschirm.

Seine Aufmerksamkeit richtete sich nun voll auf sie.

Sie hielt sich ihre Faust vor den Mund und war von dem Film gefesselt.

Als eine der Frauen im Film angegriffen wurde, zuckte sie zusammen und wurde noch angespannter.

Ihre Reaktion auf den Film faszinierte ihn.

Sie hatte selbst gesagt, dass die Geschichte, die dem Film zu Grunde lag nur erfunden war und doch machte der Film ihr Angst.

Doch genau das schien sie zu mögen.

Als sie bei einer besonders blutigen Stelle den Kopf abwandte und in seine Richtung sah, schaute er schnell wieder auf den Bildschirm.

Ja, das was gerade zu sehen war, war wirklich nichts für schwache Nerven.

Aus den Augenwinkeln sah er, dass sie ihn kurz musterte und sich dann wieder dem Film zuwandte.

Als dieser wenig später zu Ende war, schien sie erleichtert zu sein.

„Na, das war doch mal ein Film", meinte sie, während sie die inzwischen leere Schüssel zurück in die Küche trug.

Da musste er ihr zustimmen.

Kayla spülte die Schüssel und räumte sie wieder an ihren Platz.

Man, dieser Film hatte es in sich.

Normalerweise hätte sie wahrscheinlich umgeschaltet. Aber vor Kirian wollte sie sich diese Blöße nicht eingestehen.

Sie hatte ihn bei einer besonders schlimmen Stelle beobachtet. Ihm schien das Ganze überhaupt nichts auszumachen. Er saß da voll entspannt und relaxt auf dem Sofa und vor ihm wurden die Menschen von rachsüchtigen Geistern abgeschlachtet.

Kopfschüttelnd machte sie sich wieder auf den Weg ins Wohnzimmer. Dort war Kirian damit beschäftigt die Kissen auf dem Sofa wieder ordentlich hinzulegen.

„Ich geh ins Bett, gute Nacht", verabschiedete sie sich.

Er sah auf.

„Gute Nacht."

Na ja, ob die so gut werden würde, stand noch aus.

Sie hatte ja jetzt noch eine Gänsehaut, wenn sie an den Film dachte.

Doch am Ende schlief sie doch ziemlich gut und fühlte sich bereit für den Test.

Aber sie fragte sich wirklich ob es nicht doch eine schlechte Idee war vorher noch lange aufzubleiben und einen Horrorfilm zu sehen.

Am Dienstag der nächsten Woche erfuhr sie es und konnte mit einem breiten Grinsen nach Hause gehen.

Dort hielt sie Kirian, immer noch bis über beide Ohren grinsend ihre Arbeit unter die Nase.

„Sehr gut", lobte er und lächelte sogar leicht.

Sie hatte eine drei geschrieben.

Damit war sie zwar noch nicht komplett gerettet, aber wenn die nächste Arbeit, die zugleich die letzte war wieder eine drei würde, würde sie wenigstens nicht mehr die fünf auf dem Zeugnis stehen haben.

Zur Feier ihrer guten Arbeit, wollte sie dann auch etwas ganz besonderes Kochen.

Da sie aber nicht über die dafür erforderlichen Materialien, beziehungsweise Kenntnisse verfügte, entschied sie sich einfach Ratatouille zu machen.

Sie schnitt gerade das Gemüse, als ihr Handy klingelte.

„Na, wann findet die Party statt?", begrüßte Kim sie.

Kayla lachte, das Handy zwischen Ohr und Schulter eingeklemmt.

„Keine Ahnung, ich koche gerade. Wie wäre es morgen, bei mir?"

Kim lachte ins Telefon.

„Lass mich raten, du hast Laminat gekauft", meinte sie.

„Voll erwischt. Hilfst du mir? Ich könnte unter gewissen Umständen auch beim Bäcker vorbeigehen und deinen Lieblingskuchen besorgen, als kleiner Ansporn, wie wäre das?"

Kim überlegte.

Aber es war schon klar, wie sie sich entschied.

„Klar, aber nur wenn Elian mitkommen darf", argumentierte sie.

„Von mir aus, ich werde Kirian fragen, ob er auch mitkommt, immerhin können die Männer so etwas doch viel besser, oder?"

Beide lachten.

„Klar, also bis morgen", verabschiedete sich Kim.

„Bis morgen."

Kayla würde Kirian einfach beim Essen fragen. Aber sie machte sich nicht allzu viele Hoffnungen. In letzter Zeit musste er immer verdammt viel arbeiten.

Na ja, was soll´s?

Sie legte gerade das Handy weg, als sie einen scharfen Schmerz im Finger spürte.

„Ach, Mist verdammter!", fluchte sie und steckte den Finger in den Mund um nicht alles voll zu bluten.

„Ja, wenn Dummheit weh tut!", murrte sie, mit einer Hand im Schrank nach einem Pflaster kramend.

Doch ihr kam eine schlanke Hand mit eleganten Fingern zuvor und holte die Packung aus dem Schrank.

„Was hast du gemacht?", frage Kirian, während er ein Pflaster aus der Packung nahm.

Sie seufzte.

„Ich hab mich geschnitten."

Er versorgte ihren Finger fachmännisch und beharrt darauf, dass sie einen Handschuh trug.

„Wenn Bakterien reinkommen, hast du das Problem", meinte er.

Mit den Augen rollend, tat sie wie ihr geheißen und zog den Handschuh an.

Da Kirian nach eigener Aussage vermeiden wollte, dass sie sich am Ende noch einen Finger abschnitt, half er ihr und Schnitt das Gemüse.

„Und was soll ich jetzt machen?", fragte sie. Dann viel mehr, als das Gemüse für die Soße zu schneiden, gab es nicht zu tun. Das schien ihm auch aufzugehen, denn er zog nachdenklich die Augenbrauen zusammen.

„Wie wäre es, wenn du einen Salat machst?", fragte er dann.

Und so kam es, dass sie zusammen kochten. Das ganze taten sie schweigend.

Kayla sah zu ihm rüber. Er schnitt die Paprika mit einem großen Messer und das so schnell das sie bestimmt nicht nur einen Finger verloren hätte, hätte sie es genauso gemacht.

Ihr gefiel das Schweigen nicht, deswegen stieß sie ihn mit der Hüfte an, als er gerade das Messer zur Seite legte und eine neue Paprika in die Hand nahm.

„Hey", meinte sie.

Er reagierte nur mit einer fragend hochgezogenen Augenbraue.

Also stieß sie ihn noch einmal an.

„Hey, lach mal", verlange sie.

„Wieso?", wollte er irritiert wissen, während er die Paprika in Streifen schnitt.

„Damit ich weiß, dass du noch lebst", meinte sie.

Er schnaubte.

„Wenn ich nicht leben würde, stände ich jawohl nicht hier, oder?"

Och, er immer mit seiner Logik!

Aber ihr fiel schon eine Möglichkeit ein, wie er lockerer werden würde.

Da es sehr heiß geworden war, holte sie zwei Gläser aus dem Schrank und füllte sie mit Eiswürfeln.

„Willst du auch etwas trinken?", fragte sie ihn.

„Ja, gerne", meinte er, ohne von seiner Arbeit aufzusehen.

Mit einem Grinsen im Gesicht, füllte sie nun den Rest der Gläser mit Limonade. Dabei stibitzte sie einen Eiswürfel aus ihrem Glas und hielt ihn in der Hand, während sie Kirian sein eigens gab.

Er trank und als er es abstellte, ließ sie den Eiswürfel in seinen Kragen gleiten.

Doch er sprang nicht fluchend durch die Küche und versuchte dem Eiswürfel auszuweichen, wie sie gedacht hatte.

Er schüttelte sich nur einmal, griff dann unter sein Hemd und förderte den kleinen Übeltäter zu Tage.

„Was sollte das jetzt wieder?"

Sie verzog enttäuscht das Gesicht.

„Ich wollte nur, dass du mal locker bist", maulte sie und ging wieder zu ihrem Salat.

Spielverderber, dachte sie dabei.

Aus den Augenwinkeln konnte sie ihn den Kopf schütteln sehen.

Dann holte er sich einen Messbecher und füllte ihn mit Wasser.

Wozu brauchte er den denn jetzt?

Sie bekam die Antwort wenige Sekunden später.

Da traf sie nämlich eisige Nässe.

Der Kerl hatte ihr das kalte Wasser über den Kopf gekippt!

Sie gab einen erschrockenen Laut von sich und ließ den Salat fallen.

Als sie sich von ihrem Schrecken erholt hatte, schüttelte sie sich die nassen Haarsträhnen aus dem Gesicht.

„Was sollte das denn?", wollte sie wissen.

Sie war klatschnass und das Shirt klebte ihr am Körper.

„Ich wolle nur, dass du mal locker bist", sagte er todernst.

Doch Kayla sah wie seine Mundwinkel zuckten.

„Na warte!"

Und schon rannte sie ihm mit ihrem Limo Glas hinterher.

„Worauf denn?", fragte er zurück.

„Auf deine Abkühlung", verkündete sie.

Da er viel schneller als sie war, schüttete sie die Flüssigkeit einfach nach ihm. Das meiste traf ihn, aber einiges landete auch auf dem Boden.

Das würde sie später wegwischen.

Kayla musste sich das Grinsen verkneifen, als er nun triefend vor ihr stand und sein Hemd kurz von seinem Körper wegzog, es dann aber gleich wieder an ihm klebte.

Als er den Kopf hob, blitzten seine Augen belustigt auf.

„Fang schon mal an zu laufen", meinte er lässig, während er auf den Kühlschrank zuging.

„Wieso?", fragte sie misstrauisch.

Jetzt grinste er sie breit an.

„Weil meine Rache nass sein wird", verkündete er hochtrabend.

„Dafür musst du mich erst mal kriegen", rief sie schon im Begriff die Flucht zu ergreifen.

„Hab ich doch schon", meinte er und schlang ihr einen Arm um die Taille.

Sie zappelte und versuche sich zu befreien.

Doch da traf sie auch schon das kühle Nass.

„Unfair!", beschwerte sie sich.

„Von wegen", meinte er.

Sie standen dicht beieinander, beide triefend, aber grinsend.

Kayla wurde erst jetzt bewusst, wie nah sie ihm war und ihr Herz schlug schneller.

„Bist du eigentlich kitzelig?", raunte er ihr ins Ohr.

Was? Sie war von seiner Nähe zu abgelenkt.

„Wieso?", wollte sie wissen, als sie sich in den Tiefen seiner Augen verlor.

„Weil ich das jetzt herausfinden werde", verkündete er und fing auch schon an, sie durch zu kitzeln. Sie quickte und versuchte seinen Händen zu entkommen.

„Gnade!", rief sie.

„Wird nicht erteilt", brummte er ihr ins Ohr.

Doch er hörte dann doch auf und sie lag schwer atmend in seinen Armen.

„Was heißt hier, wird nicht erteilt?", fragte sie nach Luft ringend.

„Das was es heißt", grummelte er. Seine Stimme war tiefer und rauchiger geworden.

Sie sah in seine Augen und verlor sich erneut darin. Sie waren so tief und geheimnisvoll, da sie nie etwas preisgaben. Doch jetzt konnte sie seine Gefühle darin erkennen und ihr stockte der Atem.

Ihre Gesichter waren ganz dicht beieinander, seine Arme hatte er um sie geschlungen.

Ihr Mund war schlagartig staubtrocken. Er zog sie noch enger an sich heran und sie schmiegte sich an ihn.

Sein Blick wurde intensiver.

„Kirian", murmelte sie.

Ihre Gesichter waren nur noch Millimeter voneinander entfernt.

„Ja?", vibrierte seine Stimme in seiner Brust.

„Was zum Teufel tust du da?!", rief da die Stimme seiner Mutter.

Wie von der Tarantel gestochen, sprangen sie auseinander und Kayla schloss kurz die Augen. Das war doch so klar gewesen.

Kirians Mutter stand im Eingang der Küche, ihr Mann neben ihr und Elian mit Kim dahinter.

„Hey Leute", murmelte sie nur.

Kapitel 11

Sie saßen zusammen im Wohnzimmer. Kayla hatte jetzt auch den Grund für den Besuch der Vieren erfahren. Die Fotos waren da und nun sollte entschieden werden, welche sie behielten.

Sie saß neben Kirian und wäre bei dem vernichtenden Blick, den seine Mutter ihr zuwarf am liebsten davongelaufen.

Eigentlich hatte sie sich ja neben Kim setzten wollen, doch da hatte Elian ihr einen Strich durch die Rechnung gemacht. Sein Grinsen zeigte ihr, dass er es auch noch absichtlich getan hatte.

Kirians Vater schien das Ganze als einzigen nicht zu interessieren, oder es störte ihn einfach nicht. Na ja, sie war ja immerhin seine Verlobte, was dachten sie denn, wie das sonst ging?

Kayla schüttelte den Kopf um auf andere Gedanken zu kommen.

Kirians Mutter legte inzwischen die Bilder auf dem Tisch im Esszimmer aus. Kollektiv beugten sich alle nach vorne und betrachteten sie. Kayla fiel auf, dass seine Mutter nicht alle Bilder auf den Tisch legte, sondern auch welche zurück hielt.

Ein Blick auf den Tisch eröffnete ihr auch welche es waren. Was hatte sie auch sonst gedacht?

Missmutig sah sie sich jedes Bild an. Im Großen und Ganzen waren die Bilder alle gelungen, aber nur auf einem lächelte sie wirklich von Herzen, das sah man sofort.

Kirians Mutter nahm dieses Bild in die Hand.

„Ich denke, wir werden Diese hier nehmen", meinte sie und wollte die anderen schon wieder zusammenraffen, aber ihr Mann hielt sie auf.

„Warte mal. Wir wäre es noch mit denen?", fragte er und wies auf die, auf denen Kim und Elian zu sehen waren. Die beiden standen nebeneinander und Kim hatte Elian ihren Ellbogen auf die Schulter gelegt. Er hatte die Arme vor der Brust verschränkt und beide wirkten ziemlich cool.

„Die nehmen wir auf jeden Fall", meinte Elian und lächelte Kim zwinkernd zu. Diese grinste zurück und wurde sogar etwas rot.

„Von mir aus", gab sich seine Mutter geschlagen. Erneut war sie dabei die Bilder zusammenzukehren, aber Elian griff geschickt an ihr vorbei und förderte den kleinen Stapel von Bildern unter ihrem Arm zu Tage.

„Die nehmen wir auch", meinte er und steckte sie in die Brusttasche seines Hemdes.

„Aber die sind doch alle nichts geworden!", beschwerte sich seine Mutter.

„Sind sie doch, Mutter", griff Kirian ein. Kayla hielt sich raus und wünschte sich, sie könnte einfach im Boden versinken.

„Macht was ihr wollt", knurrte seine Mutter und stolzierte aus dem Zimmer.

„Sie ist heute etwas gereizt", entschuldigte sein Vater seine Frau, lächelte sie alle an und ging dann seiner Frau hinterher. In der Küche konnte man sie hitzig diskutieren hören.

Kim räusperte sich und wollte anscheinend etwas sagen, aber da klingelte es.

„Ich geh schon", meinte Kayla schnell und rannte förmlich aus dem Zimmer.

Kirian sah ihr hinterher, ein komisches Gefühl in seinem Magen.

Sein Bruder stieß ihn mit dem Ellbogen an und reichte ihm die Bilder, die er kurz davor eingesteckt hatte.

„Hier", meinte er nur, bevor er zu Kim zurückkehrte und sie in die Arme nahm.

Mit zusammengezogenen Augenbrauen musterte er die beiden. Sie passten wirklich außergewöhnlich gut zueinander.

In seinen Gedanken versunken, sah er aus den Augenwinkeln, wie Kayla an der Tür vorbeikam und nach oben ging. Wer war eigentlich an der Tür?

Gerade als er nachschauen wollte, kam sie wieder nach unten, ein großes, flaches Parket unter dem Arm.

„Der Beobachter, nicht?", fragte sie den Mann, der in der Tür stand.

Dieser bejahte und sah auf das Bild, das sie ihm hinhielt.

Dann übergab er ihr einige Scheine.

Kirian sah dem Ganzen von dem Türrahmen verdeckt zu.

Sie steckte das Geld in ihre Hosentasche, packte das Bild in den Karton und gab ihn dem Mann.

„Vielen Dank", sagte sie.

Der Mann lächelte.

„Ich habe zu danken", verabschiedete er sich und ging.

Kayla drehte sich um und er zog sich wieder ins Wohnzimmer zurück.

Er wusste nicht, was er davon halten sollte. Klar, er hatte sich schon gefragt, wie sie die Renovierung bezahlte, war aber davon ausgegangen, dass sie sie mit der Karte, die er ihr gegeben hatte bezahlte. Doch anscheinend verkaufte sie ihre Bilder.

Sein Bruder fing seinen nachdenklichen Blick ein, sagte aber nichts und flüsterte Kim etwas ins Ohr. Diese lachte.

Gerade als Kayla wieder ins Zimmer kam, kamen auch seine Eltern zurück.

Sie verabschiedeten sich und gingen. Ihm entging nicht, dass seine Mutter Kayla extra überging und sie ignorierte.

In ihrem Gesicht spiegelten sich keinerlei Emotionen, aber er konnte spüren, dass das nicht ohne Wirkung auf sie blieb.

Er biss die Zähne zusammen und nickte seinen Eltern zum Abschied kurz zu.

„Was riecht hier eigentlich so gut?", erkundigte sich Kim.

„Wir waren gerade am Kochen", meinte Kayla.

„Kochen, he?", fragte sein Bruder mit wackelnden Augenbrauen.

„Benehm dich", rügte Kim ihn.

„Mach ich doch immer", flötete sein Bruder und drückte ihr einen Kuss auf die Stirn.

„Wollt ihr mitessen?", erkundigte er sich bei den beiden.

„Klar, wenn genug da ist", freute sich Kim.

„Immer", lächelte Kayla.

Doch sie war irgendwie reserviert. Während dem Essen sagte sie kaum etwas und von dem Moment, in den seine Eltern reingeplatzt waren, war nichts mehr zu spüren.

„Ich muss noch mal los", meinte Kayla, kurz nach dem Essen. Bevor auch nur einer von ihnen etwas erwidern oder sie daran hindern konnte, schlug die Tür schon hinter ihr zu.

Elian zog ihn zum Sofa.

„Also, was ist mit euch beiden los?", verlangte er zu wissen.

Kim setzte sich auch zu ihnen.

„Ja, was ist los? Als wir ankamen, ward ihr so vertraut und man, war das süß. Und jetzt? In der Eiszeit war es noch wärmer", verkündete sie.

Er raufte sich die Haare. Was wurde das hier? Ein Verhör?

„Ich denke ja es liegt an deiner Mutter", schlussfolgerte Kim.

Leise fluchend ließ er es über sich ergehen. Was konnte er auch andres tun?

Kayla schleppte die Kartons ins Haus und wischte sich den Schweiß aus den Augen. Mann, das war doch schwerer, als gedacht.

Eigentlich wollten sie je erst morgen mit dem Laminat anfangen, aber sie musste jetzt irgendetwas tun, egal was. Malen fiel aus, weil sie dann zu nahe bei Kirian gewesen wäre und etwas anderes fiel ihr nicht ein.

Sie steckte sich ihre Kopfhörer in die Ohren und stellte die Musik laut. Dann fing sie an die Unterlage, die die Schritte dämpfen würde auszulegen. Alleine war das gar nicht so leicht. Doch irgendwie schaffte sie es und fing an das Laminat zu verlegen. Immer wieder musste sie sich mit der Säge abplagen, damit alle Bretter passten.

Sie hatte am Mittag begonnen und war am Abend gerade mal zur Hälfte fertig. Niedergeschlagen lehnte sie sich an die Wand.

Es war doch wirklich zum Mäusemelken!

Kurzerhand beschloss sie, dass es für heute genug war. Sorgfältig machte sie Ordnung und schloss ab. Dann schlenderte sie die Straße entlang.

Ob Elian und Kim schon gegangen waren? Besser war es, denn ansonsten würden sie sie nur wieder zu texten.

Seufzend schloss sie die Tür auf und lauschte.

Nein, sie waren noch nicht gegangen. Sie saßen im Wohnzimmer und unterhielten sich mit Kirian. Dabei redeten sie so leise, dass sie nichts verstand. Sicher ob sie überhaupt wissen wollte, worüber sie redeten, war sie sich nicht, deswegen lauschte sie auch nicht.

Auf ihrem Weg nach oben kam sie an der Küche vorbei, auf dessen Tresen die Fotos lagen.

Sie konnte nicht wiederstehen und sah sie sich an. Es waren die Bilder von ihr und Kirian.

Sich auf einem Stuhl niederlassend, betrachtete sie jedes genau. Schnell hatte sie ihr Lieblingsbild gefunden. Es war das, wo sie zu ihm aufsah.

Kim hatte recht gehabt. Es wirkte wirklich sehr gut. Sie, so schüchtern und süß und er so dominant und fast schon arrogant, aber das stand ihm.

Als sie mitbekam, wie sich Elian und Kim verabschiedeten, stand sie auf und schlich nach oben.

Genau in dem Moment kam Kirian in die Küche. Sein Blick fiel sofort auf die Bilder, die jetzt anders lagen, als zuvor. Er kam näher und schaute sich das oberste Bild an.

Schmunzelnd sah er zur Treppe. Es brannte Licht, also war sie zurückgekommen.

Kapitel 12

Verschlafen rieb sie sich die Augen und gähnte herzhaft, während sie in die Küche ging.

Mit der Hand wischte sie sich die Haare aus dem Gesicht und schlurfte am Wohnzimmer vorbei. Abrupt hielt sie inne und war hellwach.

Kirian saß da in einem Sessel und sah sie an. Es hatte ganz den Anschein, als hätte er auf sie gewartet.

Langsam tapste sie barfuß zu ihm.

„Guten Morgen", grüßte er lächelnd.

„Hi", meinte sie etwas verwirrt.

Was war mit ihm los? Er trug ein dunkles Hemd, das nicht ganz zugeknöpft war und eine Anzugshose. Warum saß er hier und arbeitete nicht?

Ihr Blick flog wieder zurück zu seinen Augen. Diese sahen sie direkt an und analysierten jede einzelne Bewegung.

Er sagte nichts, sondern winkte sie mit einer Hand zu sich.

Misstrauisch tat sie näher.

Was hatte er vor?

Sein Lächeln vertiefte sich.

Er winkte sie noch näher. Irgendetwas stimmte hier nicht und zwar gewaltig.

Doch bevor sie näher darauf eingehen konnte, legte er ihr einen Arm um die Taille, kaum dass sie ein seiner Reichweite war und zog sie auf seinen Schoß.

Dort fiel ihr Blick auf das dreieckige Stück Haut, das sein Hemd freigab.

Verlegen räusperte sie sich und wollte ihn zur Rede stellen, doch jedes weitere Wort erstarb in ihrer Kehle, als sie seinen feurigen Blick sah.

„Oh", hauchte sie nur.

„Weißt du noch am Fototag?", raunte er mit tiefer, rauchiger Stimme.

Ihr lief ein kalter Schauer den Rücken runter, gleichzeitig wurde ihr aber unglaublich warm.

Er wartete nicht auf eine Antwort, sondern kam mit seinem Gesicht nahe zu ihr heran und sah ihr fest in die Augen.

Der Griff um ihre Taille wurde fester und er zog sie näher zu sich.

„Weißt du, was ich da am liebsten mit dir gemacht hätte?", wisperte er an ihrem Ohr.

Sie erschauerte und schloss die Augen.

Sein Atem kitzelte ihren Hals.

„Was?", hauchte sie nur.

Als er sich wieder bewegte, öffnete sie die Augen wieder und ertrank in unendlichem Braun.

„Das", murmelte er kurz bevor er seine Lippen federleicht auf ihre legte.

Sie erstarrte.

Alles Denken schaltete sich aus und sie fühlte nur noch.

Er strich ganz sanft mit seinen Lippen über ihre, erkundete sie. Dann wurde er drängender, knabberte an ihrer Unterlippe und lud sie ein mitzumachen.

Sie ließ sich nicht lange bitten und erwiderte den Kuss.

Er knurrte zufrieden und zog sie noch näher zu sich.

Sie legte ihm die Arme um den Hals und verschränkte die Hände in seinem Nacken.

Kirian fuhr ihr mit seinen Händen in die Haare und zog ihren Kopf etwas zurück, damit er sie besser küssen konnte. Dabei war er ganz sanft.

Kayla gab sich dem Kuss ganz hin und merkte gar nicht, wie sie ihm das Hemd ganz aufknöpfte.

Erst als er ihren Kuss unterbrach und sie mit einem heißen Lächeln bedachte, sah sie auf ihre Hände.

Diese waren schon recht weit gekommen. Verwegen lächelte sie zurück und schob das Hemd auseinander.

Unter ihren Händen konnte sie seine Muskeln spüren. Er bebte, als sie mit den Händen über seine Brust fuhr.

Mit einer Hand hob er ihr Kinn wieder an und küsste sie erneut, feuriger.

Dabei wanderte seine andere Hand zum Saum ihres Shirts.

Kurz verspannte sie sich, wurde dann aber wieder locker. Ihre Hände wanderten von seiner Brust zu seinem Bauch und weiter nach unten. Währenddessen glitt seine Hand von ihrem Bauch zu ihren Rippen immer höher.

Sein Kuss wurde aggressiver. Doch sie schoss genauso hart zurück.

Unbewusst änderte sie ihre Position auf seinem Schoß und kniete jetzt über ihm.

Er knurrte verlangend an ihren Lippen.

In sich hineingrinsend gab sie ihm, was er wollte.

Und schreckte kerzengerade auf.

„Oh, Scheiße!"

Fluchend sprang sie vom Sofa, auf dem sie bis eben noch geschlafen hatte.

Ein belustigtes Kichern ließ sie in freudig blitzende Augen sehen.

Elian grinste sie vom anderen Ende des Zimmers breit an.

„Na, interessanten Traum gehabt?", erkundigte er sich scheinheilig.

Mit großen Augen sah sie ihn an, bevor sie die Flucht ergriff, sein Lachen im Rücken.

In ihrem Zimmer angekommen, schloss sie die Tür nachdrücklich.

In ihrem Innersten herrschte komplettes Caos. Ihre Gefühle fuhren Achterbahn.

So etwas hatte sie noch nie gehabt. Sie konnte es gar nicht in Worte fassen.

Etwas in ihrem Inneren zitterte und sie wusste nicht, wie sie das wieder abstellen konnte.

Kayla tigerte in ihrem Zimmer herum und entschloss sich bei einem heißen Bad wieder zu Verstand zu kommen.

Doch auch als sie im warmen Wasser lag, gab ihr Kopf keine Ruhe.

Warum hatte sie so etwas geträumt? Weil sie sich vor drei Wochen fast geküsst hatten?

Aber das war schon so lange her und seitdem war es wieder wie am Anfang zwischen ihnen. Er war nur am Arbeiten und zu sehen bekam sie ihn nur noch selten. Sie hatte ja den Verdacht, dass seine Mutter daran schuld war, dass er so viel arbeiten musste, aber Beweise hatte sie keine.

Als das Wasser merklich kühler wurde, stand sie auf und zog sich wieder an, den Entschluss gefasst nicht mehr über den Traum nachzudenken.

Ihr Entschluss wurde prompt auf die Probe gestellt. Als sie nämlich aus dem Bad kam und wieder in ihrem Zimmer verschwinden wollte, kam Kirian gerade die Treppe hoch.

Augenblicklich fiel ihr Blick auf seine Lippen.

„Hi", murmelte sie schnell, bevor sie sich in die sichere Abgeschiedenheit ihres Zimmers flüchtete.

Oh Gott, das konnte ja noch was werden.

Kirian kam gerade mit einer Tasse Kaffee wieder nach oben, um in seinem Zimmer noch etwas zu arbeiten, als ihm Kayla über den Weg lief.

Durch ihre überstürzte Flucht, denn anders konnte man das nicht nennen, war er ziemlich irritiert.

Deswegen ging er in sein Zimmer, stellte seine Tasse ab und nahm dann seine Nebelgestalt an um zu sehen, was sie da in ihrem Zimmer trieb.

Er kam rein und sah sofort, dass sie etwas beschäftigte. Sie tigerte in ihrem Zimmer umher, immer wieder leise Flüche aussprechen.

Das interessierte ihn. Was hatte sie so aufgebracht? Anscheinend hatte es etwas mit ihm zu tun, oder wieso hatte sie sonst eben so komisch auf ihn reagiert?

Kayla marschierte noch einige Minuten auf und ab, bevor sie die Hände in die Luft warf und aus dem Zimmer stürmte.

Er folgte ihr.

Hatte sie Probleme in der Schule oder was war los?

Er verstand es nicht.

Und das gefiel ihm nicht. Fest entschlossen herauszufinden, was hier nicht stimmte, beschloss er sie so lange zu beobachten, bis er es herausgefunden hatte.

Kayla hatte in der Zwischenzeit ihre Kopfhörer, die er ihr geschenkt hatte, nachdem er ihre Musik nicht mehr ertragen hatte, aufgesetzt und ging auf eine Leinwand los.

Anders konnte er es einfach nicht nennen.

Bestürzt sah er ihr eine Weile zu.

Doch sie wurde nicht ruhiger, sondern malte immer wilder und scheinbar ohne wirkliches Ziel.

Als ihr auch aufging, dass so nur schlecht etwas dabei rauskommen konnte, pfefferte sie den Pinsel in ein Wasserglas und stapfte wieder aus dem Zimmer.

Gerade, als er ihr folgen wollte, kam sie wieder raus, ihre Joggingschuhe in der Hand.

Er folgte ihr bis nach unten und als sich die Tür hinter ihr schloss, nahm er wieder seine normale Gestalt an.

Sein Bruder lief ihm bei dem Weg zurück nach oben über den Weg.

„Hey, hab dich gar nicht runterkommen gehört", meinte dieser.

„Was hast du mit Kayla gemacht? Warum bist du überhaupt hier?", erkundigte er sich.

Elian schnaubte.

„Ich kann ja auch wieder gehen. Ich bin hier, weil Kim wissen will, wann es mit der Renovierung weitergeht. Seit letzter Woche ist da nämlich nichts mehr los. Und mit Kayla hab ich gar nix gemacht."

„Warum hat sie dann so schlechte Laune?", wollte er wissen.

Das entlockte seinem Bruder ein schelmisches Grinsen.

„Keine Ahnung", meinte er.

Kirian zog missbilligend eine Augenbraue hoch.

„Ehrlich. Als ich ankam, hat sie auf dem Sofa im Wohnzimmer geschlafen. Dann ist sie wachgeworden und war mies drauf."

Im Unterton seines Bruders konnte er etwas heraushören, wusste aber nicht was.

„Geschlafen?", erkundigte er sich.

„Jupp. Ich hab nichts gemacht", beteuerte er.

„Aber du weißt, warum sie so schlecht drauf ist", spekulierte Kirian.

Sein Bruder grinste.

„Kann schon sein."

Kirian wartete.

„Wird´s heut noch was?"

Elians Grinsen wurde nur noch breiter.

„Klar, ich denke in ihrem Traum ging es um eine gewisse Person", meinte er und ging aus der Küche.

Eine gewisse Person? Wie sollte ihm das denn jetzt weiterhelfen?

„Elian", beschwerte er sich.

„Was denn?", nörgelte dieser.

„Sag mir, um wen es ging."

Elian stöhnte gequält auf.

„Du bist auch der Blitzmerker in der Firma langsam, oder? Nein, sag einfach nichts.

Es ging um dich, du Klugscheißer. Sie hat von dir geträumt." Und das war so schlecht?

Er verstand es immer noch nicht. Das schien ihm sein Bruder anzusehen, denn er seufzte und schlug sich vor die Stirn.

„Ganz ehrlich, du raffst heute auch gar nichts. Es war einer dieser gewissen Träume, du weißt schon?"

Er schüttelte den Kopf. Was denn für gewisse Träume?

„Oh, das darf doch jetzt nicht wahr sein, ist sie deine oder meine Verlobte?", murmelte Elian leise vor sich hin.

„Mensch, diese Träume halt, wo ein Mann und eine Frau drin vorkommen, he."

Mann und Frau?

„O Gott, Kirian. Sie hatte einen heißen Traum von dir!", explodierte sein Bruder.

Sie hatte WAS?

„Das ist doch jetzt nicht dein Ernst. Elian!"

„Was? Schau mich nicht so an, als hätte ich einen heißen Traum von dir gehabt! Das wäre ja noch schöner."

Elian schüttelte den Kopf und sah auf sein Handy, das gerade verlauten ließ, dass eine SMS angekommen war.

„Und da sie nicht weiß, wie sie damit umgehen soll, ist sie wahrscheinlich ratlos und das macht sie wiederum gereizt. Ich würde vorschlagen, dass du sie eine Weile in Ruhe lässt, bis sich ihre Hormone wieder beruhigt haben", meinte er.

Aha.

„Wie dem auch sei, ich muss los, hab noch was zu erledigen. Ruft an, wenn es weiter geht."

Und schon war er weg.

Kirian stand immer noch ratlos in der Küche.

Woher kam das denn jetzt so plötzlich?

Sie hatte nie Gefühle für ihn gezeigt, außer dem einen mal, aber das war schon Wochen her.

Seitdem war sie auch distanzierter zu ihm. Am Tag danach hatten sie zusammen die erste Fuhre Laminat in ihrem Haus verlegt. Dabei hatte sie die Gruppen streng nach Jungs und Mädels geteilt.

Grübelnd setzte er sich an den Küchentisch.

Sie war immer schnell aus dem Zimmer gegangen, wenn er hineinkam, oder war irgendwie verstockt gewesen, fiel ihm ein.

Lag es daran, dass sie etwas für ihn empfand? Mehr als Freundschaft?

Aber das war unmöglich. Sie lebten nur wegen dem Packt zusammen. Es war ausgeschlossen.

Nervös tippte er mit dem Finger auf der Tischplatte herum. Wahrscheinlich hatte sie nur einen anstrengenden Tag gehabt. Genau.

Mit dieser Überzeugung ging er wieder in sein Zimmer und setzte sich an seinen Schreibtisch.

Doch der Gedanke ließ ihn nicht los.

Nachdenklich trank er einen Schluck Kaffee und spuckte ihn prompt zurück in die Tasse. Er war eiskalt.

Frustriert fuhr er sich durch die Haare.

Für den Rest des Tages versuchte er noch etwas zu arbeiten. Die Betonung lag dabei auf versuchte.

Er merkte genau, wann Kayla wieder kam, ließ sie aber in Ruhe, wie sein Bruder es ihm geraten hatte. Immer wieder drifteten seine Gedanken ab.

Deswegen schreckte er auf, als das Telefon klingelte, aber bevor er sich auch nur erhoben hatte, um ranzugehen, hatte Kayla schon abgenommen.

Also blieb er sitzen und versuchte weiter erfolglos zu arbeiten.

Als es ihm genug wurde und er eh nur aus dem Fenster starrte, ging er runter in die Küche, doch dort saß Kayla und telefonierte immer noch.

Eigentlich wollte er ja gar nicht lauschen, aber was sie da sagte, ließ ihn kurz inne halten.

„Warum?"

Am anderen Ende der Leitung herrschte wohl Schweigen, denn sie wiederholte ihre Frage erneut.

„Warum, Dad?"

Sie telefonierte mit ihrem Vater?

„Mom hat es doch auch geschafft."

Er linste um die Ecke und sah sie am Küchentisch, mit dem Rücken zu ihm sitzen, den Kopf in eine Hand gestützt.

„Du bist abgehauen!", rief sie, nachdem sie ihm eine Weile zugehört hatte.

„Wie konntest du das tun? Warum bist du nicht da geblieben?" Schweigen, lange.

„Nein, hast du nicht!", rief sie und ihre Stimme bebte.

„Du hast es nicht versucht", flüsterte sie nur noch.

„Du warst sturzbesoffen!", schrie sie als nächstes.

Er zuckte zusammen.

Woher wusste sie, dass er abgehauen war und sturzbesoffen war?

„Woher ich das weiß? Dein Arzt hat mich angerufen. Ich war im Krankenhaus!"

Der Anruf musste sie während dem Joggen erreicht haben und sie musste gleich losgegangen sein, deswegen war sie auch erst so spät nach Hause gekommen.

„Natürlich war es schlimm."

Sie hörte ihm kurz zu und lachte dann kalt auf.

„Es war kein Schwips, du warst zu, bis oben hin."

Als sie erneut auflachte, klang es eher nach einem Schluchzen.

„Du wolltest mich schlagen, daher weiß ich es!"

Kirian riss den Kopf hoch.

Er wollte was?

„Und ob das mein ernst ist. Warum meinst du, kannst du dich an nichts mehr erinnern? Weil du fast ins Koma gefallen bist!"

In ihm machte sich ein ungutes Gefühl breit und Wut stieg in ihm auf, Wut auf den Mann, der ihr das antat.

„Nein, ich bin ausgewichen."

Er sah wieder um die Ecke. Sie rieb sich den Arm. Sie hatte zwar ausweichen können, war aber anscheinend gegen etwas gestoßen, schmerzhaft.

Er ballte die Fäuste. Wusste dieser Mann, was er seiner Tochter antat?

Hatte er auch nur eine noch so kleine Ahnung?

„Ich mache jetzt Schluss", hörte er sie sagen.

Dann herrschte auch schon Stille. Um mehr sehen zu können und nicht erwischt zu werden, wechselte er erneut die Gestalt und kam auf sie zu.

Sie saß nun mit den Kopf in beiden Händen gestützt da und ihre Schultern zuckten.

Er hatte das starke Bedürfnis ihr eine Hand tröstend auf eben diese zu legen oder sie in den Arm zu nehmen.

Auf einmal schreckte ihr Kopf hoch und sie sah sich um. Auf ihrem Gesicht konnte er keine Tränen erkennen, aber den Schmerz und es zerriss ihn innerlich.

Er folgte ihr, als sie sich aufraffte und in ihr Zimmer ging, dort blieb sie aber nur kurz, um sich ein Kissen zu holen, danach ging sie in ihr Arbeitszimmer, schloss ab und setzte sich die Kopfhörer auf.

So sank sie die Wand hinunter, die Knie angezogen und den Kopf im Kissen vergraben und weinte lautlos.

Kirian rang mit sich, lies sie aber alleine, dass sie es anscheinend so wollte, auch wenn es ihm schwerfiel.

Dann schnappte er sich das Telefon und rief Kim an, nachdem er wieder seine normale Gestalt angenommen hatte.

„Hi, hier ist Kirian, ich hab da mal ne Frage, in welcher Klinik sind Kaylas Eltern noch mal?"

Schon wenige Minuten später stand er vor dem Gebäude. Am Empfang wurde ihm gesagt, dass er keinen Zutritt hatte, aber da konnte man Abhilfe schaffen.

Als Nebelgestalt schlüpfte er in das Zimmer ihres Vaters und materialisierte sich wieder.

Ihr Vater lag in dem Bett, wie eine Schnapsleiche, die er wohl auch war, denn er stank zum Himmel.

„Was denken sie eigentlich, wer sie sind?"

Er riss die Augen auf und starrte ihn an.

„Wer sind sie?", verlangte ihr Vater zu wissen.

„Na dann denken sie doch mal scharf nach!", herrschte er den Mann an.

Nach einigen Minuten schien es ihm eingefallen zu sein.

„Kirian Alucar", stöhnte er.

„Genau. Was fällt ihnen eigentlich ein, ihre Tochter so zu behandeln?"

Ihr Vater stutzte und setzte sich auf, was ihn ziemlich anzustrengen schien.

„Wovon reden sie?"

Kirian lachte abschätzig auf.

„Davon, was sie alles ihrer Tochter aufbürden. Sie ist erst siebzehn!"

Er wollte anscheinend etwas sagen, doch er ließ ihn nicht ausreden.

„Können sie ihr nicht einmal einen Gefallen tun? Hat sie nicht auch etwas Glück verdient?", verlangte er zu wissen.

„D.... Doch", stammelte der Mann vor ihm.

„Dann strengen sie sich gefälligst an! Ihre Tochter schuftet wie eine Verrückte und sie schleudern ihr das alles einfach ins Gesicht! Wovon denken sie, hat sie ihren Aufenthalt in der Klink bezahlt?"

Ihr Vater schien komplett perplex zu sein.

„Na von dieser Karte, die sie hatte", brummte er dann.

„Falsch gedacht. Sie verkauft all ihre Bilder und spart schon seit Jahren dafür. Sie nimmt keinen einzigen Cent von dieser beschissenen Karte für sich."

Ihr Vater schien schockiert zu sein.

„A... Aber", stammelte er.

„Nichts aber. Sie reißt sich den Arsch auf, um ihnen und ihrer Frau zu helfen. Und wissen sie was? Sie tun gar nichts für sie. Überhaupt nichts.

Ein siebzehnjähriges Mädchen sollte ihr Leben genießen und sich nicht um ihre besoffenen Eltern kümmern müssen oder versuchen die Bruchbude von Haus wieder auf Vordermann zu bringen , weil sie zu voll sind um das überhaupt zu bemerken!", schrie Kirian.

Wie konnte man nur so blind sein?

„Das Haus?"

Er nickte nachdrücklich.

„Ja, sie renoviert es komplett, alleine." Das letzte Wort betonte er besonders.

„Sie kauft alles von ihrem eigenen Geld, macht alles selbst, gibt sich Mühe und tut verdammt noch mal etwas!"

Ihr Vater schien es endlich zu begreifen, denn er wurde noch blasser, als er eh schon war.

„Ganz alleine?"

Er nickte todernst.

„Ja."

Sein Gegenüber fuhr sich durch die Haare.

„Warum sagt sie denn nichts, vorhin am Telefon..."

„Weil sie sich schämt und es alleine schaffen will", sagte er nun etwas sanfter.

„Schämt?", fragte ihr Vater fassungslos nach.

„Ja, oder was denken sie, was sie empfindet, wenn alle auf sie hinabsehen und nur ihre versoffenen Eltern sehen, als etwas anderes als Scham?"

Ihrem Vater standen die Tränen in den Augen.

„Oh Gott. Meine Kleine..."

Kirian wandte sich zur Tür.

„Denken sie mal darüber nach, ob sie für sich oder für sie hier sind und was ihnen wichtiger ist, ihre Tochter oder die Flasche, ihr Leben oder der Tod?"

Mit diesen Worten ging er, die Tür leise hinter sich schließend. Seine Wut war mittlerweile verraucht. Er schlenderte aus dem Krankenhaus und machte sich wieder auf den Weg nach Hause, zu Fuß.

Kapitel 13

Kayla löffelte ihr Eis, war aber geistig abwesend. Eigentlich hatte sie auch gar keine Lust darauf. Sie war nämlich auf Diät und das Eis versaute ihr gerade wieder alles. Außerdem schaute Kirian sie schon die ganze Zeit, seit sie damit angefangen hatte immer so komisch an.

Dieser unterhielt sich gerade lebhaft mit Kim und Elian. Sie versuchten auch immer wieder sie ins Gespräch miteinzubeziehen, aber ihr war nicht danach, ihr war nach gar nichts.

„Hey, Kayla, wollen wir dann noch mal schwimmen üben, für das Sportabzeichen? Nicht das du es nötig hättest, immerhin bist du in Sport super, aber du weißt ja."

Sie sah von ihrem Eis auf und schaute ihre Freundin irritiert an.

Sie hatte Kim noch am selben Abend angerufen und ihr vom Rückschlag ihres Vaters erzählt. Sie hatte einfach jemanden zum Reden gebraucht.

„Du weißt doch genau, dass ich nicht schwimmen kann."

Kim hielt inne.

„Oh, stimmt. Was machen wir jetzt?"

Kirian mischte sich ein.

„Du kannst nicht schwimmen?"

Aus welchem Grund hatte sie es wohl eben gesagt? Damit er nachfragte?

„Ja, kann ich nicht", murrte sie.

Elian lehnte sich in seinem Stuhl zurück.

„Dann lern es doch einfach", meinte er ganz locker.

Ja, das konnte man ja auch innerhalb von einer Minute lernen, war ja klar. Sie war halt die einzige, die das nicht konnte, aber alle anderen schon.

Mann! Hörte der sich manchmal selbst reden?

„Dein Eis schmilzt", lies sich Kim vernehmen.

Das war ja auch Absicht. Seufzend löffelte sie den Rest aus ihrem Becher.

„Jetzt zufrieden?", erkundigte sie sich.

„Klar", meinte Kim.

Sie brummelte etwas vor sich hin. Heute war einfach nicht ihr Tag.

„Er kann es dir doch beibringen, er ist ein toller Schwimmer", mischte sich Elian wieder ein und zeigte mit seinem Löffel auf Kirian, der gerade geistig abwesend wirkte.

Jetzt sah er jedoch auf.

„Ich?"

Kim lachte.

„Klar, du bist doch ihr Verlobter, da kannst du das ruhig übernehmen."

Sie lehnte sich an Elian, der ihr einen Arm um die Taille legte.

„Wir könnten auch mitkommen und aufpassen, dass ihr euch benehmt", schlug sie vor.

Auf keinen Fall.

Dafür hatte sie jetzt wirklich keinen Sinn. Doch zu Kaylas Entsetzten, nickte Kirian.

„Von mir aus."

Was war denn mit dem los? Sie hätte jetzt mit einem strikten „Nein" gerechnet.

„Toll", freute sich Kim.

„Aber dann müssen wir noch einkaufen gehen", beanstandete sie.

Super, mit den Männern einkaufen, ihr Tag war gerettet.

Mürrisch fuhr sie sich durch die Haare.

Ihr war heute definitiv nicht nach einkaufen. Eher nach sich selbst bemitleiden und unter die Decke kriechen, aber da wurde sie ja gar nicht gefragt.

Kurzerhand fasste Kim sie an der Hand und zerrte sie in ein Bademodengeschäft.

Dort stürzte sie sich dann auf die Regale und zerrte sie mit.

„Wie findest du den? Oder doch lieber in Rot?"

Kayla schwieg. Nach einer Weile schien Kim ihre schlechte Laune auch aufzufallen.

„Was ist denn? Immer noch wegen gestern? Das wird schon."

Aufmunternd drückte sie sie kurz an sich.

„Komm, jetzt lenken wir dich erst mal ab und kaufen dir einen schönen Bikini. Wo sind eigentlich die Jungs?"

Diese hatten sich still und leise in die Männerabteilung verkrümelt. Anscheinend war ihnen so wenig Stoff dann doch etwas peinlich.

Aus irgendeinem Grund besserte das ihre Laune schlagartig und sie fing an zu lächeln.

„Was macht ihr denn da drüben? Kommt gefälligst her und helft uns beim Aussuchen", zeterte Kim, packte beide am Arm und zog sie in die Damenabteilung.

„So und jetzt hilfst du", sie wies auf Kirian, „Kayla einen Bikini auszusuchen und du", sie hackte sich bei Elian unter, „hilfst mir", diktierte sie kurzerhand.

Und schon standen sie und Kirian alleine da. Etwas unschlüssig sah sie zu ihm.

Er versuchte ganz cool zu wirken, aber ihm war anzusehen, dass er nicht wusste, wohin er schauen sollte, ohne irgendwie aufzufallen oder so.

Kichernd zupfte sie an seinem Ärmel.

„Wie wäre es, wenn du einfach einen suchst, der dir am besten gefällt und ich tue das Gleiche. Wir treffen uns dann bei den Kabinen, ja?"

Er nickte erleichtert.

„Gut."

Also stürzten auch sie sich in die Vollen. Kayla ging zielstrebig zu den Bikinis, die eine kurze Short als Unterteil hatten. Ein kurzer Blick in Kirians Richtung zeigte ihr, dass er auch in der Abteilung suchte.

Ja, immerhin wollte er ja nicht, dass sie zu freizügig rumlief, das hatte er ja schon am ersten Tag lebhaft unter Beweis gestellt.

Aber sie hatte in dieser Beziehung nichts dagegen. Immerhin löste sich so ein Knoten schon mal und dann hatte man den Salat.

Kayla merkte schnell, dass heute der Wurm drin war. Ihr gefiel irgendwie gar nichts.

Sonst hatte sie schnell etwas gefunden, was ihr gefiel. Sie ging generell nie aus einem Laden, ohne nicht wenigstens ein Shirt oder Top mitzunehmen, aber heute.

Mürrisch fischte sie schließlich einen schwarzen Bikini mit einem großen Strass Stein in der Mitte in ihrer Größe heraus und machte sich auf den Weg zu den Umkleiden. Dort trudelten auch schon Kirian und die beiden Turteltäubchen ein.

Sie beäugte seine Eroberung skeptisch. Er hatte einen dunkelblauen Bikini genommen, dessen Hose mit schwarzen und weißen Schnörkeln versehen war. Na gut, das blau würde gut zu ihren Haaren passen, aber die Kringel waren gerade irgendwie so gar nicht ihr Fall.

Kim schaute sich ihre beiden Eroberungen genau an.

„Mhmmm", meinte sie dann mit zusammengezogenen Augenbrauen.

„Beides nicht schlecht, probiere beides an, dann sehen wir weiter."

„Was hast du denn?", erkundigte sie sich.

Triumphierend hielt Kim ein weinrotes etwas hoch, was wohl ein Bikini sein sollte.

„Ist das nicht etwas knapp", zweifelte sie.

Kirian sah so aus, als würde er sich überlegen, ob sie nicht in der falschen Abteilung geschaut hatte.

„Nicht hier mit", mischte sich Elian ein und hielt ein feines, buntbedrucktes Tuch hoch.

Ja, wenn sie sich das um die Hüften wickeln würde, würde es schon eher nach einem Kleidungstück aussehen.

„Husch, husch", scheuchte Kim sie in die Kabine.

„Wir haben noch viel zu tun."

„Was denn?"

Kim zwinkerte ihr verschwörerisch zu.

„Na den Jungs beim Aussuchen helfen, das wird bestimmt lustig."

Aha.

Kayla wusste nicht, was sie davon halten sollte und verkroch sich in der Kabine.

Dort fiel ihr auf, wie wenig Stoff doch an so einem Bikini dran war.

Verdammt, daran hatte sie ja gar nicht mehr gedacht.

Allein, mit Kim, das ging ja in Ordnung, aber da draußen wartete immerhin auch Kirian.

Sofort wurde sie rot und zweifelte an ihrem Vorhaben. Dann bekam sie die blöde Auszeichnung halt nicht, was sollte es? Aber Kim würde sie damit nicht durchkommen lassen, soviel war klar.

Fluchend ergab sie sich in ihr Schicksal und zog sich um.

„Bist du fertig?", erkundigte sich Kim nach einer Weile.

„Fast."

Sie bekam diesen blöden Verschluss an ihrem Rücken nicht zu.

„Und?"

„Komme gleich."

Es war kurzes Gerangel zu hören, dann stand Kim neben ihr in der Kabine.

„Wo klemmt es denn?"

„Am Hacken", grinste Kayla.

„Na dann."

Flink hatte Kim ihr das Oberteil geschlossen und schob sie auch schon nach draußen.

Dort suchte Kayla zuerst Kirians Blick. Diesen Augen weiteten sich bei ihrem Anblick kurz.

„Und, wie findest du es?", flötete Kim.

„Ist gut", murmelte er und rieb sich verlegen den Nacken, bevor er zur Seite sah.

Sie lief hochrot an und stürzte zurück in die Kabine.

„Ja, probiere den zweiten auch noch an, ich gehe mit Elian schon mal nach Badehosen suchen."

Oh, diese verdammte Nuss!

Das machte sie doch mit Absicht!

Mürrisch hielt sie sich den zweiten Bikini vor. Er sah wirklich nicht schlecht aus.

Kirian hatte Geschmack, dass musste man ihm lassen.

Gut, sie würde ihn anziehen, kurz raus gehen und dann gleich wieder hier drin verschwinden.

Genau.

„Der ist besser, oder?"

Kayla trat aus der Kabine und Kirian hob den Kopf.

Es verschlug ihm erneut die Sprache.

„J.. Ja"."

Sie sah verdammt gut aus. Dieser Bikini betonte all ihre Vorzüge. Er unterstrich ihre roten Haare und brachte ihre Augen zum Leuchten. Die Kringel darauf ließen das Ganze etwas verspielt wirken.

„Der ist sehr gut", meinte er.

Doch ihm fiel auf, dass er etwas locker saß, zumindest die Hose, sie schien etwas zu groß zu sein.

Er zog die Augenbrauen zusammen.

„Hast du abgenommen?", erkundigte er sich. Kirian kannte ihre Größe und wusste daher, dass es eigentlich passen müsste. Er hatte schon bemerkt, dass sie ihre Essgewohnheiten geändert hatte, aber hatte sich nichts dabei gedacht.

Ein Wandel spielte sich auf ihrem Gesicht ab. Ihr Stahlen endete abrupt und sie sah ihn wütend an.

Was hatte er denn jetzt falsch gemacht?

„Was dagegen?", motzte sie ihn an.

„Ja", motzte er zurück, „Lass es!"

Sie schnaubt, machte auf der Stelle kehrt und verschwand wieder in der Kabine.

Also echt, man könnte doch meinen, dass sich ein Mädchen freuen würde, wenn man ihm sagte, dass sie nicht abzunehmen brauchte.

Aber was tat sie?

Sie war sauer.

Frauen!

Kirian wartete, bis sie mit dem Bikini im Arm wieder aus der Kabine kam und trottete ihr hinterher zu Kim und seinem Bruder.

Dieser schien die angespannte Atmosphäre zwischen ihnen zu spüren und auch Kim zog irritiert die Augenbrauen zusammen und sah zwischen ihnen hin und her.

„Habt ihr euch gestritten?"

„Nein!", brummten sie im Chor.

Mürrisch sah sie ihn an und er tat dasselbe.

„Lass das", murrte sie, bevor sie zur Kasse ging.

Frauen!

Und so stapfte er schlecht gelaunt hinter Kim und Kayla her, die Tüte mit den Klamotten in der Hand.

Kim schien Kayla schon wieder auf andere Gedanken gebracht zu haben, denn sie lachten zusammen.

Elian steckte seine Hände in die Taschen und ging neben ihm her.

„Du hast echt keine Ahnung von Frauen, oder?"

Was sollte das denn jetzt?

„Was willst du?", knurrte er.

Elian schüttelte den Kopf.

„Vergiss es."

Er schwieg, ging aber weiterhin neben ihm her.

„Beobachte sie einfach und finde heraus, was sie mag und was nicht. Dann geht es von ganz allein", meinte er nach einer Weile.

„Geht was von alleine?"

Elian seufzte.

„Eine Beziehung", meinte er, bevor er zu Kim aufschloss und von hinten die Arme um sie legte. Sie quiekte kurz erschrocken auf, schmiegte sich dann aber in seine Arme und lächelte ihn freudig an.

Etwas zog sich in seiner Brust zusammen.

Er begegnete Kaylas Blick, der ebenfalls auf den beiden lag. Ein seltsamer Ausdruck lag auf ihrem Gesicht.

Doch als sie ihn ansah, wandte sie sich schnell ab und das Etwas in seiner Brust verkrampfte sich noch schmerzhafter.

Kirian beschloss dem Rat seines Bruders zu folgen und sie zu beobachten. Fast sofort wusste er, was er gemeint hatte und war komplett in Kaylas Bann.

Sie war so natürlich, offen für alles und lachte von Herzen. Sie war eine Frohnatur und hatte Spaß am Leben.

Er konnte sich gar nicht mehr losreißen.

Der verkrampfte Knoten in seiner Brust löste sich und er verlor sich in ihr.

Allerdings wurde er sehr schnell wieder aus seiner Trance gerissen.

Ihr Handy klingelte.

Sie entschuldigte sich kurz.

Wenige Minuten später kam sie wieder zurück und ihre ganze Ausstrahlung hatte sich komplett geändert. Ihre Schultern waren leicht nach vorne gefallen und sie ließ den Kopf hängen. Es war, als wäre eine Wolke vor die Sonne gezogen.

Er wusste sofort, wer am Telefon gewesen war.

Der Arzt ihrer Eltern.

„Es ist nicht so, dass er wieder rückfällig geworden ist, er hat sich sogar gebessert, aber…"

Sie ließ den Satz unausgesprochen und zuckte hilflos mit den Schultern.

Aber es belastete sie.

Kirian überkam wieder diese unkontrollierte Wut und er hatte ziemlich Mühe sie zu unterdrücken.

„Komm, wir gehen nach Hause", meinte er und fasste sie bei der Hand.

Er spürte ihr Zögern und sah zu ihr. Ihre Wangen waren leicht gerötet und ihr Blick scheu.

Lächelnd zog er sie weiter.

Kapitel 14

„Nein."

Mit verschränkten Armen stand sie da.

„Komm schon, jetzt bist du doch schon hier, bitte", bettelte Kim.

„Nein!", knurrte Kayla ungehalten.

Sie waren im Schwimmbad, in der Umkleide um genau zu sein.

„Er hat ihn doch schon gesehen. Stell dich nicht so an!"

Als ob es darum ginge.

„Das weiß ich auch und es geht gar nicht um Kirian, sondern um all die anderen.

Vergiss es!"

Kim knurrte wütend.

„Du bist so verklemmt!", beschwerte sie sich.

„Jetzt zieh dich endlich aus, du hast doch noch was an, verdammt noch mal!"

Da hatte sie schon Recht, aber bei der ganzen nackten Haut, die hier so freizügig präsentiert wurde.

Sie hatte echt keine Lust darauf, dass sie Jungs ihr entweder die ganze Zeit auf den Busen oder Hintern starrten.

„Nein!"

„Kayla!", tat Kim ihren Unmut kund.

„Du bist kindisch."

„Von mir aus."

Dann war sie halt kindisch, aber sie würde hier nicht halbnackt herumstolzieren.

„Sie ist kindisch, oder?", wandte sie sich an Elian, der mit Kirian zusammen vor der Tür wartete.

„Irgendwo hat sie schon recht", meinte Elian.

Das war ja wohl das Letzte!

Wutschnaubend riss sie sich das Shirt über den Kopf und pfefferte es in die Ecke, dann war die Hose dran.

Ein Handtuch fest über den Bikini gewickelt, stapfte sie aus der Kabine.

„Jetzt zufrieden?", fauchte sie.

„Sicher", meinte Kim hinter ihr.

Missmutig stapfte sie den andern hinterher zum Beckenrand. Dort beeilte sie sich ins Wasser zu kommen, nachdem Kim ihr das Handtuch weggenommen hatte.

„Du bist gemein", beschwerte sie sich, während sie sich am Beckenrand festhielt.

„Nur manchmal", war ihre Entschuldigung.

„Also Jungs. Du übst jetzt mit ihr und ich und Elian sonnen uns, einverstanden?"

Sie ließ weder ihr noch Kirian Zeit zum Antworten, sondern stapfte schon mit Elian an der Hand breitgrinsend davon.

Kopfschüttelnd sah Kayla ihr hinterher. Manchmal war sie aber auch ein kleines Miststück.

„Die beiden hecken was aus", meinte Kirian, der den beiden ebenfalls hinterher sah.

„Ganz bestimmt sogar", stimme sie zu.

Peinliche Stille machte sich breit.

„Vielleicht solltest du auch ins Wasser gehen", meinte sie dann um der beklemmenden Stille zu entkommen.

Er nickte, zog sich das Shirt über den Kopf und warf es auf eine nahe Liege. Da er die Badehose schon anhatte, konnte er gleich neben ihr ins Wasser gleiten.

Kayla sah überall hin, nur nicht zu ihm und wünschte sich, sie wäre zu Hause geblieben.

„Also, am besten wir fangen damit an, dass du dich über Wasser halten kannst", meinte er, nach einer kleinen Pause.

Sie nickte. Je schneller sie es hinter sich hatte, desto schneller konnte sie sich wieder in ihrem Zimmer verkriechen und dieses blöde Flattern in ihrem Bauch verdrängen.

„Halt dich an mir fest und konzentrier dich auf deine Beine", forderte er sie auf.

Widerwillig ließ sie den rettenden Beckenrand los. Sofort schlug ihr Herz schneller und sie fing an zu strampeln, doch sie ging unter.

Einzig der feste Griff Kirians hielt sie noch über Wasser.

„Ganz ruhig, ich hab dich", beruhigte er sie.

Als sich ihre Panik etwas gelegt hatte und sie sich sicher war, dass er sie nicht absaufen lassen würde, machte er mit seiner Lektion weiter.

„So, jetzt trete mit deinen Beinen, als würdest du versuchen aus Treibsand zu entkommen."

Sie klammerte sich krampfhaft an seinen Armen fest und trat.

Am Anfang half es nicht gerade viel, doch dann, nachdem er ihr gut zugeredet hatte und sie sich noch etwas mehr entspannt hatte, ging es wie von allein.

Sie trat in ihrem eigenen Rhythmus.

„Sehr gut", lobte Kirian und lächelte ihr aufmunternd zu.

Dann löste er ohne Vorwarnung ihre Hände von seinen Armen. Jedes Sicherheitsgefühl war schlagartig verflogen und Panik machte sich in ihr breit.

Ihre Beine verloren ihren Rhythmus und strampelten unkontrolliert.

„Ganz ruhig.", versuchte Kirian sie zu beruhigen und drückte ihr die Hände.

Dann ließ er los.

Kayla soff erbarmungslos ab. Dabei erschreckte sie sich so sehr, dass sie Wasser schluckte und zu ersticken drohte.

Sie hatte schon fast keine Luft mehr und trat nur noch panisch um sich, als sie zwei starke Hände packten und wieder an die Wasseroberfläche zogen.

Sie hustete und spuckte um wieder atmen zu können. Kaum hatte sie genug Luft in den Lungen, um reden zu können, wetterte sie auch schon los.

„Bis du völlig verrückt geworden oder was? Wolltest du mich ertränken?", schrie sie ihn an.

Dass sie nun alle Leute anstarrte war ihr herzlich egal.

Kirian lachte.

Sie sah ihn an, als wäre ihm ein zweiter Kopf gewachsen.

„Jetzt reicht´s!"

Wutschnaubend streckte sie sich, griff nach dem Beckenrand und wollte sich hochziehen.

Doch er hielt sie um die Taille herum fest, immer noch lachend.

„Das war die blödeste Idee überhaupt", schimpfte sie weiter, sich aus seinem Griff windend.

„Kim kann was erleben, wenn ich sie erwische!"

Kayla zappelte wie ein Fisch, doch befreien konnte sie sich nicht.

„Wirst du wohl aufhören zu lachen!", raunzte sie ihn an und schlug ihn auf den Arm.

„Sicher", gluckste er, bevor er dann doch ernst wurde.

„Überleg mal, was du eben gemacht hast", forderte er sie dann auf.

„Ersaufen!", schnauzte sie und fing an seine Finger einzeln aufzubiegen.

„Und danach?"

Was sollte denn jetzt der Mist?

„Manchen Leuten bekommt Kaffee nicht, wie Kim und anderen offensichtlich zu viel Wasser. Du bist völlig übergeschnappt!"
Er kicherte.

„Du bist oben geblieben, während du mich angeschrien hast oder nicht? Ich habe dich nicht festgehalten."

Zu Beweis hielt er ihr seine beiden Hände unter die Nase.

Tatsache, sie blieb oben, ohne jede Hilfe.

„Ich bin trotzdem noch sauer auf dich", muffelte sie.

„Damit kann ich umgehen", versichert er ihr.

So kam es, dass er sie vorne zog und sie mit den Füßen strampelte, damit sie die Beinarbeit üben konnte. Denn das mit den Armen war ja ganz einfach.

Nach einer halben Stunde machten sie eine Pause.

Kim und Elian kamen wieder zu ihnen.

„Na, lebt er noch?", erkundigte sich Elian.

„Wieso er? Er kann doch schwimmen?"

Kim lachte.

„Das rettet ihn aber noch lange nicht vor dir."

Sehr witzig.

Warum war eigentlich immer sie die Lachnummer?

„Ich geh aufs Klo."

Man, mit denen musste man schon was aushalten.

Seufzend wusch sie sich die Hände und schaute in den Spiegel.

Ihre Haare klebten ihr nass am Kopf.

Sie sah aus wie eine ersoffene Ratte.

Was sie ja auch war, ersoffen.

Mürrisch versuchte sie ihre Haare etwas zu trocknen. Mit dem Ergebnis keinesfalls zufrieden, flocht sie sich einen Zopf und beließ es dabei.

Als sie nach draußen trat, empfing sie die warme Sonne. Vielleicht würde es ja doch noch ein ganz schöner Tag werden.

Suchend lief sie am Beckenrand entlang.

Die anderen waren nirgends zu sehen. Schulterzuckend schlenderte sie zum Kiosk und kaufte sich eine Cola, Cola Light. Sie hatte ihre kleine Mission noch nicht aufgegeben.

Gerade wollte sie bezahlen, da streckte sich eine sonnengebräunte Hand vor und reichte dem Verkäufer das Geld.

„Stimmt so", meinte ein muskulöser Kerl, ihr frech zuzwinkernd.

„Danke", brachte sie perplex hervor.

Was der wohl wollte?

„Immer gerne, schöne Frau", strahlte er.

Ah, das wollte er.

„Bist du alleine hier? Woher kommst du, ich habe dich noch nie hier gesehen."

Na der ließ aber auch nichts anbrennen.

Kayla wollte ihm schon sagen, dass er sich verkrümeln sollte, aber er redete einfach immer weiter.

„Du siehst echt klasse aus. Ich stehe auf Rothaarige", meinte er.

Aha. Sie wusste nicht ob das jetzt ein Kompliment war oder nicht.

Auf jeden Fall war ihr der Typ total unsympathisch.

Besonders, als er anfing ihre Haare zu befummeln.

Sie wollte ihn schon zur Schnecke machen, da legte sich ein schwerer Arm um ihre Schultern und zog sie an eine männliche Brust.

Eine vertraute männliche Brust.

„Wo bleibst du denn?", fragte Kirian sie mit unschuldigem Tonfall aber sein Blick war tödlich.

Der Kerl ließ ihren Zopf los und er landete wieder auf ihrer Schulter.

„Wer bist du denn? Ihr Freund?", erkundigte sich der Kerl, kein bisschen nett mehr.

Kirian grinste, was einem Zähnefletschen gleich kam.

„Ihr Verlobter."

Das sagte er mit einem Unterton in der Stimme, der nur als gefährlich bezeichnet werden konnte.

Dementsprechend schnell trollte sich der Kerl.

„Alles in Ordnung?"

Sie nickte und lächelte ihn dankbar an.

„Ja, alles in Ordnung, danke."

Unbewusst schmiegte sie sich enger an ihn und genoss seine Nähe. Auch er zog sie etwas enger an sich.

Die Luft um sie herum lud sich auf.

„Wir sollten wieder zu den anderen gehen", murmelte er nach einer Weile.

„Ja", stimme sie ihm murmelnd zu.

Dann räusperte sie sich und ging ihm voran zu den anderen, die sie an einem Tisch sitzend ausgemacht hatte.

Sie sagten nichts zu der Szene, grinsten sich aber wissend an und schienen sehr zufrieden mit sich zu sein.

Sie stöhnte gequält. Die beiden würden einfach nicht aufgeben.

Kayla steuerte den Tisch der zwei an, als ihr eine Bewegung ins Auge fiel und sie innehalten ließ.

Gegenüber auf der anderen Seite des Beckens, stand Tim. Dieser schien sie auch gesehen zu haben, denn er starrte Kim mit einer Mischung aus Schock und Wut und auch etwas Verzweiflung an.

Dabei ging sein Blick zwischen ihr und Elian hin und her. Immer wenn er ihn ansah, sah er so aus, als würde er gleich anfangen zu weinen oder jemanden zu schlagen.

Scheiße.

So schnell sie konnte, ohne auf dem nassen Boden auszurutschen, eile sie zu Kim. Doch diese war ihrem Blick offensichtlich gefolgt, denn ihre Miene war verkniffen und sie fluchte, als Kayla den Tisch erreichte.

„Das darf doch einfach nicht wahr sein, was macht der denn hier? Der geht doch sonst nie freiwillig in ein Freibad, ich musste ihn zumindest immer hin schleifen."

Elian setzte sich auf und schaute auch zu Tim. Dieser sah wütend zurück und marschierte in ihre Richtung.

„Er kommt", warnte sie Kim.

„Wer kommt?", wollte Elian wissen und sah alarmiert aus.

„Tim", meinte Kim, wie immer ohne weitere Erklärungen, da sie immer davon ausging, dass alle genau das gleiche wussten, wie sie.

Seufzend setzte Kayla sich und erklärte es Elian. Kirian setzte sich wortlos neben sie.

Er wirkte etwas verstimmt, aber dafür hatte sie jetzt keine Zeit.

„Ihr Exfreund."

Elian schien zu verstehen, denn er nickte und sah dem sich nähernden Jungen entgegen.

„Ah, lass mich raten, sie hat sich von ihm getrennt?"

Kayla nickte.

Und da hatte Tim auch schon ihren Tisch erreicht.

Unbehaglich rutschte sie auf ihrem Stuhl nach unten.

Unauffällig sah sie sich um, zum Glück hatte noch keiner das nahende Unheil bemerkt, was aber sicher nicht lange dauern konnte.

Plötzlich legte sich eine warme, starke Hand in ihre und drückte sie leicht.

Kirian lächelte ihr aufmunternd zu und blickte Sekunden später schon auf den sich aufplusternden Jungen.

„Was machst du hier?", begrüßte er sie.

Doch Kim ließ sich wie immer nicht aus der Ruhe bringen.

„Dir auch einen schönen Tag, Tim. Ich dachte, du hasst Freibäder."

Er wurde sofort puterrot und sein Blick zuckte zu Elian, hielt ihn aber nicht sehr lange.

„Tue ich ja auch, es ist wegen meiner Cousine, ihr Geburtstag", stotterte er.

Kayla rutschte noch tiefer in ihren Stuhl. Das war ja schon fremdschämen.

„Kennst du schon Elian?", fragte sie ganz ruhig und alle Farbe wich aus Tims Gesicht.

Elian lächelte raubtierhaft und streckte ihm die Hand hin.

„Erfreut dich kennen zu lernen", meinte er und schien Tims Hand etwas zu fest zu drücken.

Als er diese wieder losließ, legte er Kim den Arm um die Schultern und zog sie zu sich.

„Er ist dein Freund", meinte Tim, sichtlich angepisst.

Kim schmiegte sich an Elian, lächelte und wandte sich dann wieder Tim zu.

„Genau, auch wenn dich das gar nichts mehr angeht, weil wir nämlich Schluss gemacht haben", erinnerte sie ihn.

Das ließ ihn trotzig wie ein kleines Kind werden, der im Einkaufsladen stand und quengelte.

„Für mich ist es noch nicht vorbei."

Kayla hatte den Verdacht, dass er nur im Freibad war, weil er gehofft hatte Kim hier zu treffen, doch sie schwieg und rutschte noch tiefer in ihren Stuhl.

„Wandernde soll man nicht aufhalten", meinte Elian an Tim gewandt.

Dieser zog verwirrt eine Augenbraue hoch.

„Lass sie gehen und klammer dich nicht an etwas, was eh keinen Bestand hat", erklärte Kirian.

Tim schien ihn erst jetzt zu bemerken.

„Und du bist?"

Kirian grinste.

„Sein Bruder."

Als Tims Blick auf Kayla fiel, die schon fast unter dem Tisch versunken war und nur kurz grüßend eine Hand hob, fügte er mit einem Blick auf sie hinzu: „Ihr Verlobter."

Tim fielen fast die Augen aus dem Kopf. Musste der das auch allen auf die Nase binden?

Am besten er hing Plakate auf, verdammt!

Sie wurde aber in ihren stummen Verwünschungen unterbrochen, denn vor ihr bahnte sich ein Unheil an.

„Ich wäre dir sehr verbunden, wenn du mich und meine Freundin jetzt in Ruhe die Sonne genießen lassen würdest", meinte Elian gerade.

Daran hatte Tim erst einmal zu knabbern. Allem Anschein nach, wollte er etwas pampiges erwidern, doch sie ging dazwischen, denn sie kannte Elian lange genug, um zu wissen, dass er nicht handgreiflich wurde, aber Tim würde sich immer weiter aufplustern und gar nicht merken, wie er sich zur Lachnummer machen würde.

Dies würde er ihm und auch Kim nie verzeihen und einen Rosenkrieg wollte Kayla wirklich nicht mit ansehen müssen.

„Tim, lass es. Es hat doch keinen Sinn", meinte sie sanft und schoss einen tödlichen Blick in Elians Richtung, wehe der sagte jetzt auch nur ein Wort.

Zu seinem Glück hielt er die Klappe.

Tim sah noch einmal von Kim zu Elian und wieder zurück, dann drehte er sich um und trottete davon.

Kayla atmete erleichtert auf.

„Das ist grad noch mal gut gegangen", meinte sie.

Kim stimmte ihr zu und schaute in Tims Richtung. Dieser saß auf einer Liege und starrte zu ihr herüber.

„Vielleiht hat er es jetzt verstanden", meinte sie hoffnungsvoll. Kayla hoffte es inständig.

„Tim und Kim, das konnte ja nichts werden", meinte Elian. Kim boxte ihn auf den Arm.

„Lass das, sei nett zu ihm. Verarscht zu werden hat er nicht verdient."

„Ich mein ja nur", moserte Elian, hielt aber den Mund.

Kim sah noch einmal zu Tim und er starrte immer noch. Sie seufzte.

„Sorry, aber das halt ich nicht aus. Seid ihr sauer, wenn ich gehe? Kirian kann ja immer noch mit dir üben, wir treffen uns dann einfach heute Abend noch mal oder so", schlug Kim dann vor.

Sie winkte ab.

„Mach ruhig. Ich hab dafür Verständnis."

Dankend lächelnd, verabschiedete sie sich und Elian kam natürlich mit.

Seufzend lehnte sie sich in ihrem Stuhl zurück und schloss kurz die Augen. Als sie sie wieder öffnete, sah sie in tiefes Braun. Kirians Blick war unergründlich, aber eindringlich.

Sie räusperte sich verlegen und setzte sich wieder gerade hin.

„Wollen wir dann weiter machen?", versuchte sie vom Thema abzulenken.

„Selbstverständlich", stimmte er zu.

Kapitel 15

„Spießer"

„Warum?", er klang ernsthaft verwundert.

Kayla schüttelte nur grinsend den Kopf und studierte die Speisekarte. Der Kellner, ein alter Freund von ihr, war gerade gegangen. Er hatte Kirian die Getränkekarte gebracht, die Weinkarte.

In einem italienischen Restaurant.

Auf ihr Grinsen reagierte er nur mit einer hochgezogenen Augenbraue.

Sie waren noch eine Stunde im Freibad geblieben und dann hierher gegangen. Sie hatte schon sehr große Erfolge erzielt. Jetzt konnte sie nicht nur über Wasser bleiben, sondern auch einige Meter schwimmen. Allerdings verhaspelte sie sich sehr schnell und drohte dann unter zu gehen. Zum Glück war Kirian nie weit weg gewesen. Er war immer in ihrer Nähe gewesen, in Reichweite, um sie jeden Moment retten zu können.

Vor ihrer eigenen Dummheit.

Diese Kleinigkeit machte die romantische Atmosphäre des Retters in glänzender Rüstung etwas kaputt, aber sie konnte damit leben.

Sie saßen sich gegenüber, in einer stillen Ecke des Restaurants. Will, der Kellner und ihr alter Freund, hatte ihr dabei grinsend zugezwinkert, denn Kirian hatte schon wieder den Verlobungsmist raushängen lassen. Anscheinend wollt er, dass heute möglichst noch die ganze Welt davon erfuhr. Denn kaum, dass sie das Restaurant betreten hatten, war er näher gerückt. Als dann Will kam und sie freudig begrüßte, wie er das immer machte, hatte er ihre Hand ergriffen und als er sich vorgestellt hatte, gleich seinen Status als ihr Verlobter herausposaunt.

„Soll ich dir ein Schild malen?", frage sie nebensächlich.

Er sah von seiner Karte auf.

„Wieso?"

Sie lächelte leise in sich hinein.

„Dann musst du nicht immer allen sagen, dass wir verlobt sind, sondern hälst das Schild hoch" erklärte sie.

Er schnaubte.

„Findest du es so schlimm meine Verlobte zu sein?", erkundigte er sich nach einer Weile und klang dabei mehr, als nur sehr eingeschnappt.

„Das habe ich nicht gesagt", verteidigte sie sich.

Sein Blick blieb auf der Karte und machte es ihr so unmöglich seine Gefühle in seinen Augen ablesen zu können.

„Warum beschwerst du dich dann?"

Kayla seufzte, war ja klar, dass er das nicht verstand.

„Weil es zu viel Aufmerksamkeit auf sich zieht."

Hochgezogene Augenbraue.

„Weil es nicht nur sehr selten ist, dass ein siebtzehnjähriges Mädchen verlobt ist, sondern weil es so gut wie nie vorkommt. Am Ende denkt noch einer ich sei schwanger oder so", erklärte sie daraufhin.

Das ließ ihn nun doch hochsehen. Er wirkte leicht erschrocken. Zum Glück kam da gerade Will und sie mussten das Thema nicht noch vertiefen.

„Habt ihr euch schon entschieden?", fragte er auf seine lockere Art und Weise, die sie so an ihm mochte.

Kirian gab seine Bestellung auf, als sie an der Reihe war, zögerte sie kurz.

„Ich nehme einen Salat, Nummer fünfzehn, aber bitte ohne Schinken und dazu ein Wasser", bestellte sie dann. Will hielt erstaunt inne, sah sie skeptisch an, schrieb es sich dann aber auf.

Auch Kirian schien sein Zögern gesehen zu haben.

„Nimm doch etwas richtiges", meinte er.

Sie schüttelt den Kopf.

„Ist schon in Ordnung", wehrte sie ab.

„Nein ist es nicht!"

Jetzt ging das schon wieder los. Seufzend machte sie sich auf eine längere Diskussion gefasst.

„Seit Tagen isst du kaum etwas und trinkst nur noch Wasser. Ich will jetzt verdammt noch mal wissen, was los ist!", verlangte er heftig.

Sie schielte zu Will. Dem schien das Schauspiel vor seiner Nase nichts auszumachen.

„Nichts ist los, komm mal wieder runter", motzte sie.

Warum konnte er sie denn nicht einfach machen lassen? Es war ja nicht so, dass sie hungern würde oder so.

Obwohl, ziemlichen Hunger hatte sie schon.

Abrupt änderte er die Taktik und wendete sich an Will.

„Was bestellt sie normalerweise?"

Kayla warf ihm einen warnenden Blick zu.

Den er ignorierte.

„Eine große Salamipizza, mit Oliven, Peperoni und extra Käse", meinte er.

Kirian nickte.

„Gut, dann nehmen wir das und streichen sie den Salat", bestimmte er.

„Hey", beschwerte sie sich. Was fiel ihm ein?

„Ich bestimmte selbst, was ich essen will!"

Sie versuchte autoritär zu wirken, was von ihrem laut knurrenden Magen erbarmungslos verhindert wurde.

Die beiden Männer grinsten. Kayla warf die Hände in die Luft.

„Von mir aus! Aber das Wasser nehme ich trotzdem!"

Er erlaubte es ihr und sie musste sich schwer beherrschen, um ihm nicht die Zunge rauszustrecken.

Schon nach wenigen Minuten kam ihr Essen.

Kirian nippte an seinem Wein und schien ihren interessierten Blick zu bemerken. Sie hatte noch nie Wein getrunken. Wie der wohl schmeckte?

„Willst du?"

Sie sah auf und hatte das Weinglas vor der Nase. Sie zögerte.

„Na komm schon, probier mal", forderte er sie lächelnd auf.

Na gut, aber nur einen ganz kleinen Schluck.

Vorsichtig nippte sie an der anderen Seite des Glases.

Der Geschmack explodierte auf ihrer Zunge. Der Wein war ungemein fruchtig, hatte aber gleichzeitig eine rauchige Note und süß, war er auch.

Man konnte ihr wohl ihr Staunen ansehen, denn er lachte leise, bevor er sein Glas wieder vor sich hinstellte.

„Gut?", fragte er. Sie nickte nur auf ihre Pizza konzentriert.

Zwischen ihnen hatte sich schon wieder diese prickelnde Spannung aufgebaut und sie wusste genau, was das hieß.

Sie aßen schweigend und schon bald hatte sich ihr Magen beruhigt und gab keine fordernden Laute mehr von sich.

Kayla hatte immer noch den Geschmack des Weines im Mund und bekam ihn nicht mehr los.

Der hatte aber auch wirklich gut geschmeckt.

Verstohlen schielte sie zu seinem Glas, es war noch gut gefüllt. Ihr Blick glitt zu ihrem Wasserglas.

Missmutig sah sie es an. Dagegen war es ja nur ein Witz. Hätte sie doch lieber eine Cola genommen, so wie immer!

Ach, verdammt!

Diese blöde Diät ging ihr auf den Keks.

Missmutig kaute sie auf der Pizza herum.

Kirian schien ihren Stimmungsumschwung bemerkt zu haben, doch sie nannte ihm nicht den Grund, so kindisch war sie nicht, immerhin war es ja nur Wein.

Aber verdammt guter Wein.

Sie riskierte noch einen Blick und begegnete dabei seinem. Mist!

Gott, was war denn nur mit ihr los?

Kirian räusperte sich und sie sah ihn fragend an.

„Entschuldige mich kurz", meinte er und ging in Richtung Toiletten davon.

Und ließ sie mit dem Wein allein.

Keine gute Idee. Sie ignorierte ihn, musste dann aber wieder an sein fruchtiges Aroma denken.

Kirian würde es doch gar nicht merken, wenn ein kleiner Schluck fehlte.

Schnell überprüfte sie, ob er auch nicht in Sichtweite war, dann schnappte sie sich sein Glas und nahm einen kleinen Schluck. Sofort stellte sie es wieder hin und sah sich um.

Da kam er auch schon auf sie zu geschlendert.

Das war knapp gewesen. Er setzte sich und schaute auf sein Glas. Dessen Inhalt bewegte sich noch.

Na ganz toll, voll aufgeflogen.

Er lächelte. Das tat er in letzter Zeit öfter. Er hatte ein schönes Lächeln.

Kirian hob die Hand und winkte Will, der gerade zwei Tische weiter kassiert hatte zu.

„Ich hätte gerne noch ein Glas von dem Wein."

Kayla wurde schlagartig rot, wie eine Tomate und starrte auf ihre fast aufgegessene Pizza.

Als Will das Glas brachte, stellte Kirian es vor sie.

„Bitte schön", er klang belustigt.

„Danke", nuschelte sie. Sie war schon blöd, wegen so etwas banalem sich so aufzuführen, also wirklich.

Schlafartig wurde sie aus ihrer Selbstkritik gerissen, denn Kirian nahm das Thema von vorhin wieder auf.

„So und jetzt sag mir mal, wer dir gesagt hat, du seist dick", sagte er so locker, als würde er vom Wetter reden. Überrumpelt sah sie ihn an.

„Niemand", meinte sie dann und nippte an ihrem Glas.

„Und das soll ich dir jetzt glauben?"

Sie schnaubte leise in ihr Glas, das sie immer noch vor ihrer Nase hielt.

„Glaub doch was du willst", nuschelte sie dahinein.

„War es ein Junge?", bohrte er weiter.

„Nein!", wie kam er denn darauf?

„Also ein Mädchen", schlussfolgerte er.

„Lass es!"

Doch er machte einfach weiter.

„Kim wird es nicht gewesen sein, vielleicht eine Klassenkameradin?"

Er sah sie fragend an. Sie würde den Teufel tun und ihm antworten.

„Oder eine erwachsene Frau? Deine Lehrerin?"

Jetzt reichte es aber!

„Nein, verdammt! Es war deine Mutter!", explodierte sie und bereute sofort, dass man die Worte nicht einfach wieder zurück in den Mund stopfen konnte.

„Wann?", fragte er mit zusammengezogenen Augenbrauen. Sie seufzte.

„An dem Tag, als wir uns die Fotos angesehen haben, in der Küche", murmelte sie leise und stocherte mit der Gabel im Belag ihrer Pizza herum.

„Sie hat es nicht direkt so gesagt, aber angedeutet. Außerdem hat sie mit deinem Vater gesprochen", fügte sie noch hinzu, den Kopf weiterhin gesenkt.

Sie wusste es noch genau. Kayla hatte gerade ein Bild für einen Kunden geholt. Als sie das Geld eingesteckt hatte und schon zu den anderen zurückgehen wollte, hatte sie die Stimmen aus der Küche gehört.

Seine Mutter hatte sich gefragt, was er an ihr fand und alles Schlechte an ihr aufgezählt. Sein Vater hatte es über sich ergehen lassen.

Doch als sie meinte, dass ihre Figur auch nicht die beste war, hatte sie aufgehorcht. All die anderen Beleidigungen von ihr, waren nichtige Kleinigkeiten gewesen, aber das, das war etwas anderes.

Besonders, weil es nicht stimmte.

Oder?

Sie war sich da nicht mehr so sicher gewesen und hatte deswegen mit der Diät angefangen.

Er schwieg. Solange, bis sie aufsah. Dann nahm er ihre Hände in seine und sah ihr tief in die Augen.

„Du bist nicht dick, verstanden? Du bist genau richtig und ich will nicht, dass du dich wegen mir oder gar wegen meiner Mutter veränderst, in Ordnung?", sagte er so sanft, dass sie fast geheult hätte.

„Ja", nickte sie und war seit Tagen wieder glücklich.

Aber auch nur, bis sie nach Hause kamen, da brach wieder alles über ihr zusammen.

Sie hatten noch eine Flasche von dem Wein so mitgenommen und eine Kiste bestellt.

Nebenbei waren sie beide etwas angetrunken. Deswegen hatten sie seinen Wagen auch stehen gelassen und waren zu Fuß nach Hause gegangen. Sie fühlte sich wunderbar frei und konnte irgendwie nicht mehr aufhören zu lachen. Sie gingen gerade durch den Park und sie hopste vor ihm den Weg lang.

„Der Himmel ist nachts am schönsten", stellte sie überrascht fest. Er schien sogar ein wenig zu leuchten.

„Ich glaub, ich bin betrunken", stellte sie fest.

Kirian lachte hinter ihr. Er hatte seine Jacke über den Arm gehängt und die Hände in den Taschen vergraben.

„Noch bist du nur angetrunken."

Na dann.

Lachend drehte sie sich im Kreis. Sie wusste gar nicht mehr, warum sie heute Mittag noch so schlechte Laune gehabt hatte. Es war doch alles super.

Auf dem Kiesweg rutschte sie aus und wäre fast gefallen, doch Kirian fing sie auf.

„Gute Reflexe", lobte sie.

Er lächelte.

„Ich mag dein Lächeln, kannst du ruhig öfters machen."

Sein Lächeln vertiefte sich noch und er bekam kleine Grübchen in den Mundwinkeln.

„Süß", murmelte sie.

Ihr Blick traf seine Augen. Diese leuchteten und schienen Funken zu sprühen. Ihr Hals war staubtrocken und ihr Herz raste.

144

Da bemerkte sie, dass sie immer noch in seinen Armen lag. Sie war vielleicht angetrunken, aber ganz daneben auch nicht. Verlegen räusperte sie sich und richtete sich auf.

„Anscheinend vertrage ich Alkohol nicht so gut", stellte sie fest, als sie sich aus seinen Armen wand.

„Scheint so."

Lag da Bedauern in seinem Blick?

Kopfschüttelnd ging sie weiter, dieses Mal neben ihm.

Als sie an einer Imbissbude vorbeikamen, kaufte er ihr eine Flasche Wasser. Das sollte ja angeblich den Alkohol verdünnen oder so.

Grinsend trank sie davon.

„Du machst dir ja doch Sorgen um mich", stellte sie fest.

Sein Blick traf sie, aber sie wusste nicht, was er zu bedeuten hatte, er war unergründlich.

„Immer. Seit ich dich kenne", stimmte er zu.

Das löste etwas in ihr aus.

Was, das wusste sie nicht, aber es war ein warmes Gefühl und gefiel ihr.

Auf den Rest des Weges, trank sie die ganze Flasche aus und fühlte sich bald schon wieder normal.

Sie schwiegen, bis sie ankamen. Er schloss die Tür auf und hielt sie ihr auf.

„Und schon sind wir wieder da."

„Hurra!", kicherte sie.

Gut, sie war immer noch angetrunken.

Im Haus, ging sie erst einmal aufs Klo. Als sie wieder ins Wohnzimmer gehen wollte, kam sie an einer Kommode im Flur vorbei, darauf lag die Bescheinigung ihrer Eltern von der Klinik.

Ihr Herz setzte aus.

Sie war genau wie sie!

Betrunken.

Ihre gute Laune und Ausgelassenheit war wie weggewischt. Ein trockenes Schluchzen stieg in ihr auf. Sie würde genau so enden, wie ihre Eltern.

In einer Suchtklink.

Die Tränen flossen. Sie hatten alle recht gehabt, alle die sie je verurteilt hatten, allen voran seine Mutter.

Sie war nicht gut für ihn, sie war unreif und kindisch und eine Säuferin.

Wie ein Haufen Elend, rutschte sie die Wand hinunter und rollte sich zusammen.

Kirian stellte die Flasche in die Küche.

Er musste immer noch über Kaylas Albernheiten auf dem Weg hierher lachen.

Sie war süß.

Und witzig.

Kopfschüttelnd fuhr er sich durchs Haar. Zum Glück hatte sich ihre Laune wieder gebessert und es war doch noch ein schöner Abend geworden.

Doch wo blieb sie jetzt?

Er sah auf die Uhr. Sie war schon seit einer Viertelstunde oben.

Vielleicht war sie vom Klo gefallen, schoss es ihm durch den Kopf und er kicherte.

Sie vertrug Alkohol wirklich nicht sonderlich.

Er wartete noch fünf weitere Minuten, bevor er beschloss nach ihr zu sehen.

Er kam gar nicht bis ins Bad, da sah er sie im Flur zusammenge-kauert sitzen.

Ihm fuhr der Schreck in die Glieder. War sie am Ende wirklich hingefallen und hatte sich verletzt?

Warum hatte sie nicht nach ihm gerufen?

Er kniete sich neben sie.

„Kayla, was ist denn?"

Ihre Schultern bebten. Sie weinte.

Er hob die Hand und strich ihr übers Haar. Sie zuckte zusam-men und machte sich noch kleiner.

Sein Herz krampfte sich zusammen.

„Was ist denn, bist du hingefallen, hast du Schmerzen?"

Sie schüttelte den Kopf, ohne ihn zu heben.

Was war dann mit ihr los? Sie war doch eben noch so gut drauf gewesen.

„Kayla", murmelte er.

Er wollte ihr helfen, wusste aber nicht wie.

„Rede mit mir, was ist los?"

Sie schüttelte nur wieder den Kopf.

Sie sah so hilflos und verletzlich aus, wie sie hier neben der Kommode hockte und lautlos weinte.

Etwas in ihm war erschüttert.

Kurzerhand hob er sie hoch und trug sie ins Wohnzimmer.

Sie gab einen erschrockenen Laut von sich und klammerte sich an sein Hemd.

Das Gesicht hatte sie von ihm abgewandt und an seiner Schulter vergraben.

Vorsichtig setzte er sie auf dem Sofa ab und legte ihr eine Decke über die Schultern.

Sie rollte sich wieder zusammen und schloss ihn aus.

Er wusste nicht, was er tun sollte.

Unentschlossen setzte er sich neben sie, damit sie wusste, dass er für sie da war.

Kirian wartete.

Nach einer Weile, die ihm wie eine Ewigkeit vorkam, hob sie den Kopf etwas, sah ihn aber immer noch nicht an.

„Es ist nichts", murmelte sie heiser.

Das sagte sie immer, immer wollte sie alles alleine schaffen.

Er seufzte, strich ihr noch einmal über den Kopf und stand auf.

Es war offensichtlich, dass sie alleine sein wollte.

Also würde er Ursachenforschung betreiben.

Er ging in den Flur und sah sich um. Wände, Tapeten, Kommode und ein Bild.

Toll, das half ihm nicht weiter. Aber im Bad lag auch nichts, was sie so aufgewühlt haben könnte.

Frustriert ging er wieder in den Flur.

Da blieb sein Blick auf einem Stück Papier hängen. Er trat näher und sah es sich an.

Oh.

Das erklärte alles.

Sie hatte diese Bescheinigung gesehen und war dabei angetrunken.

Fluchend schlug er sich gegen die Stirn. Wie blöd war er denn?

Immer noch vor sich hin fluchend, ging er wieder zu ihr. Sie hatte sich nicht gerührt.

Um sie nicht zu erschrecken, setzte er sich bedächtig neben sie. Keine Reaktion.

Er schwieg eine Weile, bevor er sprach.

„Es ist wegen deinen Eltern, oder?"

Wieder keine Reaktion.

„Es stimmt nicht. Du bist nicht wie sie. Du bist ja noch nicht einmal richtig betrunken", versuchte er es erneut.

Jetzt regte sie sich etwas.

„So fängt es an", murmelte sie.

Er musste schon genau hinhören, um sie zu verstehen, so leise sprach sie.

„Tut es nicht, ich war auch schon angetrunken, bin es jetzt sogar leicht", stellte er fest.

Sie schnaubte.

„Wirklich."

Wieder gar keine Reaktion.

Wut stieg in ihm auf. Nur weil ihre Eltern es so gemacht hatten, hieß das doch nicht, dass sie genau so endete, wenn sie mal etwas Wein trank, verdammt!

Und genau das würde er ihr jetzt auch beweisen!

Kurzerhand ging er wieder in die Küche, schnappte sich die Flasche, entkorkte sie und kam zu ihr zurück.

Dort ließ er sich neben sie fallen und nahm einen kräftigen Zug.

Dieses Geräusch ließ sie aufsehen.

Ihre Augen waren rot und leicht geschwollen und die Tränen hatten Spuren auf ihre Wangen gemalt.

Die Wut kochte in ihm und er nahm noch einen Schluck. Dies ließ sie aus ihrer Starre hochfahren.

„Was machst du? Hör gefälligst auf!"

Genau deswegen stürzte er die Hälfte des Inhalts hinunter.

„Kirian!"

Sie stürmte vor und versuchte die Flasche zu fassen zu bekommen, doch er hielt sie über seinen Kopf außer Reichweite.

„Was denn? Der Wein ist doch gut."

Er stellte sich locker.

Sie sah ihn mit großen Augen an, Augen die so unendlich tief und gefühlvoll waren.

Augen, in denen schon wieder Tränen schwammen.

„Idiot", schluchzte sie.

Er hielt inne. Was hatte er jetzt schon wieder falsch gemacht?

Sie wollte sich wieder von ihm abwenden, doch das ließ er nicht zu. Er hielt sie am Oberarm fest.

„Warum? Warum bin ich ein Idiot, weil ich trinke?"

Die Tränen flossen über.

Dann erkannte er ihren Gesichtsausdruck und fluchte. Knallend stellte er die Flasche auf den Tisch. Sie zuckte zusammen und wich zurück, so gut es eben ging.

„Das ist doch nicht dein Ernst!", tobte er.

„Wegen ihr? Wegen meiner Mutter?!"

Kirian wusste, dass er sich beherrschen musste, aber das war ja wohl der Gipfel. Erst hungerte sie sich selber aus wegen ihr und jetzt machte sie sie seelisch so fertig.

Dabei war sie noch nicht einmal zugegen!

„Es ist mir scheißegal, was meine Mutter von dir oder deinen Eltern denkt! Ich bilde mir meine eigene Meinung, sowohl über dich, als auch über sie."

Er zwang sich ruhig zu bleiben.

Kayla war erstarrt und starrte ihn fassungslos an.

Ihr mit der Flasche zuprostend, trank er auch noch den Rest aus. Die Wirkung hatte schon eingesetzt.

„Siehst du? Alles in Ordnung", brummte er.

Sie saß nur da und starrte ihn an. Dann schlug sie seine Hand weg und wollte aus dem Zimmer stürmen, doch das ließ er nicht zu.

Er nahm seine Nebelgestalt an und materialisierte sich vor ihr wieder. Sie krachte voll in ihn rein.

Kayla schrie, als er plötzlich vor ihr stand und machte kehrt. Er wollte nach ihr greifen, doch sie wich aus. Einen Blick zurück werfend, zeigte ihr, dass er schon wieder verschwunden war. Irritiert wurde sie langsamer. Wo war er so schnell hin?

Da stand er auch schon wieder vor ihr und hatte sie an sich gepresst. Sie wollte sich los machen, doch er ließ sie nicht los.

„Lass mich los!"

Sein Kinn legte sich auf ihren Scheitel.

„Nein!", wisperte er und drückte sie enger an sich. So standen sie einige Minuten da.

Er hielt sie fest an sich gepresst, war ihre Stütze, ihr Halt.

Die Tränen flossen erneut und dieses Mal hielt sie nichts zurück. Sie schluchzte in sein Hemd und krallte sich daran fest. Erleichtert hörte sie ihn ausatmen, während der Schmerz aus ihr herausbrach.

„Kayla", murmelte er, lockerte seinen Griff und fuhr ihr übers Haar.

„Du bist nicht alleine."

Ja, sie war nicht alleine, nicht mehr.

Am Ende hob er sie erneut hoch und trug sie zum Sofa zurück. Dort setzte er sich mit ihr auf dem Schoß hin und wiegte sie hin und her, wie man es mit einem kleinen Kind machte. Seine Hand strich ihr dabei beruhigend über den Rücken.

„Es ist alles in Ordnung", murmelte er dabei immer wieder.

Als sie sich soweit beruhigt hatte, dass sie wieder klar denken konnte, versteifte sie sich. Sie saß auf seinem Schoß, nahe bei ihm.

Viel zu nahe!

Dabei klammerten sich ihre Hände in sein Hemd und zerknitterten es.

Schnell ließ sie los. Die Röte schoss ihr ins Gesicht.

Er hatte den Kopf zurückgelehnt doch jetzt senkte er ihn und sah auf sie hinab.

„Es ist in Ordnung", murmelte er erneut und legte sich ihre Arme um den Hals.

Sie versteifte sich noch mehr.

Er gab einen Laut von sich, den sie nicht zuordnen konnte, dann lag sie auf einmal auf ihm.

Kayla wollte sich von ihm hochstemmen, warum hatte er sich hingelegt?

„Bin betrunken", murmelte er und legte ihr die Arme über den Rücken.

Hä?

„Bleib bei mir, nur heute Nacht", brummte er unverständlich.

Sie sah ihn an. Er hatte die Augen geschlossen und schien schon fast zu schlafen. Sie hatte sich so an seinen Anblick gewöhnt und doch fuhr ihr Magen Achterbahn.

Sie entschloss sich auf ihr Herz zu hören, entspannte sich und kuschelte sich mit dem Kopf in die Kuhle unterhalb seines Kinns.

„Na gut", murmelte sie.

Er gab ein zufriedenes Brummen von sich.

Kayla döste schnell weg, den Blick auf der leeren Weinflasche ruhend.

Sie merkte noch, wie er die Decke über sie beide legte und spürte die Wärme, dann war sie eingeschlafen.

Kapitel 16

Ihre Nase war verstopft und sie hatte die Befürchtung, dass sie geschnarcht hatte. Ihr Kopf fühlte sich komisch an, als wären ihre Gedanken weit entfernt.

Schlaftrunken tastete sie mit der Hand nach ihrem Nachttisch um ein Taschentuch zu suchen, aber ihre Hand griff ins Leere. Verwirrt sah sie sich um.

Komisch, das Zimmer sah gar nicht aus wie ihres. Und sie lag auf einem Sofa.

Blitzartig konnte sie wieder klar denken.

Sie lag nicht in ihrem Bett, aber auch nicht auf dem Sofa.

Sie lag auf Kirian.

Ihr Herz setzt einen Schlag aus, nur um darauf so schnell zu schlagen, als wolle es wegrennen.

Das war eigentlich gar keine schlechte Idee.

Er schlief noch, den Mund leicht geöffnet und alle Viere von sich gestreckt. Er roch nach Alkohol.

Da fiel ihr auch spontan wieder ein, was sie gestern so alles getrieben hatten.

Das durfte doch nicht wahr sein!

Wie sollte sie jetzt von ihm runter klettern, ohne dass er wach wurde?

Ihr Gesicht brannte, als sie vorsichtig ein Bein hob und es in Richtung Boden ausstreckte.

Er rührte sich und murmelte im Schlaf.

Mist!

Hilfesuchend sah sie sich im Raum um, aber was konnte ihr jetzt schon helfen?

Doch da hatte sie eine Idee. Dafür musste sie schnell sein und hoffen, dass der Teppich weich war.

Ein prüfender Blick zeigte ihr, dass er immer noch schlief.

Gut, dann alles oder nichts.

Blitzartig stieß sie sich vom Sofa ab, holte Schwung und stieß sich nach oben. Dann schwang sie sich über die Lehne und landete hart hinter dem Sofa auf dem Boden.

Der Teppich war definitiv nicht weich, soviel konnte sie sagen. Angespannt wartete sie auf seine Reaktion. Er schien aufgewacht zu sein, denn er regte sich.

Sie hielt den Atem an und wartete. Kurz darauf waren wieder gleichmäßige Atemgeräusche zu hören. Er schlief wieder.

Kayla atmete auf und stemmte sich auf Hände und Knie. Dann hievte sie sich in die Höhe.

Sie sah ihn an.

Er sah entspannt aus, wenn er schlief. Seine langen Wimpern malten Schatten auf sein Gesicht.

So friedlich hatte er noch nie ausgesehen.

Das weckte die Künstlerin in ihr.

Auf leisen Sohlen schleichend, ging sie hoch in ihr Zimmer, schnappte sich ihren Skizzenblock und schlich wieder nach unten.

Gut, er schlief noch.

Mit geübten Bewegungen machte sie sich ans Werk.

Doch er war nicht so leicht zu zeichnen, wie andere Menschen. Der Ausdruck in seinem Gesicht war schwer einzufangen, wenn überhaupt.

Prüfend sah sie von ihrem Werk zu seiner schlafenden Gestalt. Der Oberkörper war ihr gelungen, aber mit dem Gesicht war sie noch nicht zufrieden.

Ein paar Striche später, sah es schon ganz gut aus.

Gerade sah sie ihm wieder ins Gesicht, als sie bemerkte, dass seine Augen geöffnet waren und sie in leuchtendes braun sah. Sie erstarrte, den Stift noch im Anschlag.

Er sah sie nur an.

Scheiße!!

Verlegen räusperte sie sich, rappelte sich auf und versteckte den Block hinter ihrem Rücken.

„Guten Morgen", versuchte sie ihr Unbehagen zu überspielen.

„ Morgen", murmelte er leise.

Wahrscheinlich hatte er tierisch Kopfschmerzen.

Eilig ging sie aus dem Raum in die Küche. Dort deponierte sie den Block hinter einer Müslipackung und machte ihm einen starken Kaffee. Dazu kramte sie noch Aspirin aus dem Schrank. Dazu stellte sie noch etwas zu essen.

Als sie alles auf einem Tablett ins Wohnzimmer trug, hatte er sich aufgesetzt und fuhr sich durchs Haar.

Sie schluckte.

Seine Haare waren komplett zerzaust, sein Hemd zerknittert und seine Füße barfuß.

Er hätte glatt als Männermodel durchgehen können.

Mit hochrotem Kopf stellt sie das Tablett auf den Tisch.

„Danach wird es dir besser gehen, es ist wichtig, dass wir deinen Kreislauf wieder auf Trapp bringen, dann geht es von ganz allein", meinte sie, sah ihn dabei aber nicht an.

Wann hatte sich das zwischen ihnen so entwickelt?

Er lächelte sie dankbar an und ihr Magen rutschte eine Etage tiefer.

Verdammt!

Kayla wandte sich zum Gehen, doch er hielt sie auf.

„Bleib bei mir."

Er klopfte auf das Polster neben sich.

Sie zögerte. Das war keine gute Idee.

„Bitte", fügte er hinzu.

Sie rang mit sich, ließ sich dann aber neben ihn sinken, den Blick stur auf das Tablett gerichtet.

Er trank den Kaffee, ließ die Tablette aber unberührt.

Auf einmal hatte sie ein Croissant im Gesicht.

„Die magst du doch so, ich wette du hast auch noch nichts gegessen", meinte er.

Langsam nahm sie das Croissant entgegen.

„Danke", murmelte sie, während sie daran herum mümmelte.

Er lächelte.

Sie sah weg, ihr Herz schlug schneller und ihr Magen rutschte noch tiefer. Wahrscheinlich war das Croissant erst morgen dort angekommen.

Sie räusperte sich.

„Wie geht es deinem Kopf?"

Er machte eine wegwerfende Handbewegung.

„Ist in Ordnung, aber wie geht es dir? Besser?"

Sie nickte und sah wieder das Tablett an.

Er seufzte.

„Sieh mich an", forderte er sie dann sanft auf.

Wiederwillig tat sie es. Der Ausdruck in seinen Augen gefiel ihr nicht.

„Denkst du immer noch so wie gestern?"

Ihm schien das Thema wirklich nicht egal zu sein.

Sie schüttelte den Kopf, obwohl das nicht stimmte.

Er nickte erleichtert.

„Gut, übrigens", er zwinkerte ihr zu, „ kannst du mich so oft zeichnen, wie du willst."

Sie lief noch röter an, sprang auf und ging wieder in die Küche. Dort lehnte sie sich an die Arbeitsplatte und atmete erst einmal durch.

Sie musste jetzt ruhig bleiben.

Das war gar nicht so einfach, denn er kam ihr hinterher.

Innerlich fluchend fing sie an im Schrank nach einem Glas zu kramen.

Warum gönnte er ihr nicht eine Pause?

„Ich hoffe, du hast gut geschlafen", meinte er und lehnte sich neben ihr an den Schrank.

„Sicher", meinte sie geistesabwesend und versuchte irgendwie wieder aus dieser Nummer rauszukommen.

„Ich spring kurz unter die Dusche", hatte sie da die Erleuchtung.

Bevor er etwas sagen konnte, war sie auch schon die Treppen hochgerannt.

Das kalte Wasser half ihr dabei wieder einen klaren Kopf zu bekommen.

Gott, das war Kirian!

Er tat das doch eh alles nur um den blöden Pakt zu erfüllen, der sie an ihn band.

Doch warum führte er sich dann so auf?

Ruhelos kam sie mit einem Handtuch auf dem Kopf wieder aus dem Bad und wer stand vor der Tür?

Kirian.

Sie suchte fieberhaft nach einem Thema, über das sie reden konnten, ohne dass es wieder peinlich wurde und platzte mit dem ersten heraus, was ihr einfiel.

„Wie hast du das gestern eigentlich gemacht? Du warst erst hinter mit und warst dann auf einmal vor mir. Hast du dich so schnell bewegt, oder wie hast du das gemacht?"

Er blinzelte irritiert, beantwortet aber ihre Frage.

„Ich bin ein Dschinn, ich habe mich in Rauch verwandelt und vor dir wieder meine menschliche Gestalt angenommen."

Das klang wirklich cool und da kam ihr noch ein Gedanke.

„Kann ich das auch?"

Immerhin war sie ja auch zur Hälfte Dschinn.

Er zuckte die Schultern und schien mit dem Themenwechsel nicht einverstanden zu sein, beließ es aber darauf.

„Das weiß ich nicht, das müsste man ausprobieren."

Das weckte ihre Neugier.

„Wie macht man das denn?"

Nebenbei rubbelte sie ihre Haare trocken.

Seine Miene wurde verschlossen.

„Das werde ich dir bestimmt nicht sagen."

Sie fiel aus allen Wolken.

„Warum?", verlangte sie zu wissen.

Er schüttelte den Kopf.

„Weil es viel zu kompliziert und anstrengend ist."

Sie schnaubte.

„Glaubst du, dass ich es nicht schaffe oder was? Das ich zu schwach und blöd bin?"

Was sollte das denn jetzt?

Er ging den Flur entlang zur Treppe. Sie folgte ihm wutschnaubend.

„Das habe ich nicht gesagt, aber es ist auch gefährlich, wenn etwas schief geht, liegt dein Kopf hier und dein restlicher Körper einen Meter weiter, vergiss es!"

Was?

„Das ist doch jetzt nicht dein Ernst, du hast es doch auch gemacht, was du kannst, kann ich auch!"

Er schnaubte und ging in die Küche. Da er nichts mehr zu dem Thema sagte, redete sie einfach weiter.

„Es ist bestimmt ganz einfach. Man muss sich nur vorstellen, zu verschwinden, stimmt´s? Ich bin Künstler, ich habe massenhaft Fantasie, das kriege ich locker hin", versuchte sie ihn zu überreden.

Irgendetwas, was sie gesagt hatte, musste wohl richtig gewesen sein, denn er fuhr zu ihr herum und sah sie böse an.

„Du lässt das, verstanden?"

Kayla verschränkte die Arme vor der Brust.

„Warum sollte sich? Du könntest es mir zeigen, tust es aber nicht. Wie in Powi, da hast du dich auch gesträubt, als wolle ich, dass du einen abmurkst."

Sein Blick veränderte sich. Einerseits wurde er weicher, andererseits auch ernster, keine Ahnung, wie er das hinbekam.

„Du lässt keine Ruhe, oder?"

Sie zog genauso, wie er es immer machte eine Augenbraue hoch.

Er seufzte.

„Gut, ich zeig es dir, aber erst wenn ich Elian bescheid gesagt habe, alleine mache ich das garantiert nicht."

Das Gefühl, dass er sie für zu unfähig und dumm hielt, verschwand.

„Danke", sagte sie und meinte es auch so.

Er winkte ab.

„Wie geht es deinem Kopf?", erkundigte sie sich. Sie hatte total vergessen, dass er einen Kater hatte. Prompt hatte sie ein schlechtes Gewissen. Das schien man ihr anzusehen, denn er strich ihr übers Haar.

„Alles in Ordnung, ich halte einiges aus."

Trotzdem legte er sich noch eine Runde aufs Sofa, den Arm über die Augen gelegt.

Sie kochte in der Küche und sah immer mal wieder zu ihm rüber. Es ging ihm nur so scheiße, weil sie ihn dazu gebracht hatte zu trinken.

Sie war eben doch schlecht für ihn. Er hatte etwas Besseres verdient.

„Das stimmt nicht", kam es gedämpft aus dem Wohnzimmer.

Sie zuckte heftig zusammen und hätte fast das Messer fallen gelassen.

„Was?"

Sie war verwirrt. Schlief er nicht? Redete er vielleicht im Schlaf?

„Du bist nicht daran schuld, es war meine eigene Entscheidung."

Er klang müde.

„Woher weißt du…?"

Wie konnte das sein, hatte sie es am Ende laut gesagt und es nicht bemerkt? Das war ihr ja noch nie passiert.

„Ich weiß es nicht. Es war einfach da", murmelte er.

Okay, wie sollte sie das denn jetzt einordnen?

Konnte er am Ende Gedanken lesen?

Sie schüttelte den Kopf. So ein Quatsch.

So leise wie möglich kochte sie weiter.

Kirian lag wie erschlagen da.

Es ging ihm eben doch nicht gut. Der sture Bock sagte nur nichts. Kopfschüttelnd holte sie eine Decke und legte sie über ihn. Er schlief tief und fest.

„Du Esel erkältest dich noch", rügte sie ihn leise.

„Bin kein Esel", brummte er und drehte sich auf sie Seite.

Das ließ sie lächeln.

„Natürlich nicht."

Genau in dem Moment, in dem sie das Essen fertig hatte, setzte er sich auf und streckte sich.

„Perfektes Timing, ich bin gerade fertig geworden."

Er kam in die Küche und sah sie mit einem sonderbaren Gesichtsausdruck an.

Sie hielt inne.

„Was ist denn?"

Kirian legte den Kopf schief.

„Nichts, alles in Ordnung."

Sie aßen schweigend, aber es war kein unangenehmes Schweigen, sondern entspannt.

Er räumte das Geschirr in die Spülmaschine, während sie die Decke im Wohnzimmer zusammenfaltete und ordentlich auf die Sofaecke legte.

Als sie sich umdrehte, stand er im Türrahmen und sah ihr dabei zu.

„Ich muss noch mal in die Firma", meinte er dann.

War ja klar, dass er noch Arbeit hatte, die schien er immer zu haben.

„Klar, wann bist du wieder da?"

Ein kleines Lächeln spielte um seine Lippen.

„Gegen Abend, ich bringe Elian mit."

Sie wusste genau, was das hieß und grinste.

Irgendwie schon komisch, die Szene erinnerte sie an das alltägliche Leben eines Ehepaares im Fernsehen.

Das ließ sie nachdenken. Die Beziehung zwischen ihnen hatte sich stark geändert. Am Anfang konnte er sie gar nicht ausstehen und jetzt redete er mit ihr und sie hatten sogar schon zusammen gekocht.

Aber auch sie hatte sich verändert. Sie war nicht mehr so ängstlich. Sie sagte gerade heraus, was sie wollte, ohne einen Streit zu befürchten.

Im Großen und Ganzen kamen sie doch super miteinander aus. Damit das auch so blieb, beschloss sie sich hausarbeitsmäßig zu betätigen.

Sie steckte gerade bis zu den Ellbogen im Seifenschaum, weil sie das Bad putzte, als es klingelte.

War ja klar, dass jemand immer dann etwas von einem wollte, wenn man gerade beschäftigt war.

Seufzend streifte sie die Handschuhe ab und legte sie ins Waschbecken.

Dann ging sie zur Tür und öffnete sie.

Der Schock rieselte ihr das Rückgrat hinunter.

Vor der Tür stand seine Mutter.

Kapitel 17

Verkrampft hielt sie sich an einer Tasse Tee fest. Seine Mutter saß ihr gegenüber und inspizierte die Wohnung. Zum Glück hatte sie aufgeräumt.

Was sie zu der Frage brachte, was sie hier zu suchen hatte.

„Kirian ist nicht da", meinte sie.

Ihr Blick richtete sich auf sie und ihr fiel auf, dass sie die gleichen Augen, wie Kirian hatte.

„Das weiß ich", meinte sie hochtrabend.

Aha.

Kayla war nervös und fühlte sich unwohl. Was wollte sie dann hier?

„Was hast du gerade gemacht?"

Wieso wollte sie das wissen? Ihr lauernder Blick entging ihr nicht.

„Ich war gerade am Putzen", sagte sie mit zusammengezogenen Augenbrauen.

Ein Verdacht machte sich in ihr breit. Wollte sie sie kontrollieren? Ob sie auch nichts Unflätiges tat?

Prompt hatte sie schlechte Laune.

Seine Mutter nickte.

Ihr fiel auf, dass sie ihren Namen überhaupt nicht kannte, sie war immer nur „seine Mutter" gewesen.

Doch etwas hielt sie davon ab, danach zu fragen.

„Welches Zimmer?"

„Das Bad."

Das war definitiv ein Verhör.

Sie wurde unruhig. Um es zu überspielen, trank sie einen Schluck Tee.

Seine Mutter sah sich erneut um, schien aber wieder nichts zu finden, an dem sie meckern könnte.

„Was machst du den Tag über?", kam auf einmal die Frage.

„Äh, ich gehe zur Schule, dann mache ich Hausaufgaben", sagte sie das erste, was ihr einfiel.

Was sollte das denn jetzt?

Sie zog die Nase kraus. Das war bestimmt kein gutes Zeichen.

„Und sonst?"

Sie klang wie ein wütend bellender Hund.

Nervös spielte sie an ihrer Tasse herum und ihr Blick schweifte zur Uhr. Wann kam denn endlich Kirian wieder? Er hatte gesagt gegen Abend, das war es jetzt schon.

„Ich male", sagte sie, weil ihr nichts Besseres einfiel.

Das ließ seine Mutter wiederum aufhorchen und sie wirkte aufrichtig interessiert.

„Was denn?"

Da das ein Thema war, auf dem sie sich verstand, wurde sie lockerer, blieb aber auf der Hut.

„Verschiedenes. Ich versuche mich nicht auf einen Stil festzulegen, sondern probiere alles aus."

Sie nickte. Ihre Mimik verriet nichts.

„Aber sehr gut bist du nicht", meinte sie nach kurzem Schweigen.

Das schlug ein wie eine Bombe. Wie kam sie denn darauf? Sie behauptete nicht ein Profi zu sein, sie malte ja eh nur so nebenbei, aber sie fand schon, dass sie recht gut war. Immerhin kauften die Leute ja auch ihre Bilder.

„Wie kommst du darauf?", erkundigte sie sich deshalb.

Sie schnaubte abfällig und wies auf die Wand hinter Kayla.

„Also wirklich, da kann ich auch ein Bild von einem Kindergartenkind aufhängen, das hat genauso viel Fantasie."

Kayla drehte sich um. An der Wand hing doch generell gar kein Bild. Doch tatsächlich, da hing ein Bild, ein Bild von ihr.

Ihr stand der Mund offen. Wo kam das denn her? Es war das Bild, das sie kurz vor ihrem Umzug gemalt hatte. Sie hatte es nicht bemerkt.

Eigentlich müsste es eingepackt in ihrem Zimmer liegen.

Jetzt verstand sie sie auch. Sie zeigte die gleiche Reaktion, wir Kirian damals.

„Das ist abstrakt", wollte sie sie aufklären, doch sie wedelte mit der Hand, als wolle sie eine Fliege verscheuchen.

„Ja und? Du wirfst das Geld zum Fenster raus, nur um so einen Mist zu verzapfen? Ich weiß wirklich nicht, was Kirian an einer wie dir findet.

Sehr schlau scheinst du nicht zu sein und taugst vielleicht zum Putzen, aber mehr auch nicht.

Und das schöne Geld. Wie kannst du nur…"

Sie redete immer weiter und mit jedem Wort fühlte sie sich elender. Sie wusste zwar, dass sie keinesfalls Recht hatte, aber es schmerzte so abgewiesen zu werden.

Unter dem Tisch ballte sie die Fäuste und biss sich auf die Zunge, um nicht zu schreien oder so weinen, mittlerweile war sie zu beidem bereit und wusste nicht, wie sich ihr Körper entscheiden würde.

Tapfer drängte sie die Tränen zurück und ließ sich beschimpfen, dabei ein feines Lächeln bewahrend.

Sie sollte nur nicht denken, dass sie sie traf. Diesen Erfolg würde sie ihr nicht gönnen.

„Wäre der Packt nicht, ich hätte dich schon längst rausgeworfen", zeterte sie weiter.

„Kirian tut mir wirklich leid, der arme Kerl muss dich den ganzen Tag ertragen und mit dir leben, wie er das nur aushält."

Ihr Lächeln fing an zu bröckeln und die Tränen drückten immer mehr. Lange würde sie ihre Maske nicht aufrechterhalten können.

Da hörte sie eine ihr nur allzu bekannte Stimme hinter sich. Sie zuckte zusammen und drehte sich um.

„Mutter, was machst du denn hier?"

Kirian stand in der Tür, Elian und Kim hinter ihm. Er klang kein bisschen erfreut, sie hier zu sehen.

Kayla nutzte ihre Chance, stand auf und wandte seiner Mutter den Rücken zu.

„Du bist wieder da. Deine Mutter wollte nur etwas mit mir plaudern, aber jetzt müsst ihr mich kurz entschuldigen", meinte sie und wollte sich an ihnen vorbeidrängen, doch Kirian hielt sie an der Hand fest.

Er sah ihr ins Gesicht und Eiseskälte breitet sich in ihm aus.

Ihre Augen schwammen in Tränen und ihre Unterlippe bebte.

Seine freie Hand ballte er zur Faust.

„Ihr habt also geplaudert?"

Sein Blick traf seine Mutter.

„Das hatte ich aber anders in Erinnerung. Normal beschimpft man seinen Gesprächspartner nicht andauernd, wenn man *plaudert.*"

Das letzte Wort betonte er besonders.

Kayla versuchte sich aus seinem Griff zu winden und kämpfte um ihre Beherrschung. Sein Griff war nicht schmerzhaft aber fest.

Und er ließ sie nicht los, egal wie sie auch an ihrer Hand riss.

„Kirian", flehte sie.

Ihre Stimme war kratzig.

Er sah wieder zu ihr und sie sah seine Wut.

„Gleich, ich will das hier nur kurz klären."

Er wandte sich wieder seiner Mutter zu. Elian und Kim waren in der Küche verschwunden, aber sie wusste, dass sie für sie da waren.

„Kayla ist weder ein Schnorrer, noch wirft sie das Geld zum Fenster raus. Es gibt viele Leute, die ihre Bilder kaufen."

Seine Mutter schnaubte und schien die Situation nicht im Mindesten zu stören.

„Das Gekritzel? Junge, du hast dich in etwas verrannt, hör auf mich."

Er wischte ihren Einwand mit einer Hand weg.

Dann stürmte er in die Küche und zog sie mit sich. Elian und Kim schauten überrascht auf. Sie schienen gerade beratschlagt zu haben, wie sie ihnen helfen konnten.

Erst hier ließ er sie los und ging zielstrebig auf einen Schrank zu.

„Was willst du denn mit dem Müsli?", erkundigte sich Elian irritiert. Kim kam derweilen zu ihr und drückte ihr aufmunternd die Hand.

Kirian schien gefunden zu haben, was er gesucht hatte, denn er ergriff wieder ihre Hand und zog sie ins Wohnzimmer. Dort angekommen, warf er das Blatt Papier vor seine Mutter.

„Was denkst du, ist das?"

Sie nahm das Blatt in die Hand und Kayla erhaschte einen Blick darauf. Es war das Bild, das sie am Morgen gezeichnet hatte.

„Das ist ein Foto von dir. In schwarz-weiß."

Sie sah auf und hielt ihm das Blatt wieder hin.

„Was soll ich damit? Lass es auf Fotopapier ausdrucken, dann glänzt es, aber was hat es sonst mit dem Thema zu tun?"

Kayla wusste es genau, hielt aber den Mund.

Das war sehr schlau von ihm eigefädelt worden.

Er grinste, holte etwas Weißes aus seiner Tasche und wies auf das Blatt.

„Dann sieh mal genau hin", meinte er und fuhr mit dem Radiergummi über eine Ecke des Bildes.

„Das ist kein Foto, das ist eine Zeichnung. Von ihr."

Der Rand ließ sich wegradieren und offenbarte weißes Papier.

Seine Mutter sah erst ihn an, dann das Bild, dann wieder ihn. Zum Schluss flog ihr Blick kurz zu ihr.

Wortlos nahm sie ihre Tasche und stolzierte zur Tür. Ohne ein weiteres Wort, knallte sie die Tür hinter sich zu.

Bleiernes Schweigen hallte von den Wänden wieder.

In Kayla tobten die Gefühle und sie konnte den kleinen Laut nicht mehr zurückhalten, der ihr über die Lippen kam.

Kirian sah sofort zu ihr, schätzte ihre Lage ein und zog sie zur Tür.

„Wir sind in ein paar Stunden wieder da, macht es euch bequem", wandte er sich an seinen Bruder und Kim, bevor er sich seine Schlüssel schnappte und sie in seinen Wagen setzte. Dort ballte sie die Hände zu Fäusten und stopfte sie in ihren Schoß. Die Zähne biss sie zusammen und sah auf ihre Knie.

Er stieg ein und fuhr wortlos los. Sie sah nicht, wohin sie fuhren, es war ihr auch egal.

Als sie hielten, sah sie kurz auf.

Verwirrt zog sie die Augenbrauen zusammen. Sie standen vor einem Kino. Was wollte er denn jetzt hier?

Er hielt ihr die Tür auf und reichte ihr die Hand.

„Was..?"

Kirian schüttelte den Kopf und lief mit ihr an der Hand zur Kinokasse, dort kaufte er zwei Karten von einem Film, den sie nicht kannte und der schon angelaufen war.

Im dunklen Saal angekommen, kämpften sie sich auf ihre Plätze. Es war ein Pärchensitz.

Sie schluckte und zögerte. Aber er zog sie schon neben sich, drückte sie an sich und schwieg.

Sie wusste genau, was er damit bezweckte. Er brachte sie in einen dunklen Raum, wo keiner ihre Tränen sah und lenkte sie gleichzeitig mit dem Film ab, der auch noch eine Ausrede für ihre Tränen war, denn es war ein Drama.

Dieser kleine Tropfen ließ das Fass überlaufen und sie weinte leise in sein Shirt. Er strich ihr ruhig über den Rücken und sagte gar nichts.

Erst als sie sich etwas beruhigt hatte, sah er sie an und sagte etwas.

„Willst du etwas trinken?"

Sie wischte sich mit dem Ärmel die Tränen weg und nickte.

„Bin gleich wieder da."

Und schon war er verschwunden.

Warum tat er das für sie? Theoretisch gab es dafür keinen Grund, es war genauso wie sie an den Packt gebunden.

Mochte er sie am Ende doch?

Das würde auch sein Verhalten von gestern erklären.

Bevor sie sich damit jedoch richtig auseinandersetzten konnte, kam er auch schon wieder, zwei Becher in der Hand und eine Tüte Popcorn unterm Arm.

Sie aßen zusammen das Popcorn und amüsierten sich am Ende doch noch, obwohl es ein Drama war.

„Eigentlich mag ich so Filme überhaupt nicht."

Er lachte.

„Dafür war er aber ganz witzig, oder?"

Sie zuckte die Schultern.

„Geht."

Als sie aus dem Gebäude traten, empfing sie eine frische Brise. Es tat gut die kalte Luft auf dem Gesicht zu spüren.

Ohne jede Vorwarnung hatte sie auf einmal etwas Schweres über den Schultern liegen. Als sie nachsah, lag dort Kirians Jacke.

„Das Auto steht doch gleich da vorne", wehrte sie ab.

Er zuckte mit den Schultern und grub die Hände in die Hosentaschen.

„Eine Erkältung nützt keinem etwas."

Sie wies ihn nicht darauf hin, dass er am Ende der war, der sich erkältete. Aber es war ja nicht weit.

Im Auto drehte er dann die Heizung auf und fuhr los.

„Hast du das Bild aufgehängt?"

Sein Blick zuckte kurz zu ihr, bevor er sich wieder auf die Straße heftete und er eine Kurve fuhr.

„Ja."

Das hatte sie sich schon fast gedacht. Schweigend fuhren sie weiter. Am Haus angekommen, wurden sie schon von Kim und Elian empfangen.

„Das geht ja mal gar nicht, was sie da abgesondert hat", schimpfte Kim gleich los.

„Was denkt sie sich denn?"

Elian schüttelte den Kopf und zog Kim mir sich ins Wohnzimmer.

„Jetzt lass sie doch erst einmal ankommen."

Kim stieß ihn den Ellbogen so lange in die Rippen, bis er sie losließ.

„Mach ich doch."

Kayla lächelte. So war sie halt, immer mit der Tür ins Haus stürmend.

„Ich würde sagen, wir verschieben unser kleines Experiment auf Morgen", schlug Elian vor.

„Du siehst echt fertig aus."

So fühlte sie sich auch.

Deshalb nickte sie zustimmend und wandte sich zur Tür.

„Ich geh schlafen."

Und schon war sie die Treppe hoch und hatte die Tür im Bad hinter sich zugeschoben.

Kirian sah ihr nach.

Das musste aufhören.

Kapitel 18

Sie kannte den Traum schon, deswegen war sie auch nicht überrascht, als sie Kirian auf dem Sessel in der Zimmermitte sitzen sah.

Auch der Verlauf des Traumes war gleich. Sie küssten sich und die Spannung in der Luft stieg an. Doch an der Stelle, an der der Traum generell endete, ging er weiter.

Kurz war sie verwirrt, spielte aber mit.

Kirian küsste sie heftiger und drückte sie in den Sessel, hatte sich auf sie gedreht. Ihr Herz raste, ihre Gedanken verloren sich und seine Augen nahmen sie gefangen.

„Kirian", hauchte sie.

Er hob den Kopf und Braun blitzte.

„Ja?"

Seine Stimme war nur noch ein raues Knurren.

„Ich...."

Bevor sie allerdings aussprechen konnte, ertönte die Stimmte seiner Mutter.

„Kirian, was tust du?"

Sein Blick verlor sein Feuer und wurde kühl.

Der Schock fuhr ihr in die Glieder und Schmerz breitete sich in ihr aus.

„Nein", flehte sie, doch da stieß er sie auch schon von sich und sie landete auf dem Boden.

Verächtlich und hasserfüllt sah er auf sie hinab.

„Verschwinde!"

Ein Wort voller Hass.

Eine einzelne Träne rann ihr die Wange hinab.

„Bitte."

Doch er war schon in den Schatten verschwunden, ohne zurück zusehen. Er hatte sie alleine gelassen, in der Dunkelheit, in den Schatten.

Kayla schreckte hoch, die Hand vor den Mund gepresst, um den Schrei zu unterdrücken.

Ihr Atem ging keuchend, ihr Herz raste und ihr Kopf war von einem Wort beherrscht.

Nein.

Kirian hoffte, dass es gut ging. Er hatte ihr alles Notwenige erklärt und es ihr so genau wie möglich erklärt.

„Also, wie machst du es?"

Sie verdrehte die Augen, so oft hatte er es sie schon sagen lassen.

„Ich suche nach der Macht, die in jedem Dschinn steckt, finde ich sie, greife ich nach ihr und ziehe sie um mich. Dann stelle ich mir Rauch oder Nebel vor und lasse die Macht durch mich fließen."

Er nickte.

„Sehr gut, was machst du unter keinen Umständen?"

„Zu weit wegtreiben, in Panik verfallen und es erzwingen wollen."

Sie klang genervt.

„Gut und du passt auch auf, dass du in keinen Menschen hineinschwebst."

Das ließ sie jetzt doch aufmerksam werden.

„Wieso?"

Na bitte, also war doch noch nicht alles geklärt, sie musste schon Geduld haben.

„Weil die Zeit gezeigt hat, dass es Menschen nicht gut tut, kurzfristig zwei Seelen in sich zu haben. Die meisten kommen damit nicht klar.

Du wartest, wenn du es geschafft hast, bis ich mich auch verwandle und dann gehen wir gemeinsam ein Stück, ja?"

Sie nickte. Jetzt wirkte sie wieder wie immer, aber heute Morgen hatte sie verstört gewirkt.

Nur deswegen hatte er sich heute noch einmal breit schlagen lassen, er war immer noch dagegen, aber wenn er es jetzt nicht mit ihr machte, würde sie es alleine versuchen und wenn etwas schief ging.

Seufzend wandte er sich an Elian.

„Du hilfst mir, wenn etwas schief geht."

Er nickte.

„Was könnte denn alles schief gehen?", fragte Kim von dem Sofa aus.

„Das weiß keiner, weil es noch kein Halbling gab. Dschinnkinder können es von Natur aus, es ist für sie wie atmen. Aber wir müssen auf alles gefasst sein."

Kirian nickte Kayla zu.

„Versuch es jetzt mal."

Kayla konzentrierte sich und suchte nach der Macht in ihrem Inneren. Wenn sie es richtig verstanden hatte, müsste sie einfach da sein.

Sie horchte tief in sich hinein. Dort war nicht viel aber die Sorge und die Unsicherheit, die der Traum hinterlassen hatte, spürte sie deutlich.

Ansonsten spürte sie nichts.

Vielleicht lag es daran, überlegte sie. Vielleicht musste sie einfach loslassen. Doch das war gar nicht so leicht.

Also versuchte sie es mit der Methode, sie sie immer benutzte, um sich zu entspannen, sie sang im Kopf ihr Lieblingslied. Sie hörte schon die Gitarre und der Bass vibrierte in ihr. Da spürte sie es.

Es war nur ein kleiner Funken, aber er war da. Langsam konzentrierte sie diesen Funken und fixierte ihn. Er fing an heller zu leuchten und dehnte sich aus. Sie zog ihn auseinander, ließ sich dabei Zeit und arbeite vorsichtig.

Als sie das Leuchten für stark genug hielt, zog sie an einer Ecke und es dehnte sich aus.

Es war ganz leicht und schnell hatte sie sich in dem Licht eingewickelt. Es war stark und warm und gab ihr eine Zuversicht und Sicherheit, wie sie sie noch nie gespürt hatte.

„Jetzt stell dir vor, du bist körperlos, schwebst dahin wie Rauch", hörte sie Kirians Stimme und sie leitete sie.

Sie schwebte und fühlte sich frei und leicht.

Das Leuchten pulsierte und wurde noch stärker, bis sie nichts anderes mehr sah.

Dann war es verschwunden. Erschrocken öffnete sie die Augen. Kirian stand immer noch vor ihr und sah sie mit großen Augen an, Elian auch.

Kim stand der Mund offen.

„Ach. Du. Scheiße!"

Was hatte die denn für ein Problem? Es hatte nicht geklappt.

Sie war immer noch ein Mensch.

Enttäuscht wandte sie sich an Kirian.

„Es hat nicht geklappt."

Er grinste und schüttelte den Kopf.

„Und wie es geklappt hat. Kayla, du bist Nebel!"

Was? Brauchte er eine Brille oder was?

Verwirrt sah sie an sich hinunter und stutzte.

Unter ihr, wo eigentlich ihre Füße und Beine hätten sein sollen, war nichts. Nur der Teppich.

Oh, Gott, sie hatte es geschafft!

„Wahnsinn!"

Jetzt fühlte sie auch die Schwerelosigkeit. Sie fühlte sich frei und unbeschwert. Nichts hielt sie mehr fest, es war als hätte jemand schwere Ketten von ihr genommen.

Lachend stieg sie in die Höhe und drehte sich im Kreis.

„Warte!", rief Kirian, der zu ihr hinaufstarrte.

„Komm und fang mich", rief sie übermütig nach unten, bevor sie sich wieder nach vorne wandte und durch einen Fensterspalt in den Himmel schoss.

Sie flog!

Der Wind trieb sie und sie schwebte über den Dächern der Häuser. Es war wie ein Traum.

Geschickt wich sie einer Taube aus, die den plötzlichen Gegenwind zwar zu spüren schien, sich aber nichts weiter dabei zu denken schien.

Kayla raste durch die Luft und genoss es. Das Adrenalin rauschte durch ihre Adern und machte sie fast schon betrunken.

Dabei hatte sie gar keinen Körper mehr!

Lachend schnitt sie eine enge Kurve und rase weiter. Im Straßenverkehr war sie immer auf langsames und bedachtes Fahren bedacht gewesen, auch wenn sie immer nur Fahrrad fuhr. Aber jetzt war es etwas ganz anderes. Niemand außer ihr war hier und sie konnte tun und lassen, was sie wollte.

Sie spürte Kirians Anwesenheit hinter ihr, aber er verhielt sich still und machte keinerlei Anstalten sie aufzuhalten. Und doch war er immer da um ihr zu helfen oder sie doch zu stoppen, wenn sie es zu weit trieb.

Das brachte sie auf einen Gedanken und sie flog schneller. Er folgte. Sie grinste.

„Lust auf ein Wettrennen?", rief sie nach hinten und wusste, dass er sie hören konnte.

„Jeder Zeit", rief er.

Na dann.

Sie gab alles und heizte um Ecken, wich Vögeln in letzter Minute aus und wechselte die Spur. Kirian war immer dich hinter ihr. Sie ließ ihn aber nicht vorbei.

„Du musst dich schon mehr anstrengen!", rief sie und beschleunigte erneut.

Er lachte hinter ihr und wurde ebenfalls schneller, bis er an ihrer Seite flog.

Sie sah zur Seite. Neben ihr flog eine helle Nebelwolke und doch sah sie sein Gesicht. Er grinste.

Und überholte sie.

„Ey!", rief sie ihm nach.

„Du musst dich schon mehr anstrengen!", wiederholte er ihre Worte.

„Na warte!"

Sie gab alles und holte ihn schließlich auch ein, wurde dann aber immer langsamer.

Der anfängliche Adrenalinkick war vergangen und langsam aber sicher konnte sie nicht mehr.

Kirian schien das zu merken, denn er wurde langsamer und flog neben ihr her.

„Für heute reicht es, lass uns umkehren", meinte er.

Sie stimmte ihm zu und landete in einem Park, ein paar Blocks von ihrem Haus entfernt.

Kirian landete neben ihr, dann verwischte seine Nebelgestalt und er stand als Mensch neben ihr.

„Versuch es, stell dir dich selbst vor und lass die Kraft fließen."

Sie versuchte es und machte es genauso, wie am Anfang. Sie dehnte das Leuchten und wickelte sich darin ein. Dann dachte sie an ihre menschliche Gestalt.

Aber nichts passierte.

Zur Sicherheit machte sie die Augen wieder auf, aber nichts. Dieses Mal passierte wirklich nichts.

Sie geriet in Panik. Es musste doch klappen!

Was sollte sie denn jetzt machen? Sie konnte doch nicht bis in alle Ewigkeit als Nebel leben!

„Ganz ruhig, du musst ruhig bleiben", versuchte Kirian sie zu beruhigen, der ihre Panik zu spüren schien.

Doch das half ihr auch nicht, sie steigerte sich vielmehr immer weiter in ihre Panik hinein.

„Kayla, erinnere dich, wie du aussiehst", versuchte er es erneut, aber es nützte nichts. Sie sah sich schon als Nebel ihr Ende fristen.

Da wurde seine Stimme ganz ruhig und sanft. Das riss sie aus ihrer Panikattacke und richtete ihre ganze Aufmerksamkeit auf ihn.

„Erinnere dich, an deine Haare, so feuerrot und leuchtend, mit den blonden Strähnen darin. Deine Augen, hellblau mit einem Stich ins Grüne, mit den mitternachtsblauen Sprenkeln, die ihnen erst ihren Ausdruck verleihen, deine geschwungenen Augenbrauen, die du immer zusammenzeihst, wenn du wütend bist. Deine geschwungenen Lippen und eine kleine Stupsnase, erinnere dich an deinen schlanken Körper, an deine trainierten Beine, an alles."

Sie sah all das vor sich und erinnerte sich.

Sie erinnerte sich, wie es war in einem Körper zu stecken. Es kribbelte leicht, als sie wieder Form annahm.

Ihr Herz raste, aber sie war wieder ein Mensch.

„Siehst du mich wirklich so?", platzte es aus ihr heraus. Schlagartig wurde er wieder ernst.

„Nein", sagte er aber seine Augen sagten ihr die Wahrheit. Sie lächelte.

Er machte eine Geste, die sie nicht verstand und hatte es auf einmal sehr eilig.

„Wir sollten die anderen nicht warten lassen, sie machen sich bestimm schon Sorgen, wir waren viel zu lange weg", meinte er und war auch schon um die nächste Ecke verschwunden.

Sie lächelte in sich hinein und folgte ihm.

Sturer Bock.

Kapitel 19

„Du hast 'nen Knall, das weißt du oder?"
Kayla sah mit einem Ausdruck von Entsetzten und Faszination in den Einkaufswagen.
Sie hatte Kirian mit zum Einkaufen genommen, da er es das letzte Mal ja selber vorgeschlagen hatte, aber dass es so enden würde, hätte sie ja nicht gedacht.
Verständnislos sah er sie an und legte noch eine Tüte in den Einkaufswagen.
„Wieso?"
Stumm wies sie auf den Einkaufswagen, in dem sich mindestens dreißig Tüten Chips stapelten.
Er sah auch in den Wagen.
„Zu viel?"
Oh, Herr im Himmel!
„Nein, das reicht nur für ein Jahr, aber das macht ja jeder", ihr Ton troff vor Sarkasmus.
Kopfschüttelnd und mit verschränkten Armen, beobachtete sie, wie er wieder einige Tüten zurück ins Regal stellte.
„Du weißt schon, dass das Zeug auch schlecht wird? Es hält sich zwar lange, aber auch nicht so lange."
Er sah sie böse an, hatte wohl ihr Lachen in ihrer Stimme gehört.
„Sagt die, die immer Kiloweise Schokolade kauft!", schoss er zurück.
„Das ist etwas anderes, das ist kein Essen, das ist ein Grundbedürfnis, wie atmen", stellte sie fest.
„Aha."
Er klang nicht überzeugt.
Kopfschüttelnd schob sie den Einkaufswagen weiter, warf aber noch zwei Tüten Chips wieder in den Wagen.
Er war wie ein kleines Kind.
Um eventuellen Zickereien seinerseits zuvorzukommen, hielt sie sich bei der Schokolade zurück.

„Ich glaube, wir haben alles."

Sie überflog die Liste in ihrer Hand. Kirian beugte sich über ihre Schulter um ebenfalls einen Blick auf die Liste werfen zu können. Dabei streifte sein Kinn ihr Ohr und sie konnte seinen Atem auf ihrer Wange spüren.

Kaylas Magen trat sofort den Absturz in ihre Kniekehlen an und ihr wurde heiß.

Ihre Wangen glühten.

Kirian machte es auch nicht besser, denn er beugte sich noch weiter nach vorne und berührte nun mit der Schulter ihren Rücken.

Sein Geruch wehte ihr in die Nase. Wie von selbst schlossen sich ihre Augen und sie atmete tief ein um sich diesen Geruch einzuprägen.

„Ja, wir scheinen fertig zu sein", riss seine Stimme sie aus ihrer Starrte.

Kayla blinzelte, schüttelte den Kopf und riss sich zusammen.

„Dann lass uns gehen", meinte sie und ihre Stimme klang kratzig. Kirian warf ihr zwar einen kurzen Seitenblick zu, sagte aber nichts. Er hatte überhaupt nicht mitbekommen, wie sie auf seine Nähe reagiert hatte!

Kurz schloss sie die Augen und atmete tief durch.

Sie war verrückt geworden, das war die einzig rationale Erklärung für ihr Verhalten.

Zusammen luden sie ihre Sachen auf das Band an der Kasse und während er bezahlte, packte sie alles ein.

Zuerst hatte er nach den Plastiktüten greifen wollen, dass hatte sie aus den Augenwinkeln genau gesehen, doch dann hatte er gezögert und zu den Papiertüten gegriffen, bevor er sie ihr gereicht hatte.

Das ließ sie lächeln. Also war er doch noch lernfähig.

Doch ihre gute Laune brach schnell wieder zusammen, als sie aus dem Laden traten.

Es regnete in Strömen und ein kalter Wind blies ihnen entgegen.

„Im Wetterbericht stand nichts von Regen", beschwerte sie sich. Sie waren zu Fuß hier, weil sie sich geweigert hatte für die zehn Minuten, die man hierher brauchte das Auto zu benutzen.

Kirian lachte.

„Wenn man schon mal auf dich hört", prustete er, die Tasche auf einer Hüfte balancierend.

Sie fuhr zu ihm herum und sah ihn böse an.

„Das ist nicht witzig!"

„Stimmt."

Sofort wurde er wieder ernst.

Doch sie sah seine Mundwinkel zucken, egal wie scheinheilig er auch dreinsah.

Seufzend wühlte sie in ihrer Tasche. Vielleicht, wenn sie Glück hatte, hatte sie ja doch einen Regenschirm dabei.

Und tatsächlich, gerade als sie sich mit ihrem Unglück abfinden wollte, sah sie ihn ganz unten in ihrer Tasche liegen.

„Na bitte!"

Mit einem breiten Lächeln förderte sie ihren Schirm zu Tage.

Kirians Miene hatte jetzt nichts Belustigtes mehr an sich, als er den Schirm musterte.

„Äh,.."

Es hatte ihm ganz offensichtlich die Sprache verschlagen.

Tja, sie war halt ein Mädchen, was sollte sie dazu sagen?

„Der ist knall Pink", meinte er dann und versuchte, nicht sehr erfolgreich, sein Entsetzten zu verstecken.

„Ja, mit kleinen Blümchen drauf, ich weiß. Aber den hat mir meine Mutter geschenkt, deswegen habe ich mir noch keinen Neuen gekauft", stellte sie klar und spannte den Schirm auf.

„Es zwingt dich ja keiner dich mit drunter zu stellen", zog sie ihn auf.

Er seufzte tief, sah erst zu den Fluten, die vom Himmel fielen und dann zu ihrem Schirm.

„Was soll´s? Viel schlimmer kann es ja nicht mehr werden", hörte sie ihn murmeln, kurz bevor er sich neben sie stellte und den Schirm in die Hand nahm.

„Wenn du erlaubst?"

Leider war der Schirm nur für eine Person gedacht und so würde entweder einer von ihnen komplett, oder jeder wenigstens zur Hälfte nass werden.

Kirian schien das auch zu merken, denn er brummte unzufrieden.

„Warte kurz", meinte er dann. Mit skeptisch zusammengezogenen Augenbrauen, beobachtete sie ihn. Er trat wieder unter dem Schirm hervor und machte irgendetwas mit der Einkaufstasche.

Als er eine kompliziert aussehende Handbewegung vollzog, war sie dann auf einmal verschwunden.

Ihr blieb der Mund offen stehen.

„Wie hast du das denn gemacht?"

Er grinste und kam wieder zu ihr unter den Schirm.

„Kleines Dschinngeheimnis."

Na ja, das war ja alles schön und gut, aber der Schirm war immer noch zu klein.

„So sollte es gehen", meinte er, während er ihr einen Arm um die Taille schlang und sie fest an sich zog.

Überrascht machte sie einige Schritte zur Seite und schon stand sie so dicht neben ihm, dass sie seine Wärme spüren konnte.

„Na dann mal auf ins kühle Nass."

Und schon hatte er sie mit sich unter dem Überdach hervor in den Regen gezogen.

Tatsächlich wurde keiner von ihnen nass.

Sie war ihm so nah, dass er sie schon fast trug, so dicht war er ihr.

Ihr wurde schlagartig entsetzlich warm und ihr Herz schlug wie verrückt. Um das beklemmende Gefühl loszuwerden, das von ihr Besitz ergriff, räusperte sie sich verlegen. Sie konnte ihn lächeln hören und sein Arm um ihre Taille drückte sie noch enger an ihn.

Das war der Moment, in dem sich ihr Hirn ausschaltete und ihr Magen Achterbahn fuhr.

In ihr brodelten die Gefühle und sie wusste nicht, wie sie sich jetzt verhalten sollte.

Zudem sah sie fast nichts mehr, da der Wind an Stärke zugenommen hatte und ihr die Haare ins Gesicht peitschte.

Kirian beugte sich etwas über sie, um sie abzuschirmen, aber der Wind kam von allen Richtungen und so waren sie schnell durchnässt.

Zu allem Übel, riss der Wind den Schirm nach oben und stülpte ihn um. Jetzt war auch noch der letzte Rest Schutz pfutsch.

„Verdammt noch mal! Keiner hat gesagt, dass es so stürmt!", regte sie sich auf und umklammerte ihren Kopf, damit sie etwas sehen konnte und ihr die Haare nicht in den Mund flogen.

Sie konnte ihn lachen hören.

„Das ist nicht witzig!"

Immer noch grinsend schüttelte er den Kopf, faltete den Schirm wieder zusammen und zog seine Jacke aus.

Kayla stutze.

„Was wird das denn jetzt?"

Schon nach wenigen Sekunden war sein Shirt komplett durchnässt und er sah genau so aus, wie sie, denn sie trug gar keine Jacke.

„Willkommen im Klub der ersoffenen Ratten", scherzte sie.

Ein Mundwinkel zuckte nach oben. Schließlich erfuhr sie den Grund, weswegen er die Jacke ausgezogen hatte, denn er legte sie ihr über die Schultern und den Kopf.

„Du wirst noch krank", meinte er und stand im strömenden Regen, das Shirt nass an seinem Körper klebend.

Seufzend schüttelte sie den Kopf und hob die Jacke an. Sie war wunderbar warm und vor allem trocken.

„Komm schon her."

Folgsam kam er näher und sie streckte sich und legte ihm die Jacke über den Kopf. So wurden sie wenigstens beide etwas vor dem Regen geschützt.

„Lass uns uns irgendwo unterstellen."

Die Straßen waren menschenleer, als sie hindurch rannten. Aber kein einziges Geschäft hatte ein Vordach.

Das durfte doch nicht wahr sein!

Am Ende waren sie durch die ganze Stadt gerannt, bis sie zu einer Kirche kamen.

„Komm darein", meinte Kirian und stieß die großen Türen auf.

Zögernd folgte sie ihm.

„Darf man hier so einfach rein?"

Er schüttelte sich und ging zielstrebig zu einer der Bänke.

„Klar, Gottes Haus steht allen Notleidenden offen", sagte er schulterzuckend und ließ sich ächzend nieder.

Immer noch zögernd folgte sie ihm. Es war niemand zu sehen, also war es wohl in Ordnung, immerhin taten sie ja nichts Unflätiges oder so.

Kayla schälte sich aus seiner Jacke und wollte sie ihm schon wieder reichen, doch er schüttelt nur den Kopf und wies mit einer Hand auf ihr durchnässtes Shirt.

Verwundert, was er wohl meinte, sah sie an sich hinab und lief hochrot an.

Das Wasser hatte den dünnen Stoff ihres Oberteils komplett durchweicht und lies es an ihrem Körper kleben. Zu allem Übel hatte es den weißen Stoff durchsichtig gemacht und alle Welt hatte jetzt einen erstklasse Ausblick auf ihren schwarzen Spitzen-BH.

Auf dem Absatz wirbelte sie von ihm weg und zog den Reisverschluss so schnell zu, dass sie sich fast erwürgt hätte.

Sicherlich so rot, wie eine Tomate ließ sie sich neben ihn fallen, zog die Beine an und legte die Arme darum.

Sie trug zwar seine Jacke, aber ihr Shirt und die Hose waren trotzdem nass und in der Kirche war es nicht wirklich warm. Schon nach kurzer Zeit, zitterte sie.

Er schien es genau in dem Moment zu merken, als es ihr selbst auffiel.

„Du zitterst ja!"

Und im nächsten Augenblick saß sie auch schon auf seinem Schoß und hatte seine kräftigen Arme um ihren Bauch geschlungen.

„Was machst du denn?"

Er seufzte gequält.

„Wonach sieht es denn aus? Ich kann dich doch nicht erfrieren lassen."

„So schnell geht das nicht", wehrte sie ab, kuschelte sich aber in die sanfte Wärme, die von ihm ausging.

„Wo ist jetzt eigentlich die Tasche?"

Ihr plötzlicher Themawechsel schien ihn kurz aus der Bahn zu werfen, aber nach kurzem Zögern antwortete er.

„Die ist zu Hause in der Küche."

Na dann, sie hatten nichts gekauft, was unbedingt in den Kühlschrank musste.

Schläfrig legte sie den Kopf in die Mulde von seiner Schulter zum Hals.

„Du riechst gut", murmelte sie.

Er kicherte und seine Brust vibrierte.

„Ich weiß nicht, ob das ein Kompliment war, oder nicht", murmelte er und klang selber müde.

„Ein Kompliment, du Esel, was denn sonst? Wenn du stinken würdest, würde ich es dir schon sagen."

Sie quiekte erschrocken auf und wäre von seinem Schoß gefallen, hätte er seine Arme nicht um sie geschlungen gehabt, als er sie in die Seite zwickte.

„Hey!"

Er schnaubte.

„Freches Ding", murmelte er in ihr Haar und sog die Luft tief ein.

Sie boxte ihn auf den Arm. Das ließ ihn aufsehen und ihre Blicke trafen sich. Kayla drehte sich etwas und sah ihn nun direkt an.

Die ihr nur allzu bekannte Spannung baute sich wieder zwischen ihnen auf und die Luft fing an zu knistern.

„Deine Haare sind wunderschön", murmelte er und drehte eine Strähne zwischen den Fingern.

Ja klar, von dem ganzen Regen kriselten sie sich jetzt, als hätte sie in der Steckdose geschlafen und standen garantiert unvorteilhaft ab.

Ihr Blick flog zu seinen Haaren. Sie lagen ihm dicht am Hals und betonte seine Wangenknochen und die leuchtenden Augen. Diese strahlten so intensiv, dass sie den Blick nicht abwenden konnte. Ihr Mund mutierte zu einer Sahara und ihr Magen war schon wieder in ihren Kniekehlen.

Ganz langsam, neigte er den Kopf etwas und ihre Nasenspitzen berührten sich. Kaylas Augen weiteten sich und ihre Pupillen wurden ganz klein vor Schreck.

Er rieb seine Nasenspitze an ihrer entlang, fuhr über ihre Wange und hielt kurz vor ihren Lippen inne.

In seinen Augen stand eine unausgesprochene Frage. Er las ihre Antwort in ihren Augen und senkte den Kopf weiter, bis sich seine Lippen federleicht auf ihre legten.

Kayla war schon einmal geküsst worden, aber das war beim Flaschendrehen passiert und hatte gerade mal eine halbe Sekunde gedauert. Aber sie hatte nie einen Freund gehabt, hatte nie das Knistern gespürt, welches der Kuss in ihr auslöste.

Und Kirian war noch lange nicht fertig. Unendlich sanft strich er mir seinen Lippen über ihre, erhöhte den Druck etwas, knabberte an ihrer Unterlippe und drängte sie die Lippen zu öffnen.

Sie gab ihm was er wollte und verlor sich in seinem Kuss. Ihre Arme schlangen sich um seinen Hals und ihre Beine verschränkten sich hinter seinem Rücken.

Sie erwiderte den Kuss und lies die Gefühle durch sich hindurchrasen.

Unverwandt sah er ihr in die Augen.

Als er sich dann von ihr löste, kam es viel zu früh.

Murrend ließ sie sich wieder an seine Brust drücken, kuschelte sich dann aber doch an ihn und genoss seine Wärme und Stärkte. So dösten sie gemeinsam in der Kirche, auf einer Bank sitzend, völlig durchnässt ein.

Kapitel 20

Kayla starrte wütend auf den Fernseher. Dort lief gerade so ein blöder Teenie Film, in dem es darum ging, dass die Außenseiterin zur Schönheit der Schule wurde.

Wütend stopfte sie sich mit Chips voll.

Und ja, das war ihre Rache an Kirian, denn es waren seine Chips.

Der Blödmann.

Kaum waren sie zu Hause angekommen, als es aufgehört hatte zu regnen, hatte er sich in seinem Arbeitszimmer verschanzt. Sie hatte selbst keine Ahnung, wie sie jetzt mit der Situation umgehen sollte. Sie wollte nicht aufdringlich wirken oder klammern, wie es manche Mädchen machten, deswegen saß sie jetzt hier unten und verschlang diese blöden Chips.

Männer waren eben doch alle gleich. Kaum hatten sie das bekommen, was sie wollten, verloren sie das Interesse. Dabei hatten sie noch gar nichts gemacht!

Doch bei Kim und Elian schien das ganz anders zu sein, grübelte sie.

Gerade wollte sie wieder in die Tüte greifen, als ihr eine größere, schlanke Hand zuvorkam. Erschrocken fuhr sie zusammen und drehte den Kopf.

Dunkles Braun lächelte sie an.

„So ein Kleid würde dir sicher auch stehen", meinte Kirian und sah zum Fernseher, während er sich die Chips in den Mund steckte.

Verdattert sah sie sich den Bildschirm an. Ah, ja. Die Hauptfigur trug ein schönes, silbernes Kleid mit Pailletten.

„Kann schon sein", erwiderte sie nur und knabberte an einem Chip.

Das ließ ihn stutzen.

„Alles in Ordnung?"

Sie nickte nur.

„Wirklich?"

Er beugte sich näher zu ihr hinunter und schlagartig wurde ihr wieder warm.

Die Anziehung zwischen ihnen war also immer noch vorhanden.

Trocken schluckend brachte sie nur erneut ein Nicken zustande und hätte sich dabei fast an den Krümeln in ihrem Mund verschluckt.

„Na dann", meinte er und beugte sich noch näher zu ihr.

In seinen Augen blitzte etwas. Ihr Herz schlug schneller.

Kirian beugte immer weiter vor, bis sein Gesicht ihrem ganz nah war. Dann grinste er und biss von dem Chip ab, den sie immer noch zwischen den Lippen stecken gehabt hatte. Ihre Lippen berührten sich dabei.

Sofort wurde sie knall rot.

Er lachte und kaute zufrieden.

„Vielleicht hätten wir doch mehr kaufen sollen", meinte er, während er seine Jacke holte.

„Ich bin noch mal weg, aber heute Abend bin ich wieder da. Soll ich was mitbringen?"

Kayla war überrumpelt. Nach diesem beinahe Kuss hatte ihr Gehirn es nicht so leicht wieder den Betrieb aufzunehmen.

„Mitbringen?"

Kirian erschien im Türrahmen und lehnte sich lächelnd dagegen.

„Zum Abendessen."

Ach so.

„Äh, wie wäre es mit Sushi? Das hatten wir lange nicht mehr", schlug sie vor.

Er nickte.

„Gut, bring ich mit, bis dann."

Und schon war er verschwunden.

Was machst du gerade?

Lernen.

Kurze Pause.

Lernen? DU?!

Kayla seufzte genervt.

Ja, ich. Was dagegen?, schrieb sie zurück und kaute auf ihrem Bleistift herum.

Nur wenige Sekunden später klingelte ihr Telefon.

Lächelnd schüttelte sie den Kopf und nahm den Anruf entgegen.

„Ok, was ist los?", wollte Kim sofort wissen.

Kayla nahm den Stift aus dem Mund und tippte mit der Rückseite auf ihrem Blatt herum.

„Kirian benimmt sich total komisch seit gestern."

Kim seufzte.

„In wie fern? Bist du sicher, dass ihr zwei nicht einfach mit der Situation des Kusses überfordert seid?"

„Nein!"

Kayla tippte nervös mit dem Stift auf ihrem Blatt herum.

„Er hat es ja eben schon wieder getan, also indirekt."

Das ließ Kim aufhören.

„Wieder? Indirekt? Das musst du erklären."

Sie seufzte.

„Ich hab Chips gegessen und er hat von einem abgebissen, den ich gerade zwischen den Lippen hatte."

Ihr war das ganze irgendwie peinlich.

„Oh, wie süß!"

Kim schwelgte im siebten Himmel.

„Aber dann ist doch alles in Ordnung."

„Ist es nicht. Seit gestern ist er nur in seinem Zimmer und arbeitet oder macht sonst was."

Kim überlegte und sie fing an auf ihrem Blatt herum zu kritzeln. Warum mussten Männer auch immer so kompliziert sein?

„Vielleicht ist es wegen Freitag", sagte Kim dann nachdenklich.

„Freitag?"

Was war denn Freitag? Ferien? Nein, dafür war es zu früh.

Kim stöhnte in den Hörer.

„Das ist doch jetzt nicht dein Ernst, oder? Wie kann man das denn vergessen? Welches Datum haben wir Freitag?", forderte Kim zu wissen.

„Der fünfzehnte, was bringt mir das?"

„Also echt, du bist dumm wie Brot!", beschwerte sich Kim.

„Wieso?!"

„Dein Geburtstag, du Esel, am Freitag ist dein Geburtstag!"

Oh.

Verlegen rieb sie sich den Nacken. Ups, das hatte sie total vergessen.

„Äh, ja."

Kim lachte.

„Alzheimer?"

Kayla legte den Kopf in die Hände.

„Aber so was von."

„Mach dir nichts draus, die einen erwischt es später und die anderen halt früher, da kann man nichts dran machen", kicherte Kim.

Sie schwieg und lies Kim lachen.

„Bist du noch dran?", erkundigte sie sich, nachdem sie sich wieder beruhigt hatte.

„Nein."

„Och, Kayla, jetzt hab doch keine schlechte Laune! Er will dich bestimmt überraschen und ist deswegen so geheimniskrämerisch und beschäftigt."

Im Hintergrund war das Klingeln der Tür zu hören.

„Oh, das wird Elian sein, macht es dir etwas aus? Wir wollten ins Kino."

„Nein, nein, mach nur. Ich hab eh noch zu tun. Viel Spaß."

„Danke! Tschüss."

Und schon war sie wieder alleine mit ihren Gedanken. Aber Kim hatte wahrscheinlich Recht.

Das lenkte ihre Gedanken schon wieder in andere Bahnen.

Was er ihr wohl schenken wollte? Männer waren in so Sachen

ja immer etwas unkreativ. Vielleicht einen neuen Zeichen-block? Nein, er würde bestimmt etwas Teureres nehmen. Mhmmm.

Eine neue Kamera?

So vertrieb sich Kayla die Zeit mit dem Erraten ihres Geschen-kes und nebenbei lernte sie noch etwas, was sich aber auf „wenig" beschränkte.

So saß sie dann auch noch immer im Wohnzimmer, die Bücher und Hefte sowie endlose Zettelmassen um sich im Halbkreis verteilt, als Kirian wieder nach Hause kam.

Es musste schlimm aussehen, denn er blieb erst einmal er-schrocken im Türrahmen stehen und lies die Szene auf sich wirken.

„Wo kam denn die Bombe her?", erkundigte er sich dann grin-send, während er zum Durchgang und in die Küche ging.

„Das ist nicht witzig!", beschwerte sie sich und sammelte ihre Sachen wieder ein.

Er lachte.

„Ich habe ja schon von Leuten gehört, die sich nur im Chaos wohlfühlen, aber könntest du das bitte auf dein Zimmer be-schränken?"

Sie warf einen Stift nach ihm, der aber nicht traf, da sie ihn blindlings in die Küche geworfen hatte.

„Eh, spielst du jetzt Indianer oder was?"

„Idiot", lachte sie und kam zu ihm in die Küche.

Er war gerade dabei das Essen aus seiner weißen Plastiktüte zu nehmen.

„Hat es denn wenigsten etwas gebracht?"

„Wie?"

Sie war gerade dabei zwei Teller aus dem Schrank zu holen und hatte dabei darüber nachgedacht, was er wohl gemacht haben könnte. Und vor allem, wo er wohl das Geschenk so schnell hingetan hatte.

„Das Chaos, hat es geholfen?"

Ach so. Sie schüttelte den Kopf und klaute ihm ein Stück Sushi, als er nicht hinsah.

„Na ja, es geht."

Er grinste.

„Schon mal an Nachhilfe gedacht? Hey!"

Er nahm schnell seinen Teller aus ihrer Reichweite.

„Du hast da mehr als genug", meinte er.

„Aber das sieht besser aus!", erwiderte sie mit Unschuldsmiene.

Er lachte.

„Dann tauschen wir."

„Das hättest du wohl gerne, damit ich den Teller bekomme, wo eins fehlt? Niemals."

Und schon hatte sie sich ihren vollen Teller geschnappt und war ins Wohnzimmer gerannt.

„Allein essen macht dick!", rief er ihr lachend hinterher.

„Lieber dick, als verhungert."

Aber am Ende klaute er ihr doch noch ein Stück.

„Ausgleichende Gerechtigkeit", war seine Erklärung.

Sie warf ein Kissen nach ihm.

Er warf es zurück.

Kayla warf härter.

Er ebenfalls.

Und schon waren sie in eine heftige Kissenschlacht verwickelt.

Sie warf ihm ein Kissen mit voller Wucht an den Kopf. Er warf es natürlich sofort zurück und traf dabei fast eine kleine Vase.

„Pass auf!"

Doch er nutzte die Gelegenheit, in der sie abgelenkt war und schlich sich an.

Dann zog er ihr mit dem Kissen eins über.

„Ohh!"

Sie wirbelte herum und schlug ihm mit dem Kissen ins Gesicht.

„Du hast geschummelt!"

Grinsend schlang er seine Arme um sie und zog sie an sich.

„Ich?"

Er klang ungläubig erstaunt und machte eine Pause um nach zu denken.

„Nein."

Das sagte er todernst, mit einer Grabesmine.

Sie sah ihn nur an und zog eine Augenbraue hoch.

„Wirklich nicht", beteuerte er.

Schnaubend zog sie ihm ihr Kissen über den Schädel.

„Von wegen."

Damit hatte er nicht gerechnet und lockerte seinen Griff, dass sie entwischen konnte.

„Na warte."

Doch er hatte keine Kissen mehr. Triumphierend grinsend wedelte sie mit ihrem Kissen.

„Gewonnen."

Seine Miene wechselte von ernst zu verschlagen.

Das ließ sie aufmerksam werden.

Was hatte er denn jetzt schon wieder vor?

„Bist du dir da so sicher?"

Sie wich einige Schritte unsicher zurück und hielt das Kissen vor sich.

„Ja?"

Jetzt grinste er sie breit an.

„Na dann."

Und schon hatte er sie sich geschnappt und fing an sie zu kitzeln. Sie wand sich und schlug mit dem Kissen nach ihm.

„Aufhören!", japste sie.

Er hielt kurz inne, damit sie wieder zu Atem kommen konnte.

„Was bekomme ich dafür?"

Sein Blick wurde heißer und Kayla wusste spontan, was er wollte.

Sie dachte darüber nach und hielt es für annehmbar.

„Komm her und hol es dir", lud sie ihn ein.

Er ließ sich nicht zweimal bitten und schlang ihr den Arm wieder fest um die Taille.

Kayla schmiegte sich an ihn und genoss seine Wärme.

Dann senkten sich seine Lippen auf ihre.

Das Kissen fiel zu Boden und sie schlang ihm die Arme um den Hals um seinen Kuss zu erwidern.

Kapitel 21

„Achtung!"

Vor sich nahm Kayla wage etwas gerades, hohes wahr, konnte aber aufgrund der Augenbinde, die Kirian ihr wenige Minuten zuvor verpasst hatte, nichts sehen.

Sie war schon die ganze restliche Woche gespannt wie ein Flitzebogen gewesen.

Sie hatte sehr wohl gemerkt, dass er und vor allem Kim Vorbereitungen getroffen hatte, aber keiner hatte auch nur ein Sterbenswörtchen verlauten lassen.

Kirian hatte sie einmal fast soweit gehabt, dass er unaufmerksam wurde und ihr etwas hätte sagen können, aber Elian hatte sich eingemischt.

Jetzt war endlich der Tag der Erlösung.

Ihr Achtzehnter Geburtstag.

Die Schule hatte sie gerade so überstanden. Verhindern konnte sie allerdings nicht, dass ihr Blick immer wieder zur Uhr über die Tafel gehuscht war, obwohl schon jedes Kind wusste, dass die Zeit nicht schneller vorbei ging, auch wenn man hundertmal auf die Uhr sah.

Kayla war fast aus dem Gebäude gerannt. Dort hatte Kirian sie dann abgeholt, ihr die Augen verbunden und nun einen Weg, oder was auch immer hier hin geführt.

Sie konnte Schlüssel klimpern hören, offenbar standen sie vor einer Tür.

„So und jetzt", hörte sie Kirian murmeln und schon führte er sie weiter.

„Um mich nach Hause zu bringen, hättest du mir nicht die Augen verbinden müssen", maulte sie um ihre Spannung zu vertuschen.

„Wer sagt denn, dass wir zu Hause sind?", machte er sich über sie lustig.

„Sind wir nicht?"

Wo konnten sie denn dann sein?

Aber er hatte Recht. Eigentlich hätten sie hier links abbiegen müssen, aber sie gingen weiter, einen Flur entlang. Das kam ihr bekannt vor.

„Aber was machen wir denn hier?"

Er lachte.

„War ja klar, dass du das errätst."

„Wer´s kann, der kann´s!"

Er seufzte.

„Die Bescheidenheit in Person."

Sie wollte ihn in die Seite knuffen, traf aber etwas anderes, wahrscheinlich seinen Arm.

Sie konnte jemanden kichern hören.

Das war bestimmt Kim.

„So, warte kurz."

Er positionierte sie im Raum und nahm ihr dann die Augenbinde ab.

Was sie sah, verschlug ihr die Sprache und lies sie die Augen weit aufreißen.

„Bist du verrückt?!"

Sie stand in ihrem Haus, ja. Aber es war nicht mehr das leere, mitten im Renovierungsstress befindende Haus, was sie letzte Woche verlassen hatte.

Nein, das hier war ein komplett eingerichtetes, modernes Haus.

Sie wiebelte zu ihm herum. Er lächelte.

„Nicht das ich wüsste."

Sie schlug ihn auf den Arm.

„Oh, doch. Das ist viel zu teuer!"

Er lachte und zog sie in die Arme.

„Da schenke ich dir eine komplette Einrichtung und was machst du? Du schlägst mich!"

Grinsend ließ sie sich bereitwillig an ihn ziehen.

„Du bist verrückt."

„Ich weiß", murmelte er und gab ihr einen Kuss.

„Sollen wir gehen?", erkundigte sich eine weibliche Stimme hinter ihr.

Kirian drückte sie kurz noch enger an sich, bevor er sie los lies und sie sich umdrehen konnte.

Kim stand dort, mit einem kleinen Paket in der Hand und neben ihr Elian, mit einem zur Rolle zusammengerollten Papier neben ihr.

„Da ihr schon mal da seid, könnt ihr ruhig bleiben", lachte sie und ließ sich von Kim in eine feste Umarmung ziehen.

„Wie großzügig", lachte Elian.

„Alles Gute, Süße!"

Mit den Worten drückte sie ihr das Kuvert in die Hand.

„Nutze sie, sonst gibt es Ärger", beschwor sie sie.

Neugierig öffnete Kayla den Umschlag und hielt eine Bescheinigung und einen Stundenplan von Terminen in der Hand.

Termine für Fahrstunden.

Sie sah Kim sprachlos an.

„Du bist genauso verrückt! Du kannst mir doch keine Fahrstunden schenken!"

„Siehst du doch", grinste sie und schob sich eine Hand voll Chips in den Mund.

Elian legte ihr den Arm um die Schultern und sah sie an.

„Bevor sie noch alles alleine wegputzt, hier", meinte er und reichte ihr die Rolle.

Sie öffnete sie und hielt eine Liste Bestellungen in der Hand.

Bestellungen von Bildern, von einer Website.

Ratlos ließ sie das Blatt sinken.

„Was soll ich damit?"

Elian schüttelte lachend den Kopf.

„Den Leuten deine Bilder schicken. Die Website gehört dir."

Was?

Sie besah sich die Liste genauer. Tatsächlich.

„Danke!"

Sie schloss auch ihn in eine feste Umarmung.

„Gern geschehen auch wenn ich gestehen muss, dass Kim mir geholfen hat."

„Nur ein bisschen", wehrte diese ab.

„Der ist von deinen Eltern", mischte sich Kirian ein.

Er übergab ihr einen weiteren Briefumschlag.

Kayla hatte auf einmal einen Kloß im Hals. Damit hatte sie ja gar nicht mehr gerechnet.

Mit gemischten Gefühlen öffnete sie den Umschlag. Darin befand sich eine quietsch pinke Karte, mit einer großen, glitzernden Achtzehn drauf.

Die hatte bestimmt ihre Mutter ausgesucht.

Sie schlug die Karte auf und zwei Papierstücke segelten auf den Boden.

Sie hob sie auf.

Es waren zwei Gutscheine für ein Wellnesswochenende.

Ihre Augen brannten und drohten überzulaufen, als sie den Text in der Karte las.

Alles Gute zum Geburtstag, mein Schatz.

Süße Achtzehn.

Ich weiß noch, wie du so klein warst und gerade laufen konntest. Du wolltest immer Künstlerin werden und laut deinen Freunden hast du das auch geschafft.

Uns tut es so leid, dass wir in all den Jahren nicht für dich da sein konnten.

Aber jetzt und in Zukunft werden wir für dich da sein.

Wir lieben dich,

Mama und Papa

Kayla schluckte hart gegen den Klos in ihrem Hals an und blinzelte mehrmals um die Tränen zurück zu drängen.

Ihr Blick flog wieder zu den Gutscheinen.

„Na dann können wir uns mal ein schönes Wochenende machen, wenn die Jungs uns zu sehr auf den Senkel gehen", scherzte sie, um die angespannte Stimmung wieder auf zu lockern.

Es klappte und alle wurden gleich lockerer. Kim lachte und stimmte ihr voll zu.

„Was heißt hier auf den Senkel gehen, wenn hier einer Urlaub von jemanden braucht, sind wir beiden dass von euch", beschwerte sich Elian und legte seinem Bruder kameradschaftlich einen Arm um die Schultern.

Das brachte sie zum Lachen.

„Wer´s glaubt", kicherte Kim und zog Elian zum vollbeladenen Tisch im Wohnzimmer.

„Jetzt lasst und reinhauen, ich hab heute schon den ganzen Tag lang nichts gegessen, damit ich hier richtig zuschlagen kann", verkündete Kim und schaufelte sich den Teller voll.

Sie setzte sich auch und sah auf, als Kirian ihre Hand aufmunternd drückte.

Das brachte sie zum Lächeln und sie erwiderte die Geste.

Sie waren gerade mitten beim Kuchenessen, als ihr etwas auffiel.

„Du hast die Fußleisten vergessen."

Kirian sah zu ihr und runzelte verwirrt die Stirn.

„Die was?"

Sie grinste. Es war offensichtlich, dass er keine Ahnung hatte, wovon sie sprach.

„Na die Fußleisten", meinte sie und wies zur Wand.

Er stutzte und sah ebenfalls hin.

„Ich verstehe es nicht", meinte er dann.

Elian lachte schallend.

„Mann, das ist doch jetzt nicht dein Ernst? Fußleisten? Die haben wir daheim auch."

Kirian runzelte die Stirn noch etwas mehr und schien sich erinnern zu wollen, wie die Fußleisen bei ihnen zu Hause wohl aussahen.

„Sicher?", erkundigte er sich dann.

Kim lachte und zog sie mit sich nach draußen.

„Komm, ich zeig dir mal das Ergebnis", meinte sie.

Und das Ergebnis war wirklich umwerfend. Kirian hatte einen tollen Geschmack. Alles passte perfekt zusammen, war modern und zeitgemäß.

„Ich hab auch ihm etwas geholfen. Deswegen hatte ich die Woche über nicht so viel Zeit für dich", entschuldigte sie sich.

„Aber die Fußleisten hast du auch vergessen."

Kim grinste gequält.

„Ich weiß. Aber mir ist das echt nicht aufgefallen."

„Tja, Künstler, die bemerken halt alles."

Kim verdreht gespielt genervt die Augen. Sie knuffte sie liebevoll in die Seite.

„Hübsches Kleid übrigens."

Kim wurde rot.

„Ich dachte, die Gelegenheit wäre günstig", murmelte sie.

Das bracht Kayla zum Lachen und sie legte ihr einen Arm um die Schultern.

„Ist sie ja auch. Du siehst echt toll aus."

Kim grinste und zog sie mit sich den Flur entlang.

„Na dann will ich dir mal dein Zimmer zeigen. Er hat alles ganz allein ausgesucht und ich muss sagen, der Kerl hat Geschmack."

Sie stieß die Tür auf und Kayla blieb der Mund offen stehen. Der Raum war in einem sanften Blauton gehalten, der an das Meer an einem sonnigen, wolkenlosen Tag erinnerte. Das Bett dominierte eindeutig den Raum, aber das passte perfekt. Das Kopfteil war aus schwarzem Messing gefertigt und wand sich in kunstvollen Ranken um das Bett. Der Bezug war luftig und leicht. Die Vorhänge wehten leicht und ließen das Himmelbett elegant und einladend wirken. Alle anderen Möbel waren darauf aufgebaut. Sie waren hell und passten sich fabelhaft in den Raum an.

Eins ihrer größeren Bilder dominierte die Wand gegenüber dem Bett und ließ einen träumen. Es zeigte das Meer und die Sonne, die sich auf den Wellen brach.

Kayla fühlte sich wie in einer anderen Welt.

„Atmen", lachte Kim und stieß ihr den Ellbogen in die Seite.

„Oh mein Gott!", hauchte sie.

„Nein, immer noch Kirian", erklang seine Stimme hinter ihr. Sie wirbelte herum und sah ihn im Türrahmen lehnen, die Arme lässig vor der Brust verschränkt.

„Kirian, du bist…" Ihr fiel kein passender Begriff ein.

Er lachte.

„Ich weiß, phänomenal, nicht?"

Das war mit Abstand der beste Geburtstag gewesen, den sie jemals gefeiert hatte, obwohl ihre Eltern nicht dabei sein konnten. Sie lachten und scherzten.

So glücklich war sie schon lange nicht mehr gewesen. Als es allmählich Abend wurde, beschlossen sie zusammen zurück zu Kirian zu fahren und dort noch etwas zu feiern. Immerhin war Wochenende. Vielleicht würden sie auch noch in einen Klub gehen, Elian hatte da so seine Beziehungen, wie er durchblicken ließ.

„Pass auf, am Ende gehört er noch zur Mafia", warnte Kayla Kim. Diese lachte.

„Wer weiß? Bei ihm ist alles möglich."

„Macht ihr euch über mich lustig?", erkundigte sich Elian da prompt und tauchte hinter Kim auf um sie an sich zu drücken.

„Wir doch nicht", wehrte diese ab und schmiegte sich an ihn. Es war schön die beiden so glücklich zu sehen.

Da legte sich auch ihr ein Arm um die Taille und Kirian drückte sie an sich.

„Und? Gefällt dir dein Geburtstag?"

Sie genoss seine Nähe und seine Wärme.

„Sehr, es ist fantastisch, danke."

Sie drehte sich in seinen Armen und sah ihm in die Augen, dann griff sie nach seiner Krawatte und zog ihn zu sich hinunter.

Dann hauchte sie ihm einen Kuss auf die Lippen und ließ die Krawatte durch ihre Finger gleiten.

„Das war doch kein Kuss", murmelte er noch an ihren Lippen und küsste sie richtig, dass ihr ganz heiß wurde.

„Lasst uns lieber nach Hause fahren, bevor das hier noch ausartet", unterbrach Elian sie gut gelaunt und sie machten sich auf den Weg.

Am Ziel angekommen, schloss Kirian lachend die Tür auf und ließ sie vorbei.

„So, jetzt zeig ich dir erst einmal, was Fußleisten sind." Stellte sie fest und zeigte gleich im Flur auf eine eichenfarbene Leiste.

„Und das, mein lieber Kirian, ist eine Fußleiste, wie sie jeder normale Haushalt hat."

Er verdrehte die Augen, sah aber hin.

„Ja, könnte sein, dass ich die schon mal gesehen habe", meinte er dann und kitzelte sie.

„Sag ich doch", lachte sie.

Doch abrupt hörte sie damit auf, als sie sah, dass im Wohnzimmer Licht brannte. Die anderen schienen es auch bemerkt zu haben, denn sie schwiegen ebenso abrupt, wie sie.

Zögernd ging sie weiter, doch Kirian hielt sie am Arm fest und zog sie hinter sich. Sie lächelte.

Langsam bogen sie um die Ecke und spähten in den anderen Raum. Kayla konnte nichts sehen, weil Kirian vor ihr stand, aber die Spannung verließ seinen Körper und seine Schultern sackten ein Stück nach unten.

„Was macht ihr denn hier?"

Also doch keine Einbrecher. Sie konnte Elian erleichtert aufatmen hören und Kim drängte sich hinter ihm vor, um zu sehen, wer da war. Wie ähnlich sich die Brüder doch waren.

Doch ihre Anspannung kam so schlagartig wieder zurück, wie sie gegangen war, als sie die Stimme ihres Besuches hörte.

„Wir haben gute Neuigkeiten", sagte seine Mutter.

Hätte Kirian sie nicht immer noch am Arm gefasst, hätte sie sich umgedreht und wäre schnurstracks gegangen.

Das konnte man ihr wohl ansehen, denn Elian versuchte prustend sein Lachen zu unterdrücken und milderte es zu einem Grinsen ab, als Kim ihn böse ansah und den Ellbogen in seine Seite knuffte.

Kayla machte extra langsam und holte jede Tasse einzeln aus dem Schrank. Sie hatte sich mit der Ausrede Tee zu machen in die Küche geflüchtet.

Kirians Eltern hatten eine junge Frau, etwa in ihrem Alter bei sich gehabt. Sie fragte sich, wer sie war und was für eine Rolle sie hier spielte.

Auf jeden Fall hatte sie sich mächtig an Kirian rangeschmissen. In dem Fall war es wohl doch keine so gute Idee gewesen, sich in die Küche zu verkrümeln.

Sie seufzte und hob das Tablett an, als jemand in die Küche kam. Da sie mit dem Rücken zur Tür stand, konnte sie nur die Schritte hören und diese kannte sie nicht. Überrascht drehte sie sich um und stand seinem Vater gegenüber.

„Oh, Hallo", sagte sie etwas lahm.

Er lächelte.

Das stand ihm. Kayla fragte sich so wieso, wie so ein netter Kerl es nur mit so einer Furie aushalten konnte.

„Ich habe gehört, dass du heute Geburtstag hast und mir die Freiheit genommen, dir etwas zu kaufen. Immerhin bist du ja meine Schwiegertochter", meinte er und hielt ihr eine flache Schachtel entgegen.

„Oh."

Mit so etwas hatte sie überhaupt nicht gerechnet, woher wusste er das?

Kayla stellte das Tablett wieder ab und nahm die Schachtel entgegen.

„Vielen Dank, das wäre doch nicht nötig gewesen."

Er lächelte erneut, nur schien es dieses Mal etwas traurig zu sein.

„Alles Gute", sagte er noch, bevor er die Küche wieder verließ.
Neugierig öffnete Kayla die Schachtel und erstarrte. Darin lag
eine wunderschöne Kette, mit einem braunen Edelstein in
Tropfenform. Er hatte die gleiche Farbe, wie Kirians Augen.
Sie schluckte. So etwas konnte sie doch unmöglich annehmen.
Das war viel zu teuer!
Fest entschlossen, ihm die Kette zurück zugeben, schnappte
sie sich das Tablett und die Schachtel und eilte ins Wohnzim-
mer.
Dort hörte sie seine Mutter. Die Frau konnte aber auch einfach
nicht den Mund halten.
„Und das ist im Übrigen Nicole, es tut mir leid, ich habe dich in
der ganzen Aufregung ganz vergessen, Liebes."
Ach du Gott, was hatten die der denn in den Tee getan?
Kopfschüttelnd wollte sie gerade das Tablett auf dem Tisch ab-
stellen, als ihre nächsten Worte sie inne halten ließen.
„Sie ist deine neue Verlobte."
Mit einem Knall landete das Tablett auf dem Tisch und die Tas-
sen klirrten bedenklich, blieben aber ganz.
Langsam drehte Kayla sich in dem totstillen Raum um. Kirians
Mutter grinste sie siegessicher an.

Kapitel 22

Das war ein Traum, ein ganz, ganz böser Traum, aber sie würde aufwachen. Musste aufwachen, sofort!

Koch Kayla träumte nicht und was noch viel schlimmer war, Kirian sah sie nur an und sagte kein beschissenes Wort.

Dafür sagten die anderen genug. Doch es traf sie wie ein Schlag ins Gesicht. Sie konnte nicht mehr atmen, so fühlte es sich auf jeden Fall an. In ihr wurde alles kalt und taub.

Sie war erstarrt, weil er nichts sagte, weil er sie nur ansah und schwieg.

Ihr Herz war verschwunden, an seiner Stelle war eine taube Stelle getreten. Sie war leer.

Kurz bevor sie anfing zu schreien, drangen die Stimmen der anderen zu ihr durch.

„Das kannst du doch nicht machen…."

„Sag gefälligst was, du….."

„Kayla!"

Alle sagten etwas, regten sich auf und versuchten die Sache zu verstehen, nur er nicht. Er schwieg.

„Seid mal ruhig", bat sie.

Sofort verstummten alle und sahen sie an.

Kayla war selber überrascht, wie ruhig ihre Stimme klang.

„Ich denke, es ist besser, wenn ihr das unter euch ausmacht. Ich warte oben", sagte sie mit ruhiger Stimme, hielt aber seinen Blick fest und flehte innerlich, er würde sie aufhalten, klarmachen, dass er keine Bedenkzeit brauchte.

Doch er schwieg weiterhin.

Kayla schluckte schwer und ging aus dem Raum. Kaum war sie um die Ecke verschwunden, zerbrach ihre Maske.

Sie drängte den Kloß in ihrem Hals zurück und riss sich zusammen. Die Gefühle tobten in ihr und wurden immer stärker, drückten sie nieder.

Einigermaßen erfolgreich, versuchte sie sich mit ihren Bestellungen abzulenken. Sie packte alle Bilder ein und machte sie versandfertig.

Das schöne Wetter passte so überhaupt nicht zu ihrer Stimmung.

Lauschend hielt sie kurz inne, aber es war nichts zu hören. Wie er sich wohl entscheiden würde?

Kayla musste ihn diese Entscheidung treffen lassen. Er war der ausgewählte Dschinn, er konnte wählen.

Doch es schmerzte sie, dass er erst darüber nachdenken musste. Sie hatten zwar einen holprigen Anfang, aber am Ende hatten sie sich doch super verstanden.

Der Kuss.

War das alles nur eine Lüge gewesen, seine Gefühle nur gespielt? Hatte er am Ende gewusst, dass seine Eltern Ersatz für sie gefunden hatten und hatte sich nur deswegen so viel Mühe mit der Wohnung gemacht? Als Entschädigung?

Ihre Augen brannten.

Wütend auf sich selbst schüttelte sie den Kopf. Nein, das konnte nicht sein, sie hatte seine Gefühle in seinen Augen gesehen, so etwas konnte man nicht vortäuschen.

Gott! Die Warterei machte sie noch Wahnsinnig!

Aber sie konnte auch nicht runter gehen und sich einmischen. Es war seine Entscheidung, seine Wahl.

Kurzentschlossen, griff sie sich einen Stift und schieb schnell eine Nachricht, bevor sie ihre Nebelgestalt annahm und durch den Fensterspalt nach draußen flitzte.

Auch wiederstand sie dem Drag am Wohnzimmerfenster zu lauschen.

Sie ließ sich treiben, konnte aber trotz aller Bemühungen nicht verhindern, dass ihre Gedanken in die Zukunft abdrifteten, in eine Zukunft ohne Kirian. Ihr wurde schlecht.

Es traf ihn eiskalt. Alles in ihm schien anzuhalten und stehen zu bleiben. Sein Blick schwenkte zu ihr und traf ihre Augen. Diese waren geweitet und starrten ihn an. Ihr sonst so helles Blau hatte sich verdunkelt und ihre Pupillen hatten sich stark geweitet.

Das alles realisierte er innerhalb von Sekunden und doch konnte er die Situation nicht greifen.

Alle um sie herum fingen gleich mit einer hitzigen Diskussion an, doch sie sagte nichts, erwiderte nur seinen Blick.

Kirian war mit der Situation überfordert. Was sollte das heißen, er hatte eine „neue" Verlobte?

Das konnte man doch nicht einfach so bestimmen beziehungsweise austauschen.

Dann sagte sie doch endlich etwas, aber das schockte ihn nur noch mehr.

Sie schien es gar nicht zu interessieren, sie wollte nicht um ihn kämpfen.

Etwas in ihm wurde kalt.

Kirian sah ihr nach, wie sie den Raum verließ. Nichts deutete darauf hin, dass es ihr schlecht ging, dass ihr diese ganze Situation überhaupt etwas ausmachte. Er ballte die Hände zu Fäusten.

„Siehst du? Ich habe dir doch gesagt, dass sie nur hinter deinem Geld her ist. Jetzt sieht sie ihre Felle davonschwimmen. Bestimmt heckt sie gerade einen Plan aus, wie sie den nächsten abziehen kann."

Seine Mutter lächelte Kim selbstzufrieden an.

Das war der letzte Tropfen, der das Fass zum Überlaufen brachte.

„Raus."

Er flüsterte das Wort nur, aber es schnitt durch den Raum, wie eine Klinge.

„Wie bitte?", fing seine Mutter gleich wieder an.

„Verschwindet!", brüllte er und wies zur Tür.

Alle zuckten zusammen und sein Vater tat gut daran, seine Mutter dazu zu bewegen, sich zu trollen. Nicole trottete hinter ihnen her, aber in ihren Augen sah er, dass ihr das Spektakel gefiel. Sie genoss es.

Kirian kochte.

„Hey, komm runter", murmelte sein Bruder und hielt Kim am Arm fest, damit sie nicht hinter Kayla her ging. Dabei schüttelte er kaum merklich, aber sichtlich traurig den Kopf.

Das verstand er nicht.

Die Worte seiner Mutter schwappten durch seinen Kopf.

„...nur wegen dem Geld hier..."

Ihm drehte sich der Magen um.

Um sich selbst zu beruhigen und nicht wutschnaubend nach oben zu rennen, schloss er die Augen und atmete tief durch.

Elian fläzte sich derweilen aufs Sofa, Kim stellte sich hinter hin.

„Das geht doch nicht", meinte sie und sah sorgenvoll nach oben zu Decke, wo Kayla jetzt eine Etage über ihnen in ihrem Zimmer war.

Er seufzte und zwang sich zur Ruhe, bevor er sich in einen Sessel fallen ließ.

Dort brütete er schweigend vor sich hin.

„Kirian", seufzte sein Bruder gequält und schielte zu ihm hinüber.

„Du ziehst schon wieder die völlig falschen Schlüsse."

Seufzend setzte er sich auf und verschränkte die Beine im Schneidersitz.

„Ihr macht es sehr wohl etwas aus, aber sie überlässt dir die Wahl, verstehst du mich?"

Kim war überraschend still und schien in ihren eigenen Gedanken versunken zu sein.

„Hey, hörst du mir zu?"

Elian warf ein Kissen nach ihm.

„Ja, ja, ich höre", murrte er, das Kissen mit der Hand abwehrend.

„Ich sehe mal nach ihr", meinte Kim dann und stapfte die Treppe hoch.

Wenige Sekunden später kam sie mit einem Zettel in der Hand wieder.

„Sie ist weg."

Das ließ ihn hochfahren und nach dem Zettel greifen. Er riss ihn Kim praktisch aus der Hand.

„Ich bin spazieren, macht euch keine Sorgen", stand auf dem Zettel. Wütend zerknüllte er ihn in der Faust.

Sie scherte sich einen feuchten Dreck um ihre Beziehung, ansonsten wäre sie hier geblieben!

„Kirian", sagte sein Bruder warnend, als er zur Garderobe stapfte und sich seine Jacke schnappte.

„Ich bin draußen", knurrte er und schlug die Tür auch schon hinter sich zu.

Draußen stieg er in seinen Wagen und gab Gas. Er musste sich abreagieren. Dabei kam er an dem Park am Stadtrand vorbei. Ab hier konnte man richtig Gas geben.

Er sah das Mädchen im Park nicht, das auf einer Bank saß, die Beine dicht an den Körper gezogen und auf den Teich starrte, auf dem Enten schwammen.

Kayla fühlte sich zerrissen und leer.

Endlich hatte sich mal jemand für sie interessiert, sich Sorgen um sie gemacht. Und jetzt war alles kaputt, zerstört. Wenn es da jemals etwas gegeben hatte.

Sie war sich nicht mehr sicher und das machte sie noch trauriger.

Als sie sich schließlich dazu aufraffte, wieder nach Hause zu gehen, stand in der Einfahrt kein Auto mehr.

Er war weg.

War er zu ihr gegangen, planten sie schon ihren Auszug? Ihr wurde schlecht.

Ein verräterisches Brennen stahl sich in ihre Augen, doch sie blinzelte es weg. Entschlossen, mit ihm zu reden, wenn er wieder kam, setzte sie sich im Wohnzimmer auf das Sofa und wartete.

Kirian liebte die Geschwindigkeit, aber fast wäre er in einen Laster gefahren, als er nicht aufgepasst hatte. Deshalb stellte er den Wagen am Straßenrand ab und wurde zu Rauch. In der Form raste er durch den Himmel und verlor sich in der Geschwindigkeit.

Als sein Hirn sich wieder einschaltete, schwebte er gerade an einem Park vorbei. Mit wild pochendem Herzen landete er vor einem Teich.

Vereinzelnd schwammen Enten darauf, sogar eine Mutter mit ihren kleinen Küken war dabei. Er sah den kleinen dabei zu, wie sie ihrer Mutter folgten und lächelte traurig. Sie hatten es gut, nichts zu befürchten und eine Person, die sie liebte und von denen sie wussten, dass diese Liebe echt war.

Er ließ sich auf den Hintern fallen und starrte in das leicht grünliche Wasser. Der Rasen war etwas feucht, aber nicht hier. Er dachte nach. Vielleicht hatte hier jemand vor kurzem erst gesessen.

Der Stand der Sonne zeigte ihm, dass es schon spät geworden war also schwebte er wieder zurück zu seinem Auto und fuhr in der vorgeschriebenen Geschwindigkeit zurück.

Dort klingelte das Telefon gerade in dem Moment, in dem er die Tür aufschloss. Ein Blick auf die Anzeige, zeigte ihm, dass es seine Mutter war.

Kirian hatte keine Lust sich mit ihr auseinander zu setzten. Kurzerhand zog er den Stecker des Telefons. Das nervtötende Klingeln erstarb sofort.

Er schloss die Augen und genoss die Ruhe. Es war dunkel geworden aber nirgends brannte Licht. War sie noch nicht zurück?

Vielleicht schlief sie auch einfach bei sich, die Möglichkeit hatte sie ja jetzt.

In ihm stieg ein Gefühl auf, das er nicht kannte. Doch das zweite erkannte er sehr wohl. Wut.

Vielleicht würde Fernsehen ihn etwas ablenken.

Er stiefelte ins Wohnzimmer und machte das Licht an. Da hörte er ein Geräusch von dem Sofa aus. Überrascht trat er näher und sah über die Lehne. Dort lag Kayla, die Beine ausgestreckt und schlief.

Ihre Haare hatten sich um ihren Kopf ausgebreitete und sahen aus, wie ein rotes Kissen. Ihre Gesichtszüge waren entspannt. Sofort schwappte die Wut wieder dorthin, wo sie hergekommen war und seine Anspannung löste sich.

Kirian holte ihr eine Decke und zog sie ihr bis zum Kinn. Es war nicht sehr warm hier drinnen. Das Licht dimmte er, bevor er den Fernseher sehr leise einstellte und versuchte sich abzulenken. Doch sein Blick flog immer wieder zu ihr.

Kapitel 23

Verstockt stocherte Kayla in ihrem Essen herum. Heute Morgen war sie sehr früh aufgewacht und hatte eine unbekannte Stimme gehört. Natürlich hatte sie sofort an Nicole gedacht, aber es war eine männliche Stimme gewesen.

Als ihr dann aufgegangen war, dass es nie etwas Gutes war, wenn eine fremde männliche Stimme in ihrem Zimmer war, war sie aufgeschreckt und hatte in das Gesicht des Fernsehreporters der Nachrichten gesehen.

Nach diesem Schock so früh am Morgen, war sie vollkommen wach gewesen und war aufgestanden. Dabei war ihr erst aufgefallen, dass Kirian ihr die Decke übergelegt hatte, als sie ebendiese zusammenlegte. Suchend war ihr Blick durchs Wohnzimmer geglitten und tatsächlich auf ihm hängen geblieben. Er saß in seinem Lieblingssessel und schlief.

Jetzt saßen sie zusammen am Frühstückstisch und schwiegen sich an. Es war wieder wie am Anfang, nur noch viel schlimmer. Er hatte sich hinter seiner Zeitung vergraben und schottete sich ab, schloss sie aus. Also hatte er seine Entscheidung getroffen.

Ihr Herz war wieder taub geworden, wie alles in ihr. Taub und leer.

„Ich bin oben", murmelte sie und ging. Er sah nicht mal auf oder senkte seine Zeitung. Ein Stich fuhr ihr durch die Brust. Dann wurde es wohl Zeit, die Koffer zu packen. Sie überlegte in ihrem Arbeitszimmer anzufangen. Seufzend packte sie alle Farben mechanisch in Kisten und riss die Nägel aus der Wand. Sie dachte nichts und fühlte nichts. Sie war leer.

Nach einer Weile bekam sie Durst und ging in die Küche. Dort traf sie auf Kirian. Sofort war die Taubheit wieder da.

„Hi", murmelte sie und holte sich ein Glas aus dem Schrank. Dieses Mal sah er auf und ein Ausdruck lag in seinen Augen, der die Taubheit aufrüttelte.

„Hi."

Seine Stimme klang tonlos, emotionslos.

Kayla drehte ihm den Rücken zu und ließ ihn nicht sehen, dass seine Kälte sie traf.

„Ich muss noch mal ins Büro, es wird wahrscheinlich spät werden", meinte er dann.

Sie erstarrte.

Oh, ja. Sie war ihm egal, vollkommen.

Kayla nickte und starrte in ihr Glas.

„Ok."

Sie spürte, wie er die Hand ausstrecken wollte um sie zu sich umzudrehen und schloss die Augen.

Sie wartete und betete.

Doch er zog die Hand wieder weg.

Sie blieb, wo sie war, bis er gegangen war und die Tür leise hinter sich geschlossen hatte.

Dann kamen die Tränen und sie wusste, dass es endgültig vorbei war.

Um sich von all dem Scheiß in ihrem Leben abzulenken, ging sie in den Baumarkt um Fußleisten zu kaufen, nachdem sie ihr Arbeitszimmer komplett ausgeräumt hatte.

Kims Anrufe und SMS ignorierte sie und schaltete ihr Handy sogar ganz aus. Sie brauchte jetzt Ruhe.

Bei sich zu Hause angekommen, rückte sie alle Möbel knapp einen Meter von der Wand weg und brachte die Fußleisten an. Zwischendurch klingelte es einmal an der Tür. Kayla wusste sofort, dass es Kim war, aber sie wollte nicht mit ihr reden und wartete einfach, bis sie gegangen war.

Sie wusste, dass sie gemein und unfair zu ihr war, aber sie ertrug es gerade einfach nicht mit anderen zusammen zu sein. Es würde nur die Erinnerungen hoch bringen und dafür war sie nicht bereit.

Es war ihr schon schwer genug gefallen ihre Gefühle und ihr taubes Herz in einen eisernen Panzer zu packen. Jetzt brauchte sie ihre ganze Energie, um diesen aufrecht zu erhalten.

Gegen Abend schlug sie den letzten Nagel in die Leiste und ging wieder zurück. Zu Hause konnte sie diesen Ort nicht mehr nennen, so viel war klar.

Dort angekommen, sah sie sich dem Auto seiner Eltern gegenüber. Sie wusste jetzt schon, wer noch da war.

Er hatte ziemlich schnell mit ihr abgeschlossen, stellte sie kühl fest.

Genau diese Kälte half ihr, den Schlüssel von ihrem Bund abzumachen und nach ihrem Eintreten auf die Kommode vor der Tür zu legen.

Es würde nichts helfen sich an etwas zu klammern, was nicht mehr war. Das hatte sie in den Jahren mit ihren Eltern sehr schnell gelernt.

Zu ihrem Glück empfing sie auch noch Nicole, die gerade aus der Küche kam.

„Oh, auch schon da?"

Ein gehässiges Grinsen breitete sich auf ihrem Gesicht aus.

„Wie du vielleicht erraten kannst, hat er mich gewählt, was ja auch nicht anders zu erwarten war, der Mann hat halt Geschmack. Auf jeden Fall kannst du schon einmal deine Sachen packen", lächelte sie und hüpfte wieder zurück ins Wohnzimmer.

Ihr Panzer bekam Risse, doch sie flickte sie genauso schnell, wie sie kamen. Ihre Jacke hängte sie erst gar nicht an den Hacken. Sie hatte nicht vor hier zu bleiben.

Der Panzer vereiste und war das einzige, was sie noch aufrecht hielt, als sie ins Wohnzimmer trat und sie dicht neben ihm sitzen sah, ihre Hand auf seinem Oberschenkel.

Das Gespräch erstarb sofort und alle wandten sich ihr zu.

„Ach ja, die da ist auch wieder da", meinte Nicole dann. Ihre Hand drückte kurz Kirians Oberschenkel.

Kayla wurde schlecht.

„Ich habe den Schlüssel auf die Kommode gelegt", meinte sie nur und schaffte es nicht ihm in die Augen zu sehen.

„Das ist ja wohl das Mindeste", spie ihr seine Mutter entgegen.

„Nicht wahr?", murmelte sie und flüchtete aus dem Raum. Ihre Augen brannten. In ihrem Zimmer, das gar nicht mehr ihres war, riss sie den größten Koffer, den sie hatte aus dem Schrank und schmiss alles rein, was reinpasste. Ihre Sporttasche stopfte sie mit ihren Malsachen voll. Das Bad leerte sie komplett von ihren Sachen. Mit den beiden Taschen und ihrem großen Zeichenblock unter dem Arm, kam sie wieder die Treppe hinunter. Dort legte sie die Karte zu dem Schlüssel und öffnete die Tür. Da hörte sie eine Bewegung hinter sich.

„Kayla."

Seine Stimme war nur ein Flüstern. Sie schluckte schwer und dreht sich um.

Die Kälte kroch wieder in sie, als sie Nicole hinter ihm stehen sah.

„Soll ich dich fahren?"

Fast hätte sie gelacht.

„Nein. Ich komme morgen und holte den Rest."

Mit diesen Worten ging sie, konnte aber nicht verhindern, dass sie ihm noch einmal in die Augen sah. Dabei legte sie all die Kälte in ihrem Inneren in ihren Blick. Er zuckte zusammen.

Sie drehte sich um und lächelte. Dann ging sie.

Zu Hause angekommen, schmiss sie alles vor die Tür und sank an der Wand hinunter.

Er hatte sie belogen, alles nur gespielt.

Ihr Herz zersplitterte, doch der Panzer hielt es zusammen, irgendwie.

Es klingelte. Kim rief von draußen nach ihr.

Ohne wirklich darüber nach zu denken, öffnete sie vom Boden aus die Tür, immer noch zusammengerollt an der Wand sitzend.

„Kayla!"

Kim klang schon fast panisch. Sie hörte auch Elian etwas murmeln.

„Was machst du nur?", fragte Kim leise und nahm sie in den Arm. Das brachte alles zum Brechen, ihr Panzer und die Kälte in ihr.

Sie heulte los, wie ein kleines Kind und konnte gar nicht mehr aufhören.

„Ich bring mal deine Sachen hoch", murmelte Elian leise und ließ sie beide auf dem Boden sitzen.

„Alles wird wieder gut", versuchte Kim sie zu beruhigen, aber Kayla wusste, dass es das nicht werden würde. Tief in ihrem Inneren wusste sie es.

Diese Nacht schlief Kim bei ihr. Doch sie konnte trotzdem nicht schlafen. Immer wieder träumte sie. Von ihm.

Erst am Morgen döste sie richtig weg und wachte erst gegen Mittag wieder auf. Kim war schon weg, doch sie hörte jemanden in der Küche hantieren.

Seufzend stand sie auf und zog sich einen Bademantel über, bevor sie nach unten ging.

Darüber war sie auch froh, als sie sah, wer da an ihrem Herd stand.

Elian grinste sie an.

„Guten Morgen, oder Mittag, ganz wie du willst. Spiegelei?" Sprachlos starrte sie ihn an. Er trug eine pinke Rüschenschürze und hielt einen Pfannenwender in der Hand. Sie lachte.

Und überraschte nicht nur sich damit.

„Das nehme ich jetzt einfach mal als ja", meinte er und stellte einen reichlich gefüllten Teller vor sie hin.

„Wenigstens isst du", meinte da Kim, die gerade hereinkam. Ja, sie hatte ihren Panzer wieder aufgebaut und dieses Mal war er stärker, stabiler. Er würde halten, ganz bestimmt.

Die beiden beobachteten jeden Bissen, den sie sich in den Mund schob mit Adleraugen.

„Leute, mir geht es gut", meinte sie nach einer Weile genervt. Und es stimmte.

Die beiden sahen sich zweifelnd an.

„Ehrlich."

Sie glaubten ihr nicht.

„Wie dem auch sei, helft ihr mir, meine Sachen rüber zu holen? Alleine dauert das eine Ewigkeit."

Stille, dann riss sich Kim zusammen.

„Klar."

Sie lächelte.

„Danke!"

Doch bevor sie aufbrechen konnten, zog Kayla sich noch schnell um. Als sie wieder in die Küche gehen wollte, hörte sie das Gespräch der beiden und blieb stehen.

„Wäre er nicht mein Bruder, hätte ich ihm schon längst Vernunft eingeprügelt!", sagte Elian gerade.

Kim seufzte.

„Ich glaube zwar nicht, dass das war bringt, aber ich hätte auch nicht übel Lust es auszuprobieren. Ich meine, was denkt der sich denn?"

Elian schnaubte.

„Nicht viel, so viel steht schon einmal fest."

Kim lachte kalt.

„Da hast du Recht. Ich meine die beiden waren so glücklich miteinander. Sie liebt ihn wirklich. Und der Esel lässt sich von dieser blöden Kuh, die sich seine Mutter nennt vorschreiben, wen er liebt und wen nicht, das ist jawohl das letzte!"

Elian lachte.

„Die Kuh, die sich seine Mutter nennt, das muss ich mir merken. Aber jetzt komm mal runter. Es hilft nichts, wenn wir uns aufregen. Die beiden müssen das unter sich klären."

„Aber sie leidet! Du hast sie doch gestern gesehen."

Elian seufzte gequält.

„Ich weiß, aber wir können nichts machen. Es ist seine Entscheidung."

„Diese miese, kleine...."

Kayla beschloss, dass es Zeit war, sie zu unterbrechen und trat in die Küche.

„Seid ihr fertig?", erkundigte sie sich mit einem strahlenden Lächeln.

Die beiden erstarrten.

„Klar", meinte Kim.

Kayla spürte den prüfenden Blick Elians genau, aber ihr Lächeln verlor nicht an Strahlkraft.

„Sehr gut, dann mal los."

Kirian starrte den Schlüssel und die Karte an, schon seit Stunden. Dabei störte ihn das Gerumpel von Nicole, nebenan kein bisschen. Sie war gerade dabei ihr Zimmer, nein Kaylas Zimmer umzuräumen.

Kayla.

Sie hasste ihn. Das hatte er gestern Abend in ihren Augen gesehen. Diese waren so kalt und wütend gewesen. Sie konnte ihn nur hassen, ansonsten sah man niemanden so an.

Und er hatte es verdient.

Ein besonders lautes Poltern, riss ihn dann doch aus seinen Gedanken. Hatte sie es fertig gebracht sich von einem Schrank erschlagen zu lassen oder was?

Missmutig stand er auf und ging zu ihrer Tür. Die Hand schon zum Klopfen erhoben, als sie von innen aufgerissen wurde.

Nicole knallte fast mit ihm zusammen, doch er trat einen Schritt zurück. Kurz vor ihm blieb sie stehen.

„Oh, wolltest du zu mir?"

Sie lächelte lasziv und legte ein Schnurren in ihre Stimme. Als ob er so etwas mögen würde!

„Ja, ich muss noch mal weg", erfand er einfach Irgendetwas.

Ihr schien es gut zu gehen, also konnte er unbesorgt gehen.

„Ach so", meinte sie gelassen.

Er nickte und machte sich auf den Weg. Er ging zu Fuß, weil er sich nicht in der Lage sah zu fahren, ohne zu rasen oder sonst irgendwie gefährlich für die anderen Autofahrer zu werden.

Ihre Karte hielt er dabei fest umklammert. Zielstrebig ging er zu ihrem Haus. Er wollte klopfen, doch er zögerte, als ihm ihr Blick wieder einfiel. Fluchend kramte er seinen kleinen Notizblock aus seiner Hosentasche und einen Stift. Darauf schrieb er etwas, rollte die Karte darin ein und warf sie in den Briefkasten, dann ging er. Vielleicht würde ein Bad im kalten Bach, im Wald ganz gut tun. Abkühlen würde es ihn alle mal.

Kaylas Entschluss Kirian hinter sich zu lassen, wurde schon gleich bei ihrer Ankunft auf eine harte Probe gestellt, denn Nicole öffnete ihnen die Tür.
„Hallo, ich bin da, um meine Sachen zu holen", sagte sie und brachte es fertig, irgendwie zu lächeln.
Nicole stattdessen schaltete ihres bei ihrem Anblick sofort ab.
„Von mir aus", schnauzte sie und ließ sie einfach stehen.
„Die Nettigkeit in Person", konnte sich Kim den Kommentar nicht verkneifen.
Kayla ignorierte beide und trat ein.
„Ich bin gerade am Umräumen, dein Zeug hab ich in die Kisten da getan, bedien dich", meinte Nicole, bevor sie ihn ihrem Zimmer verschwand.
Unter hineingetan, verstand sie wohl eher reingeworfen.
In den Kisten lag alles kreuz und quer verteilt, zum Glück hatte lediglich eine CD-Hülle einen Riss. Ansonsten schien alles heil geblieben zu sein. Ihre Leinwände standen sogar ordentlich an der Wand, hinter den Kisten.
„Das ist jawohl das aller letzte!", tobte Kim los.
Doch sie schüttelte nur den Kopf und hob die erste Kiste auf.
„So sind wir wenigstens früher fertig."
Kim fiel die Kinnlade runter. Elian schob sie mit sich, damit sie nichts mehr sagte und so verluden sie ihre restlichen Sachen im Kofferraum seines Wagens, der zum Glück sehr groß war.
Er und Kim verluden gerade die letzten Leinwände, als Nicole noch einmal auftauchte. Kayla ignorierte sie einfach und hob die letzte Kiste hoch.

„Hat er dir überhaupt einen Ring geschenkt? Ich meine, ich sehe keinen an deiner Hand", sagte sie gerade, als sie gehen wollte. Nicole lehnte lässig an der Wand und hatte die Arme so verschränkt, dass man ihren Ring gar nicht übersehen konnte. Was auch schwer gewesen wäre, denn er war gigantisch. Und für ihren Geschmack viel zu protzig. Für Kirians bestimmt auch aber woher sollte sie das schon wissen?

„Nein", antwortete sie schlicht.

Nicole lachte, Kayla ging.

Das hätte ihr schon früher auffallen müssen. Zu einer Verlobung gehörte ein Ring, das war doch klar.

Sie seufzte. Wie hatte sie nur so blind und naiv sein können?

Na ja, Liebe machte halt wirklich doof und blind.

Sie erstarrte bei dem Wort Liebe.

Wie kam sie denn jetzt darauf?

Aber sie wollte gar nicht weiter darüber nachdenken.

Schnell stopfte sie die letzte Kiste in den Kofferraum und war sich den prüfenden Blicken der beiden anderen wohl bewusst. Gerade, als sie alle eingestiegen waren und losfahren wollten, bog Kirian um die Ecke, in die Einfahrt. Er hatte die Hände in die Taschen geschoben und stiefelte gedankenverloren auf sie zu. Dann hob er den Kopf und traf mit traumwandlerischer Sicherheit ihren Blick. Sie erstarrte ebenso, wie er.

Elian zögerte und war sich allem Anschein nach nicht sicher, ob er los fahren sollte.

„Fahr", sagte sie mit kratziger Stimme, konnte den Blick aber nicht von seinen Augen lösen. Auch er sah sie an, ohne zu blinzeln. Erst als Elian anfuhr und sie davonrollten, wandte sie sich ab.

Es war vorbei, endgültig.

Kapitel 24

Der folgende Montag war wie immer. Nur ihr Klassenlehrer gratulierte ihr nachträglich und machte einen Witz, dass sie ja jetzt kommen konnte, wie sie wollte. Sie lachte wie die anderen darüber.

In der Mittagspause redete sie mit Kim über alles Mögliche und lästerte über ihre Lehrer.

Alles war wie immer, wie damals, bevor Kirian in ihr Leben getreten war.

„Und morgen Kino?"

Kim lachte.

„Mir war so klar, dass du das vorschlägst, spätestens seit ich den Trailer zu dem neuen Film mit Matt Damon gesehen habe", lachte diese.

Kayla stieß sie lachend an.

„Was denn? Ich mag ihn."

„Klar", lachte Kim immer noch.

Sie hatte aufgehört sie jedes Mal schief anzusehen, wenn sie lachte. Darüber war Kayla sehr erleichtert, denn es half ihr enorm ihre Maske aufrecht zu erhalten.

Kirian wälzte sich aus dem Bett noch bevor der Wecker klingelte. Es war Montag. Er hasste Montage.

Seufzend ging er unter die Dusche und stellte das Wasser auf kalt, damit er wach wurde.

Dann zog er sich an, stellte die Kaffeemaschine an und machte sich, während diese durchlief, auf den Weg um Kayla zu wecken.

Mitten in der Bewegung hielt er inne.

Kayla.

Sie war nicht mehr da. Seine Schultern sackten nach vorne.

Sie war nicht mehr da und hasste ihn.

Seufzend ging er trotzdem nach oben, bog aber in ihr Arbeitszimmer ab. Dort hatte sich alles wieder genauso verändert, wie es vor ihrem Einzug war. Ein Schreibtisch, Regale, ein Teppich und eine Kommode. Sogar die Decke hatte sie neu gestrichen.

Ein Stich fuhr durch seine Brust.

Aber er musste sie vergessen, so wie sie es mit ihm getan hatte.

Gerade wollte er das Zimmer wieder verlassen, als er ein Bild in der Ecke stehen sah. Anscheinend hatte sie es in der Hast, von ihm loszukommen, vergessen.

Neugierig zog er es hinter dem Schrank hervor und erstarrte.

Es war ein ziemlich dunkles Bild. Aber ein heller Blitz zog sich mitten hindurch. Er wusste sofort und auf Anhieb, was es darstellte.

Liebe.

Ihre Liebe. Zu ihm.

Ihm wurde schlecht. Sie liebte ihn!

Und er Esel hatte alles kaputt gemacht!

Hatte gedacht, dass sie ihn hassen würde!

Er war ja so blöd.

Jetzt verstand er auch ihren Blick.

Sie hatte ihn wirklich geliebt und er hatte sich für Nicole entschieden. Für sie war das ein Schlag ins Gesicht gewesen.

Er fuhr sich mit den Händen durch die Haare.

Er war so blöd, so gottverdammt dämlich gewesen. Doch jetzt war es zu spät, das hatte ihr Blick klar gemacht. Sie hasste ihn. Zu Recht.

Es klingelte. Kirian reagierte nicht und dachte angestrengt darüber nach, wie er es wieder gut machen konnte, wenn er das überhaupt jemals schaffen würde.

Es klingelte erneut, mehrfach hintereinander. Er seufzte.

Dann hämmerte jemand an die Tür und er hörte die Stimme seines Bruders.

„Kirian Cajus Alucar, mach sofort die Tür auf, oder ich mach das!", schrie er ihn an.

Das riss ihn aus seiner Lethargie.

Warum war er so aufgebracht? In der Regel war sein Bruder der ruhigere und weniger aufbrausende von ihnen beiden.

Kirian hatte gerade mal die Türklinke hinuntergedrückt, als Elian die Tür auch schon aufdrückte und sich hineindrängte.

„Was ist denn los?"

Elian starrte ihn an, als wäre ihm ein zweiter Kopf gewachsen.

„Was los ist, willst du wissen?", knurrte sein Bruder.

Gott, was hatte er getan? Seinen Hund angefahren?

„Hast du dieser blöden Kuh von einer Zicke diesen Ring gekauft? Weißt du eigentlich, was du Kayla damit antust? Bist du völlig verrückt geworden? Ich schwöre, bei Gott, wärst du nicht mein Bruder, dann…"

Ring? Was für ein Ring?

Elian schien seine verblüffte Miene gesehen zu haben und sie auch richtig gedeutet zu haben, denn er hielt mitten in seiner Standpauke inne und starrte ihn wütend an.

„Welcher Ring?", erkundigte sich Kirian vorsichtig und machte einen Schritt zurück.

Sein Bruder neigte zwar nicht zu Gewaltausbrüchen, aber in seiner Stimmung war alles möglich.

„Den Ring, den deine „VERLOBTE" an ihrem beschissenen Finger trägt. Den Ring, den sie Kayla schön unter die Nase gerieben hat!"

Er kam immer noch nicht mit.

„Ich versteh es nicht, welcher Ring? Ich habe keinen Ring gekauft."

Elian sackte sofort etwas erleichtert zusammen, als er das hörte.

„Wenigstens kannst du das richtig machen", murrte er, war aber schon viel ruhiger, als vor ein paar Sekunden.

Elian erklärte ihm die Situation und Kirian wurde schlecht. Was dachte sich Nicole nur dabei? Wahrscheinlich hatte der Ring ein Vermögen gekostet.

Und wie kam sie bitte auf den Gedanken, dass er ihr so etwas kaufen würde?

„Sie liebt dich, ich hoffe, das hast du mittlerweile in deinen luftgefüllten Kopf bekommen", raunzte Elian nach seiner Erklärung an.

„Kayla spielt zwar allen die heile Welt vor, aber wenn man genau hinsieht, weiß man es. Sie leidet."

Wegen ihm.

Er musste es nicht erst sagen, damit er das verstand. Er hatte alles kaputt gemacht. Seine Beziehung zu Kayla, alles. Die erste Beziehung, die nicht auf der Basis des Geldes stand. Die erste Frau, die ihn so genommen hatte, wie er war, die nicht nur auf sein Geld aus war, die ihn wirklich liebte.

„Scheiße!"

Verzweifelt schloss er die Augen und stützte den Kopf in die Hände.

„Das kannst du laut sagen", meinte sein Bruder und er hatte Recht.

Der Film war echt toll gewesen und hatte sie sogar so weit abgelenkt, dass sie richtig lachen konnte. Nicht, weil man es von ihr erwartete, sondern weil sie es wirklich wollte.

Jetzt saß sie zu Hause und sah die Post durch.

Es war die gesamte Post der letzten Woche. Sie hatte einfach keine Kraft dafür gehabt, aber jetzt raffte sie sich dazu auf.

Das meiste war Werbung und flog sofort in den Müll.

Auch der Rest war nicht von bedeutender Wichtigkeit, nur ein Schreiben von der Bank, das etwas mit ihrem Geburtstag zu tun hatte oder so, sie würde sich später darum kümmern.

Gerade wollte sie alles weg räumen, als ihr ein kleiner, zusammengefalteter Zettel ins Auge fiel.

Es schien ein Notizblockblatt zu sein.

Neugierig geworden, entfaltete sie es und bereute es sofort.

Eine Karte fiel in ihren Schoß und sie wusste auch schon gleich, wessen Handschrift sie auf dem Blatt vorfinden würde.

Kirian.

Er hatte nur zwei Wörter auf das Blatt geschrieben, aber es reichte schon, um ihr die Tränen in die Augen zu treiben. Verdammt! Seit wann brauchte sie Männer um glücklich zu sein? Seit wann hatte sie sich so an ihn gewöhnt? Seinen Geruch, seine Stimme.

Ihr Panzer bröckelte.

Es hieß ja die Trauerbewältigung lief in fünf Phasen ab. Die erste war die, in der man es nicht wahrhaben wollte, die hatte sie übersprungen, denn es war offensichtlich. Die zweite war die Wut, die hatte sie hinter sich gelassen. Die dritte und die, in der sie sich gerade befand, war die, in der man sich wieder Hoffnungen machte. Danach wurde man depressiv und um ehrlich zu sein, war sie davon auch nicht mehr weit entfernt. Die fünfte und letzte Phase war die, in der man es akzeptierte. Kayla wünschte sich sehnlichst, dass sie diese Phase schon erreicht hätte. Das warf sie wieder in die dritte, die Wut zurück. Wütend schloss die Hand um die Karte zur Faust. Wild entschlossen, nahm sie einen Stift und schrieb ein Wort zu seinem Text, dann stand sie auf und stürmte nach draußen. Nachdem sie die Karte in sei en Briefkasten geworfen hatte, fühlte sie sich wieder leer und war mitten in der vierten Phase.

Ihr Leben war einfach Scheiße.

Diesen Morgen wusste er, dass er nicht in den ersten Stock gehen musste, um Kayla zu wecken. Aber die Tatsache, dass er es wusste, machte es nicht besser oder weniger schlimm. Mürrisch schlurfte er zum Briefkasten. Dort fiel ihm ein kariertes Blatt entgegen. Er erkannte es sofort.

Sie gab ihm die Karte zurück.

Er fühlte nichts. Irgendwie war alles surreal geworden. Doch eins wusste er, er musste um sie kämpfen, sich ihr erklären. Und vor allen Dingen musste er sich entschuldigen, dringend. Als er den Zettel entfaltete, sprang ihn seine eigene Schrift an, nur ein Wort war hinzugefügt worden. Eine kalte Hand schloss sich um sein Herz.

Das Blatt segelte aus seinen tauben Händen.
Er hatte es sowas von verbockt.

Behalte sie! Selbst!!!

Kapitel 25

Kim sah sie mürrisch an.

„Warum denn nicht?"

Sie seufzte.

„Weil mir nicht danach ist."

Sie setzte sich neben sie, stützte eine Hand auf den Arm und sah ihr dabei zu, wie sie in der Küche einen Salat machte.

„Aber wir haben alle Arbeiten für diesen Monat geschrieben, komm schon!"

Kayla seufzte. Es stimmte schon, sie hatten alle Arbeiten geschrieben, auch wenn ihr wegen der PoWi-Arbeit immer noch schlecht wurde.

Nicht, dass sie nichts gewusst hatte, ganz im Gegenteil. Aber sie hatte sich daran erinnert, wie er ihr dabei geholfen hatte dieses Thema zu lernen. Und das hatte die Fassung gekostet. Sie hatte so mit den Tränen ringen müssen, dass sie sich kaum auf die Fragen hatte konzentrieren können.

„Die Karten laufen sonst noch ab", probierte Kim es weiter und klaute ihr ein Gurkenstück vom Teller.

„Oh Gott, von mir aus."

Eigentlich war es ja auch gar keine schlechte Idee. Sich mal am Wochenende in einem Wellnesshotel auszuruhen, sich so richtig durchmassieren lassen und einfach nur gammeln.

„Super!", freute sich Kim und erstickte fast an ihrer Gurke.

„Dazu musst du aber noch diese Woche überleben", lachte Kayla und klopfte ihr auf den Rücken. Es war Sonntag und jetzt schon fast zwei Wochen her seit sie bei ihm ausgezogen war. Es half, seinen Namen nicht zu sagen.

So bewahrte sie eine gewisse Distanz.

Es war doch leichter, als erwartete, wenn man ihren Rückfall in der Arbeit wegließ. Sie musste einfach alle Orte meiden, an denen sie mit ihm gewesen waren und wer weiß, vielleicht würde es in einigen Wochen nicht mehr so wehtun.

„Dann müssen wir packen und alles vorbereiten", war Kim schon eifrig an der Planung. Ja, es half auch, dass sie sie nicht mehr wie eine schwerkranke, zerbrechliche Frau behandelte. Was sie jetzt wirklich brauchte, war Normalität.

Der Rest der Woche verlief genau so, normal. Die Arbeit bekamen sie nicht zurück, worüber sie heilfroh war, weil es nur einen Schatten auf das Wochenende geworfen hätte.

„Elian fährt uns heute Nachmittag hin und holt uns auch wieder ab, es ist ja nicht so weit weg", träumte Kim schon den ganzen Tag.

„Ich würde ja sagen, wir fangen mit einer Massage an und machen mit einer Maniküre weiter. Wie stehst du zur Pediküre? Ich finde sie ja etwas überflüssig, weil es eh keiner sieht, obwohl es wäre die richtige Jahreszeit, oder nicht?"

Kayla ließ Kim auf ihrer Wolke sieben und packte ihre Sachen ein. Die letzte Stunde war vorbei. Endlich. Sie hatte nichts gegen Mathe, sie mochte dieses Fach sogar ziemlich gerne, aber ihr Lehrer war heute extrem nervig gewesen.

Gemeinsam gingen sie zu ihren Spinden und Kayla stopfte das meiste aus ihrer Tasche da hinein. Sie hatte ausnahmsweise keine Hausaufgaben aufgeschoben, da sie ja am Wochenende etwas vorhatten.

Sie würden wahrscheinlich Sonntag erst sehr spät wieder kommen, deswegen konnte sie sich aufgeschobene Aufgaben auch gar nicht leisten.

„Ich kann mich nicht zwischen Korallenblau und Meerblau entscheiden", seufzte Kim.

„Vielleicht solltest du dir den Nagellack aussuchen, wenn wir da sind. Sie haben bestimmt auch noch andere."

Kim dachte kurz nach und wägte diese Möglichkeit ab.

„Stimmt, aber ich mag Meerblau", meinte sie schulterzuckend.

„Ich weiß", lachte Kayla. Fast ihr ganzer Kleiderschrank bestand aus dieser Farbe.

Lachend verließen sie das Schulgebäude. Ihr Blick glitt zum Tor. Davor stand Elians Geländewagen.

Dieser stieg gerade aus und lächelte Kim entgegen. Ein scharfer Stich fuhr ihr durch die Brust. Er lächelte genauso, wie sein Bruder.

Der Stich wurde noch schmerzhafter und zerriss sie fast, als sie sah, wer noch aus dem Wagen stieg.

Stolpernd blieb sie stehen und starrte in unendliches Braun. „Kirian", flüsterte sie.

Kim blieb ebenso abrupt stehen und sah sie besorgt an.

Sie schluckte und versuchte sich hinter ihrem Panzer zu verstecken, doch dieser barst.

Es war wieder wie am Anfang. All die Wochen waren vergessen, als sie in seine Augen sah.

Ihre Augen brannten.

„Scheiße", murmelte sie und wischte sich mit dem Ärmel über die Augen.

Der Ausdruck in seinen Augen wurde entschlossener und er kam über die Straße auf sie zu.

Kayla handelte instinktiv. Sie drückte Kim ihre Tasche in die Hand.

„Ich komme um drei", sagte sie, bevor sie ihre Energie hochzog und sich verwandelte. Wie eine Rakete schoss sie in den Himmel und stob davon. Er rief ihren Namen, sie wurde noch schneller.

Kirian sah sie an und spürte ihren Schmerz. Es riss an ihm. Dann verschwand sie und er wusste, wenn er sie jetzt gehen lassen würde, hätte er sie für immer verloren. Also tat er das einzig logische und folgte ihr. Sie hatte einen beträchtlichen Vorsprung ausgebaut und war schnell, doch er war älter, hatte mehr Erfahrung und war schneller. Schon nach wenigen Sekunden hatte er sie eingeholt und sauste neben ihr her. Sie sah ihn kurz an und drehte dann schnell den Kopf weg. Sie weinte. Sein Herz krampfte sich zusammen.

„Verschwinde!", forderte sie ihn heiser auf.

„Nein", erwiderte er ruhig und hielt sich an ihr fest. Er klinkte seine Macht in ihre und hielt sich fest.

„Lass los!"

Er wartete nicht, bis sie ihn beschimpfen konnte, sondern redete schnell auf sie ein.

„Ich habe Nicole keinen Ring gekauft, das war sie selbst."

Er spürte, wie sie zögerte und ihre Gegenwehr kurz stoppte.

Das war seine Chance.

„Glaub mir. Ich dachte, du würdest für mich nichts weiter empfinden. Ich dachte, du würdest mich hassen."

Sie hörte ihm zu, das war schon einmal gut.

Doch gerade, als er sich etwas entspannte, riss sie sich los.

Dieses Biest hatte nur darauf gewartete, dass er unachtsam wurde.

„Kayla!"

Sie raste davon und dieses Mal hatte er mehr Mühe, sie einzuholen und dran zu bleiben.

„Ich habe dein Bild gesehen", platzte er hinaus. Das ließ sie so abrupt stillhalten, dass er an ihr vorbeischoss. Doch sie blieb, wo sie war und verwandelte sich sogar wieder zurück.

„Welches Bild?", fragte sie, sobald er neben ihr gelandet war und sich ebenfalls wieder verwandelt hatte.

„Das dunkle, mit dem hellen Blitz."

Sie schien nachzudenken.

In ihrem Gesicht konnte er ablesen, dass sie überhaupt nicht wusste, was dieses Bild ausdrückte.

„Beschreib es", meint sie, sah ihm aber immer noch nicht in die Augen. Sie war angespannt, das konnte er sehen.

„Es ist kalt und dunkel, aber er Blitz erhält es und lässt es strahlen. Es drückt genau ein Gefühl aus, genau das Gefühl, das ich für dich empfinde, Kayla. Ich lie...."

Doch weiter kam er nicht, denn sie riss den Kopf nach oben und sah ihn an. Kurz bevor sie sich erneut verwandelte und davon schoss. Dieses Mal ließ er sie gehen. Denn er hatte es in ihren Augen gesehen. In ihren weit aufgerissenen, hellblauen Augen. Jetzt hatte sie verstanden, was das Bild ausdrückte. Und es hatte sie geschockt. Sie hatte es selbst nicht gewusst, wurde ihm klar. Sie hatte nicht gewusst, dass sie ihn liebte und war geflohen, als er ihr sagen wollte, dass er das Gefühl erwiderte.

Ein Lächeln stahl sich auf seine Lippen.

Das war gut.

Jetzt wusste sie, an wem sein Herz wirklich hing, was sie ihm bedeutete. Und sie war sich jetzt auch ihrer eigenen Gefühle im Klaren.

Er wusste nicht woher die Hoffnung kam, aber eins wusste er genau, sie würden das schaffen.

Sie würden auch diese Hürde überstehen.

Kayla schoss kreuz und quer in der Gegend umher und versuchte das eben geschehene zu verdauen. Doch das war leichter gesagt, als getan.

Kurz vor drei, landete sie vor ihrem Haus, wo schon Elian und Kim auf sie warteten. Keiner erwähnte den Vorfall von vorhin. Das Wochenende war trotz allem ein voller Erfolg. Die neue Umgebung und vor allem die Massagen ließen sie alles vergessen und sich gut fühlen.

Dem entsprechend war das Wochenende viel zu früh wieder vorbei und Elian stand vor dem Hotel.

Auf der Fahrt zurück nach Hause, redeten sie ununterbrochen von den tollen Sachen, die es dort gab und Elian konnte nur den Kopf schütteln, als sich Kim lautstark über die erlesenen Haarkuren ausließ, die es dort gab, die aber alle viel zu teuer waren.

„Ich kaufe dir eine zu Weihnachten, aber können wir jetzt bitte über etwas anderes reden, als Haare?", bat er nach einer Weile gequält und Kim war so gnädig das Thema zu wechseln.

Kayla betrachtete die beiden von ihrem Platz aus schweigend und verglich die beiden mit sich und Kirian.

Doch für sie war es endgültig vorbei. Die letzte Phase griff endlich.

Er hatte sie verraten. Es gab kein Zurück mehr.

Selbst wenn sie ihn wirklich lieben sollte und er sie auch.

Es war vorbei, kaputt.

Kayla träumte und sie kannte den Traum. Sie sah sich selbst, wie sie verschlafen über ihre Augen rieb, sie gähnte herzhaft, während sie in die Küche ging.

Mit der Hand wischte sie sich die Haare aus dem Gesicht und schlurfte am Wohnzimmer vorbei. Abrupt hielt sie inne und war hellwach.

Kirian saß da in einem Sessel und sah sie an. Es hatte ganz den Anschein, als hätte er auf sie gewartet.

Langsam tapste sie barfuß zu ihm.

„Guten Morgen", grüßte er lächelnd.

„Hi", meinte sie etwas verwirrt.

Was war mit ihm los? Er trug ein dunkles Hemd, das nicht ganz zugeknöpft war und eine Anzugshose. Warum saß er ihr und arbeitete nicht?

Ihr Blick flog wieder zurück zu seinen Augen. Diese sahen sie direkt an und analysierten jede einzelne Bewegung.

Er sagte nichts, sondern winkte sie mit einer Hand zu sich.

Misstrauisch trat sie näher.

Was hatte er vor?

Sein Lächeln vertiefte sich.

Er winkte sie noch näher. Irgendetwas stimmte hier nicht und zwar gewaltig.

Doch bevor sie näher darauf eingehen konnte, legte er ihr einen Arm um die Taille, kaum dass sie in seiner Reichweite war und zog sie auf seinen Schoß.

Dort fiel ihr Blick auf das dreieckige Stück Haut, das sein Hemd freigab.

Verlegen räusperte sie sich und wollte ihn zur Rede stellen, doch jedes weitere Wort erstarb in ihrer Kehle, als sie seinen feurigen Blick sah.

„Oh", hauchte sie nur.

„Weißt du noch am Fototag?", raunte er mit tiefer, rauchiger Stimme.

Ihr lief ein kalter Schauer den Rücken runter, gleichzeitig wurde ihr aber unglaublich warm.

Er wartete nicht auf eine Antwort, sondern kam mit seinem Gesicht nahe zu ihr heran und sah ihr fest in die Augen.

Der Griff um ihre Taille wurde fester und er zog sie näher zu sich.

„Weißt du, was ich da am liebsten mit dir gemacht hätte?", wisperte er an ihrem Ohr.

Sie erschauerte und schloss die Augen.

Sein Atem kitzelte ihren Hals.

„Was?", hauchte sie nur.

Als er sich wieder bewegte, öffnete sie die Augen wieder und ertrank in unendlichem Braun.

„Das", murmelte er kurz bevor er seine Lippen federleicht auf ihre legte.

Sie erstarrte.

Jetzt fing der Traum an anders zu werden. Kirian zog sie eng an seine Brust und sie legte den Kopf auf seine Schulter. Er war wunderbar warm.

„Kayla?"

Sie war auf einmal so müde, dabei schlief sie gerade und träumte.

„Ja?", murmelte sie und schloss die Augen. Er senkte den Kopf und legte die Lippen an ihr Ohr.

„Ich liebe dich", flüsterte er.

Sofort riss sie die Augen auf.

Sie starrte an die Decke ihres neuen Himmelbettes. Ihr Herz raste, ihr Atem ging keuchend.

„Verdammt!"

Mit den Träumen, wo er sie von sich stieß, konnte sie umgehen, aber damit nicht.

Sie zitterte und strich sich die schweißnassen Haare aus dem Gesicht.

Das musste aufhören!

Als sie sich soweit wieder erholt hatte, schlurfte sie ins Bade-
zimmer und griff in den Schrank über dem Waschbecken. Dort
fischte sie eine kleine Packung heraus.

Das würde helfen, bestimmt.

Kapitel 26

Kirian saß an seinem Computer und ging gerade die Kurse der letzten Wochen durch, als sein Handy klingelte.

Er stutze, es war Kim.

„Hallo?"

Woher hatte sie seine Nummer? Wahrscheinlich hatte sein Bruder sie ihr gegeben, aber was für einen Grund konnte sie haben, um ihn anzurufen?

Spontan fiel ihm nur eine Person ein, die sie so aufbringen könnte und wegen der sie ihn benachrichtigen würde.

Sofort war er angespannte und zu allem bereit.

„Ich bin´s", grüßte sie.

Sofort sackte er entspannt in seinem Stuhl zurück. Er kannte Kim nun schon lang genug, um zu wissen, dass wenn wirklich etwas im Argen wäre, sie sich nicht erst mit einer Begrüßung aufgehalten hätte.

„Was ist los?"

Sie kam gleich zum Punkt.

„Elian hat mir erzählt, dass du ihr den Ring nicht gekauft hast, deswegen glaube ich, dass dir Kayla wenigstens noch ein bisschen am Herzen liegt."

Er war empört.

Warum dachten alle, dass ihm Kaylas Gefühle nicht interessierten? Ja, er hatte einen Fehler gemacht, aber sie war ihm trotz allem verdammt wichtig, Herrgott noch mal!

Kim ließ ihm aber keine Zeit, das zu erklären, denn sie redete schon weiter.

„Wie auch immer, ich will, dass du deine Nebelgestalt annimmst und dich in ihr Haus schleichst. Sie hat die Tür versperrt und reagiert auf keinen meiner Anrufe, SMS oder den Klingelansturm, den ich geleistet habe. Ich glaube sie hat sogar das Festnetzkabel ausgestöpselt."

Sie machte eine kurze Pause und ließ ihm so Zeit zum Nachdenken. Das alles klang überhaupt nicht wie Kayla. Ihr musste es wirklich beschissen gehen, wenn sie sich so abkapselt.

„Sie ist schon seit zwei Wochen so komisch, seit du in der Schule aufgetaucht bist."

Ein Stich raste durch seine Brust und hinterließ einen Schmerz, der nicht verging. Es war alles seine Schuld.

„Sie hat angefangen, sich immer mehr abzukapseln. Erst wurde sie immer wortkarger, dann hat sie überhaupt nicht mehr reagiert. Sie sieht aus, als hätte sie schon eine ganze Weile nicht mehr oder sehr schlecht geschlafen. Sie geht sogar seit letzter Woche nicht mehr zur Schule. Und vor allem, sie malt nicht mehr. Keine Zeichnungen, schnell hin gekritzelte Notizen für ihr nächstes Bild, nichts."

Jetzt wurde ihm die Dinglichkeit der Situation richtig bewusst. Kayla war kein Mensch, der wenn er sich schlecht fühlte unbedingt mit jemandem sprechen musste. Sie verarbeitete alles, was sie belastete mit ihrer Malerei. Und jetzt hatte sie damit aufgehört.

Sie hatte aufgehört sie selbst zu sein, das wichtigste von sich selber aufgegeben.

Er schluckte schwer.

„Ich hab wirklich Angst, dass sie sich etwas antut. Sie erträgt es nicht mehr, weißt du? Erst ihre Eltern und jetzt das. Sie wird damit nicht mehr fertig. Du musst sehen ob es ihr gut geht, bitte."

Kims Ton war flehentlich und ängstlich. Schon bevor sie ihren Satz beendet hatte, war er auf den Beinen und aus der Tür. Als hätte Kim ihn erst darum bitten müssen, sich um Kayla zu kümmern.

So schnell er konnte fuhr er zu ihrem Haus, davor wartete Kim schon ungeduldig.

„Ich hab das Haus schon abgesucht, im ersten Stock ist ein Fenster gekippt", begrüßte sie ihn und wirkte angespannt.

Er nickte nur, nahm seine Nebelgestalt an und sauste zum Fenster.

Sie war müde, aber an Schlaf war nicht zu denken. Im Schneidersitz saß Kayla auf ihrem Bett und starrte die Wand an. Sie befand sich mitten in einer Depression, das wusste sie. Sie hatte auf nichts mehr Lust, hatte keinen Hunger mehr und starrte eigentlich nur noch vor sich hin.
Die Albträume wurden schlimmer. Oh ja, es waren Albträume. Denn in dieser Welt war alles in Ordnung, hatte sie jemanden, der sie liebte, der sie beschützte, der sie brauchte. Hier nicht. Kim hatte Elian und ihre Eltern waren in der Klink und würden nach ihrem Entzug auch alleine zurechtkommen. Das Haus war fertig renoviert.
Sie hatte nichts mehr zu tun. Keinen Antrieb mehr.
All ihre Emotionen hatten sich abgeschaltet. Sie fühlte sich einfach nur leer und nutzlos.
Genauso leer, schlurfte sie ins Wohnzimmer, drückte ein Kissen an sich und sah der Sonne beim Wandern zu.
Zur Schule ging sie nicht mehr. Sie schaffte es einfach nicht mehr, die heile Welt aufrecht zu erhalten und sie ertrug die besorgten Blicke nicht mehr.
Sie konnte nicht und wollte auch nicht mehr.
Ihr Blick flog zu der Medikamentenpackung auf dem Tischchen vor ihr. Es war nur noch eine Tablette übrig. So würde sie wenigstens etwas Schlaf bekommen, überlegte sie. Und sie war so müde, so entsetzlich müde.

Kirian ging zügig alle Räume im Obergeschoss ab. Er mahnte sich selbst zur Ruhe. Vielleicht ging es ihr ja gut und sie hatte einfach keine Lust mit andern zu reden. Aber vielleicht ging es ihr auch schlecht. Die Ungewissheit nagte an ihm und ließ ihn schneller gehen. Im Obergeschoss, war sie nicht. Er ging die Räume im Erdgeschoss durch und erstarrte, als er sie im

Wohnzimmer fand. Das erste, was er sah, war nicht, wie sie zusammengerollt dalag, die Haare im Gesicht. Nicht, wie eine Decke unbeachtete neben ihr lag, nicht, wie einsam und klein sie wirkte. Das erste, was er sah, war die Medikamentenpackung auf dem Tisch vor ihr. Die Schlaftabletten. Die alle leer waren.

Es traf ihn wie ein Schlag und er keuchte.

Nein! Nein, das durfte nicht wahr sein!

Etwas in ihm brach und zwar für immer.

Er rief ihren Namen, doch sie rührte sich nicht.

„Kayla, wach auf!"

Er spürte nicht, wie er zu ihr stürmte, wie er sie anhob und schüttelte. Er sah nur ihr Gesicht, ihre Augen, die geschlossen waren.

Sie durfte ihm das nicht antun, sich selbst antun.

„Etwas tropfte auf ihre Wangen und er erkannte, dass er weinte.

„Kayla!!"

Da endlich rührte sie sich, verzog das Gesicht und schlug schließlich die Augen auf.

Sie lebte!

„Kayla", wisperte er und tauchte in die Tiefen ihrer Augen, bevor er sie fest an sich drückte und fest hielt. Er spürte ihren anfänglichen Wiederstand, ihre Verwirrung, aber er konnte sie nicht loslassen. Nicht jetzt.

Sie träumte, von ihm, wie immer. Der Schmerz stellte sich ein, wie immer.

Sie wollte diese Träume nicht mehr. Sie zeigten ihr nur, was sie gehabt hatte und was sie verloren hatte.

Gerade, als der Traum Kirian seine Hand nach ihrer Wange ausstreckte, hörte sie, wie jemand ihren Namen rief. Es klang weit entfernt und drang nicht ganz zu ihr durch, doch dann wurde die Stimme lauter und jemand schüttelte sie.

Der Traum Kirian war verschwunden, hatte sie allein gelassen.

Es dauerte eine Weile, bis sie sich durch ihre konfusen Gedanken gekämpft hatte, aber schließlich wurde sie wach und sah in seine Augen.

Es war kein Traum und der Schmerz in ihrer Brust war real. Bevor sie reagieren konnte, drückte er sie fest an sich und murmelte immer wieder ihren Namen.

Er war so aufgelöst, was war denn los?

Sie verstand es nicht. Was machte er überhaupt hier?

„Kirian?", murmelte sie und versuche ihn von sich zu schieben. Sie wollte nicht, dass er da war, dass er ihren Schmerz nur noch realer machte.

Sie schob und zerrte, aber er blieb wo er war.

Dann stieg ihr sein Geruch in die Nase. Dieser exotische, nicht zu identifizierende Geruch und die Erinnerungen kamen wieder.

Doch jetzt, wo er hier bei ihr war, waren sie nicht länger schmerzhaft. Es war ganz so, als wäre ihr Herz nie taub und leer gewesen, als wäre der letzte Monat ausgelöscht worden. Ihre Augen brannten und sie erwiderte schließlich die Umarmung und drückte sich eng an ihn. Er stieß einen Freudenslaut aus und schmiegte sich noch enger an sie.

Für einen Moment war sie wieder zu Hause, glücklich.

Doch dann schwebte die Erinnerung wieder heran und vertrieb die Wärme und das Glück, so schnell, wie es gekommen war.

„Lass mich los", murmelte sie an seiner Schulter und drückte gegen seinen Arm.

Dieses Mal hörte er auf sie und ließ sie wiederstrebend los. Kirian hockte vor ihr auf dem Boden, ihre Hände noch immer in seinen. Ein unbeschreibliches Gefühl lag auf seinem Gesicht. Ein Teil von Glück, Freude und einem großen Teil Erleichterung.

„Was machst du hier?", wollte sie wissen, während sie ihre Hände aus seinen zog. Augenblicklich wurde seine Mine trüber und das Glück verschwand.

„Ich wollt dich sehen", meinte er und stand auf.

Auch sie erhob sich, trat einige Schritte zurück.

Und schon kehrte der Schmerz mit all seiner Wucht zurück. Sie wollte bei ihm sein, ihn wieder in ihre Arme schließen, ihn küssen.

Doch er hatte sich entschieden und musste nun mit der Entscheidung leben.

„Dann geh jetzt."

Ihre Stimme klang stark und ließ keines ihrer Gefühle durchsickern. Er erstarrte und sah ihr in die Augen.

Keine Reaktion.

Er gefror.

„Kayla…", versuchte er es, doch sie hob eine Hand, um ihn zu unterbrechen.

„Nein, du hast schon genug gesagt, geh."

Mit diesen Worten, ging sie an ihm vorbei und öffnete die Haustür. Dadurch wäre Kim fast in den Flur gefallen, doch sie konnte sich gerade noch fangen.

„Gott sei Dank, dir geht es gut!", rief sie aus und umarmte ihre Freundin stürmisch.

Diese ließ sich kurz drücken, schob dann aber auch sie zur Seite.

„Ich weiß nicht, was euer Problem ist. Es ist eine stink normale Trennung, wie jede andere. Macht gefälligst nicht so ein Theater daraus", herrschte sie die beiden an.

„Wir sollen nicht so ein Theater machen?", echauffierte sich Kim.

„Sag mal spinnst du? Du gehst nicht mehr ans Telefon, meldest dich nicht und vor allen Dingen, du malst nicht mehr!", schrie sie fast.

Kayla hörte sich das alles mit einer völlig neutralen Miene an.

„Ja und? Jeder hat mal eine unkreative Phase, das geht vorbei", meinte sie schulterzuckend.

„Aber du gehst auch nicht mehr zur Schule!", protestierte Kim.

Bevor Kayla auch dafür irgendeine Ausrede finden konnte, durchquerte er den Raum und fasste sie am Arm.

„Komm, Kim. Hier können wir nichts machen", sagte er und sah Kayla unverwandt in die Augen.

„Wenigstens einer, der es begriffen hat", meinte Kayla.

„Das ist doch nicht dein Ernst."

In Kims Augen schwammen Tränen.

„Doch", sagte Kayla mit dieser emotionslosen Stimme.

„Wir gehen", meinte Kirian und zog Kim mit sich.

Kaum waren die beiden aus dem Haus, ließ Kayla all ihre Schilde fallen und krümmte sich mitten im Zimmer zu einer kleinen Kugel zusammen.

In dieser Nacht träumte sie nichts und das war fast noch schlimmer. Denn es bewies nur, dass es endgültig war, aber so hatte sie es ja gewollt. Jetzt musste sie mit den Konsequenzen leben.

Kapitel 27

Es war sein Zweiundzwanzigster Geburtstag, doch es fühle sich
an, wie sein Todestag.
Kayla hatte mit ihm abgeschlossen, das war jetzt klar.
Laut Kim ging sie wieder zur Schule, war aber immer noch sehr
in sich gekehrt. Doch sie hatte ihren Schild wieder aufgebaut,
so wie er es getan hatte.
Er hatte gedacht, er hätte sie verloren, doch sie brauchte ihn
nicht, wollte ihn nicht mehr. Also musste er es akzeptieren und
sie ziehen lassen.
Elian schüttelte nur den Kopf, wenn er mal wieder blicklos in
den Raum starrte und seinen Gedanken nach hing.
So wie jetzt.
Oh, die Feier war toll. Alle hatten sich sehr viel Mühe gegeben
und sie überschütteten ihn geradezu mit Geschenken. Selbst
seine Mutter hatte gute Laune, obwohl sie bei dem Anblick der
Rechnung des Ringes fast einen Schlaganfall bekommen hatte.
Sie hatten die ganze Wohnung geschmückt und ein dutzend
Kuchen kommen lassen.
Kayla hätte bestimmt selbst einen gebacken, ging es ihm durch
den Kopf.
Er schüttelte sich, um diese Gedanken loszuwerden.
Mit mäßigem Erfolg. Er verglich eigentlich nur noch alles mit
Kayla. Oder dachte darüber nach, wie sie wohl die Dinge ange-
gangen wäre.
Es war zum Haare ausreißen!
„Wie findest du den Kuchen?", erkundigte sich seine Mutter
bei ihm.
„Gut", meinte er, dabei hatte er noch nicht einmal etwas ge-
gessen. Sein Blick fing den seines Bruders auf. Dieser hatte
sich auf seinem Stuhl zurück gelehnt und sah ihn nachdenklich
an. Sie beiden hatten schon eine hitzige Diskussion hinter sich,
in der es darum ging, dass er seinen Hintern, wie Elian es

nannte, gefälligst zu Kayla schleppen sollte und ihr die Situation anständig erklären sollte.

Doch das würde auch nichts bringen, das wusste er.

Niedergeschlagen stand er auf und machte sich auf den Weg in die Küche, um den Tumult wenigstens kurz entgehen zu können. Eigentlich hatte er die Party gar nicht gewollt. Er hatte das alles nicht gewollt.

Gerade, als er die Küchentür öffnen wollte, hörte er darin etwas klappern.

Er stutzte. Es hätte niemand in der Küche sein sollen. Alle waren im Wohnzimmer.

Was zum..?

Mit zusammen gekniffenen Augenbrauen öffnete er die Tür und wurde von einem kühlen Lufthauch begrüßt. Das Fenster stand offen. Komisch, eigentlich hatte er es erst vorhin geschlossen.

Da fiel sein Blick auf die Schachtel, auf dem Tisch und sein Blick zuckte sofort wieder zum Fenster.

Kayla.

Sie war da gewesen und hatte ein Päckchen dagelassen. Es war in wunderschönes blaues Papier eingepackt und mit einer silbernen Schleife verziert. Sie hatte es selbst eingepackt, nicht wie seine Mutter und Nicole. Die hatten es einfach an der Kasse einpacken lassen.

Etwas in ihm wurde angenehm warm, als er das kleine Päckchen in die Hand nahm.

Trotz allem hatte sie an ihn gedacht.

Vorsichtig, ohne das Papier einzureißen, öffnete er das Päckchen und eine Karte fiel ihm entgegen. Er legte das Päckchen weg und las sie.

Herzlichen Glückwunsch und alles Gute.

Ich hoffe all deine Wünsche gehen in Erfüllung und das es dir gut geht.

Ich habe es gesehen und musste sofort an dich denken.

Ich hoffe, dass sie dir gefallen. (Dreh das Bild mal um.)

Stand dort. Die Wärme wurde zu einem leisen Pochen.
Sie dachte immer noch an ihn.
Hatte sie vielleicht sogar noch Gefühle für ihn?
Der Satz in Klammern ließ ihn neugierig werden und hob den
Deckel von der Schachtel. Ein kleines Bild, von sich selber, wie
er auf dem Rücken lag und zu jemandem hoch lächelte, sprang
ihn an. Sie hatte es gezeichnet.
Also ging es ihr besser.
Erleichterung durchflutete ihn.
Als er das Bild hochnahm, um es besser betrachten zu können,
machte er die Sicht auf ihr eigentliches Geschenk frei.
Er lächelte.
Es waren Manschettenknöpfe. Kleine Manschettenknöpfe, in
Form kleiner Pinsel.
Sein Herz machte einen Satz und unsagbare Freude durchflu-
tete ihn.
Er legte das Bild auf den Tresen, um die Manschettenknöpfe
aus der Schachtel zu nehmen. Sie waren wunderbar gearbeitet
und passten zu ihr. Deswegen hatte sie sie wohl ausgewählt.
Lächelnd legte er die Schachtel zurück und drehte das Bild
herum, wie sie ihn aufgefordert hatte. Der eine Satz traf ihn
mehr, als er hätte tun sollen.
Lächle und vergiss mich nicht.
Kayla
Gerade in dem Moment kam sein Bruder in die Küche. Er warf
nur einen Blick auf sein Gesicht, das Geschenk und dann flog
sein Blick zum offenen Fenster.
Er seufzte und blickte ihn traurig an, bevor er ihn alleine in der
Küche zurück lies.
Doch er hatte das Blitzen in den Augen seines Bruders sehr
wohl gesehen. Er heckte etwas aus und Kirian war sich hun-
dertprozentig sicher, dass es etwas mit ihm und Kayla zu tun
hatte.

Sie hockte in der Schulbücherei und brütete über einer Matheformel. Eigentlich fiel ihr so etwas ziemlich leicht, aber heute hatte sie irgendwie einen Knoten im Hirn.

Ihre Gefühlssituation hatte allerdings dieses Mal nichts damit zu tun.

Sie war wieder Herr ihrer Gefühle und konnte das Leben wieder so nehmen, wie es war.

Vorher hatte sie immer nur halbherzig einen Schlussstrich zwischen sich und Kirian gezogen, aber als sie das Geschenk in die Küche gelegt hatte, war es wirklich endgültig gewesen.

Seitdem ging es ihr mit jedem Tag besser. Tja, die Zeit heilte eben doch alle Wunden.

Seufzend griff sie zu ihrem Nachschlagewerk und verglich die Gleichung erneut. Alles stimmte, aber den Wert, den sie rausbekam, konnte in hundert Jahren noch nicht stimmen.

„Mmmhh."

Grübelnd kratzte sie sich am Kopf.

„Kann man helfen?", erkundigte sich eine freundlich klingende Stimme.

Kayla sah auf und blickte in strahlend blaue Augen, die fröhlich blitzten.

Vor ihr stand ein Schüler aus ihrer Parallelklasse. Michael, glaubte sie.

„Kommt drauf an, bist du gut in Mathe?"

Er lächelte. Es war ein schönes Lächeln.

„Geht so, aber versuchen kann man es immer."

Das ließ auch sie lächeln.

„Na dann, probier dein Glück."

Er setzte sich neben sie und zog ihr Heft zu sich. Einige Minuten tippte er mit seinem Stift auf ihrem Heftrand herum, bis er die Augenbrauen zusammenkniff und sie fragend ansah.

„Also meiner Meinung nach, stimmt das Ergebnis."

Sie stutze.

„Bist du sicher? Ich denke nicht, dass das da wirklich raus kommen kann."

Und schon breitete sich wieder ein strahlendes Lächeln auf seinem Gesicht aus.

„Dann mach doch einfach die Probe", meinte er und zeigte ihr, wie die ging.

„Du musst einfach nur das umstellen, das Ergebnis da hinzufügen und ihr die Zahl abziehen und siehe da, es stimmt."

Tatsächlich. Ihr Ergebnis war richtig.

„Danke!"

Grinsend lehnte er sich auf seinem Stuhl zurück.

„Kein Problem."

Michael sah ihr eine Weile bei ihren anderen Aufgaben zu, bis er auf das zu sprechen kam, weswegen er eigentlich noch hier war.

„Sag mal, hast du heute noch etwas vor?"

Hinter ihren Haaren verborgen, lächelte sie leise in sich hinein.

„Nicht das ich wüsste, wieso?"

Als ob sie nicht wüsste, was er wollte.

Sein Lächeln vertiefte sich.

„Könntest du dir vorstellen, mit mir ins Kino zu gehen?"

Sie dachte eine Weile darüber nach und wägte das für und wieder ab.

„Klar, warum nicht?", entschied sie sich dann.

Es würde ihr gut tun, mal raus zu kommen und etwas zu unternehmen.

„Super", freute er sich, „Wie wäre es um sieben?"

Sie stimmte zu.

Und so hatte sie seit langem mal wieder eine Verabredung.

Auch nicht schlecht.

Ein drückendes Gefühl, lies sie über die Schulter sehen. Dort stand Kim, halb hinter einem Regal versteckt und beobachtete sie mit einer steilen Falte zwischen den Augenbrauen. Sie sah wütend aus.

Kayla lächelte und winkte ihr freundlich zu, bevor sie sich wieder ihren Büchern zuwandte.

Sie brauchte gar nicht wütend auf sie zu sein. Kirian hatte schließlich Nicole für sich beansprucht, also konnte sie auch mit Michael ausgehen.

Sie sah darin kein Problem, also musste Kim wohl oder übel damit klar kommen.

Kayla hatte sich schon zu lange von all dem fertig machen lassen. Jetzt war Schluss damit. Jetzt genoss sie das Leben, also wieso sollte sie diese Gelegenheit nicht nutzen, wenn sie ihr doch schon so vor die Füße fiel?

Michael war genau pünktlich und hatte zu ihrer Überraschung sogar eine Rose dabei.

Es war ihm also wirklich ernst. Sie hatten das kleine Kaffee um die Ecke vom Kino gewählt, um sich vorher noch etwas zu unterhalten.

Michael war wirklich aufmerksam und immer freundlich. Er rückte ihr sogar den Stuhl zurecht, als sie sich setzte.

Kayla war stolz auf sich, weil sie sein Verhalten nicht mit dem von Kirian verglich, der ihr damals in der Pizzeria auch den Stuhl zu Recht gerückt hatte. Das war vorbei.

Bei ihrem Gespräch erfuhr sie viel von ihm. Er hatte keine Brüder, sondern eine kleine Schwester, die vier war und ihn immer zwang Pferdchen mit ihr zu spielen.

Kayla lachte, als sie sich das bildlich vorstellte und Michael wurde rot.

„Du bist echt süß", meinte er und lehnte sich näher zu ihr.

Sie erwartete, dass sich die Luft mit der gleichen Spannung füllte, wie sie es immer bei Kirian getan hatte, aber nichts passierte.

Etwas in ihr schlug aus, aber sie wusste weder, was es war, noch was es bedeutete.

Trotzdem ließ sie sich näher an ihn ziehen und seine Hand auf ihrer liegen.

Sie redeten noch etwas, bis es Zeit war ins Kino zu gehen, da
der Film anfing. Es war ein Actionfilm. Er war nicht sehr spannend, aber Michael legte ihr trotzdem einen Arm um die Schultern und zog sie an sich. Sie ließ es geschehen und nahm seine
Wärme war.
Beklommen stellte sie fest, dass diese nicht so behaglich und
schützend war, wie Kirians sondern einfach nur warm.
Was war los?
Sie verstand ihre Reaktion auf ihn einfach nicht.
Der Film war bald vorbei und sie verließen das Kino. Er hielt
ihre Hand. Viel hatte sie von dem Film nicht mitbekommen. Sie
war zu sehr in ihre Gedanken versunken gewesen.
„Hat dir der Film gefallen?", erkundigte sich Michael und lief
dabei dicht neben ihr. Es war mittlerweile dunkel geworden.
Nur noch vereinzelnd leuchteten die Straßenlaternen.
„Ja, er war gut", meinte sie abwesend.
„Das ist doch gut", meinte er und blieb stehen.
Verwirrt hielt sie inne und drehte sich zu ihm um.
„Was?"
Doch bevor sie aussprechen konnte, zog er an ihrer Hand und
zog sie so zu sich. Erschrocken sah sie auf und da küsste er sie.
Es durchfuhr sie eiskalt.
Aber das war der Schock. Mehr passierte nicht.
„Kayla?!"
Jetzt durchfuhr es sie brennend heiß und sie sprang zurück.
Ihre Wangen glühten.
„W..Was machst du denn hier?"
Braune Augen sahen von ihr zu Michael.
„Ich, …ich."
Sie war verwirrt, aufgebracht und verzweifelt. Was sollte das?
Sie und Michael hatten zwar so etwas, wie ein Date, aber sie
hatte ihm mit keiner Andeutung je ein Zeichen gegeben, dass
sie ihn küssen wollte!
Und warum um Himmels willen, musste er jetzt hier sein und
das alles sehen?

Kirians Augen spiegelten fast die gleichen Emotionen wieder. Auch er war geschockt und aufgebracht.

Sie zuckte zusammen, als sie auch das andere Gefühl in seinen Augen ablesen konnte.

Enttäuschung.

„Was interessiert dich das?", fragte die Person neben ihm.

Sofort fror jedes weitere Gefühl in ihr ein, als sie Nicole neben ihm sah.

Ganz toll.

„Wer ist das?", wollte nun Michael wissen.

Sie löste sich mühsam aus ihrer Starre.

Doch mal wieder kam ihr Kirian zuvor.

„Ich bin Kirian, ihr Verl…."

Schnell unterbrach sie ihn und sah ihn sonderbar an.

„Ex-Freund", betonte sie das Wort absichtlich.

„Er ist mein Ex, lass uns gehen."

Und schon hatte sie Michaels Hand ergriffen und ihn mit sich um die nächste Ecke gezogen.

„Komm, mir ist kalt", meinte Nicole und zog auch ihn weg.

In ihm brach etwas.

„Es tut mir leid. Ich wusste nicht, dass er auch hier sein würde", entschuldigte sich Kayla bei Michael, als sie ihn nach einigen Metern wieder losließ.

Er sah sie nachdenklich an, schien eine Entscheidung getroffen zu haben und lächelte.

„Ist schon gut. Aber ich denke, dass hier klappt nicht", meinte er und zuckte die Schultern.

„Was?"

Wie meinte er das denn jetzt?

„Ich habe deine Augen gesehen, als er vor dir stand. Er ist vielleicht dein Ex, aber du empfindest noch etwas für ihn. Und er für dich, wenn ich seine Mine richtig gedeutet habe."

Er legte ihr eine Hand auf den Arm.

„Ich will mich nicht zwischen euch drängen, wie es dieses Mädchen allen Anschein nach tut."

Sie war verwirrt.

Etwas lief hier gerade entsetzlich schief.

„Und der Kuss eben, war die Probe aufs Exempel. Zwischen
uns ist nichts, das musst du doch auch bemerkt haben."

Langsam nickte sie. Der Schock über die Situation saß tief.

„Aber wir können ja Freunde werden, oder so", lächelte er.

„Komm, ich bring dich nach Hause, so als guter Freund, meine
ich. Immerhin ist es schon dunkel."

Betäubt folgte sie ihm.

Was war da eben passiert?

Kapitel 28

Kim war sauer auf sie.

Zu recht, wenn man die Situation noch einmal durch ging. Deswegen saß sie nun alleine in ihrer Küche und lernte für Englisch.

Gerade war sie dabei, Vokabeln zu konjungieren, als es an ihrer Tür klopfte.

Wer konnte das sein? Kim war ja sauer.

Michael hatte selbst zu lernen. Sie hatten sich darauf geeinigt, nur befreundet zu sein und das klappte hervorragend. Er war ein toller Freund, also Kumpel. Immer wieder brachte er sie zum Lachen oder hatte irgendeinen Unsinn im Kopf.

Die Nachmittage, die sie mit ihm verbracht hatte, waren wirklich schön und entspannt gewesen.

In diesen Gedanken versunken, ging sie zur Tür und öffnete sie.

Überrascht stellte sie fest, dass es doch Kim war. Mit Elian. Letzterer lächelte sie zur Begrüßung an und schien gut drauf zu sein. Erstere, hatte eine steile Falte zwischen den Augenbrauen und war allem Anschein nach immer noch sauer.

„Kommt rein", meinte sie, weil sie das Ganze nicht auf der Türschwelle besprechen wollte.

„Ich hasse ihn", machte Kim ihrer Unmut Luft und Kayla brachte erst einen Moment, bis sie begriff, dass Kim nicht sie damit meinte.

Hilfesuchend sah sie zu Elian, aber der zuckte nur die Schultern, verdrehte die Augen und lehnte sich an die Wand.

Trotzdem wusste Kayla genau, um wen es ging und genau über diese Person wollte sie nicht reden.

„Er ist genauso blind und verbohrt, wie du. Eigentlich müsste er schon alleine daran sehen, dass ihr super zusammen passt", schnauzte sie und schmiss sich auf ihr Sofa.

Also war sie doch noch sauer auf sie.

„Kim, bleib locker."

Elian setzte sich neben sie und drückte ihre Hand aufmunternd.

Kayla sah ihnen bei ihrer Vertrautheit zu und fühlte nichts. Das war gut.

Kim lächelte ihn dankbar an und schien sich wirklich zu beruhigen.

„Stimmt, es bringt nichts", meinte sie und wandte sich ihr zu.

„Ich wollte mich bei dir entschuldigen. Ich habe kein Recht, mich in deine Beziehungen einzumischen. Obwohl ich diese als deine beste Freundin nicht gut heißen kann."

Ein Stoß von Elian und sie brachte ihre kleine Rede wieder in Form.

„Wie dem auch sei. Freundinnen?"

Einladend stand sie auf und breitete die Arme aus, bereit für eine Umarmung.

Kayla musste gar nicht erst lange darüber nachdenken, sondern schloss ihre Freundin fest in die Arme.

„Sind wir doch so wieso immer."

Kim verkrampfte sich bei ihren Worten etwas, aber das konnte sie sich auch nur eingebildet haben.

Als sie sich wieder von ihr löste, warf sie Elian aber ganz sicher einen bedeutungsvollen Blick zu.

Misstrauisch zog Kayla die Augenbrauen zusammen. Was hatten die vor?

„Wie dem auch sei, wollt ihr etwas trinken?"

Kim wandte sich überschwänglich an sie.

„Sicher, was hast du denn da? Auch diesen Eistee, den du das letzte Mal hattest? Der war echt toll."

Irritiert ging sie in die Küche. Was war denn mit der? Hatte sie mal wieder zu viel Kaffee getrunken?

„Ja, hab ich da."

Gerade holte sie die Gläser aus dem Schrank, als sie Gepolter aus dem Wohnzimmer hörte.

„Was macht ihr denn?"

Aber da kam Kim auch schon zu ihr in die Küche.

„Alles in Ordnung, Elian ist nur gegen einen Stuhl gerannt."

Aha.

Sie ließ die Gläser sinken.

„Was ist los? Ihr verhaltet euch total komisch. Bist du immer noch sauer?"

Kim schien überrumpelt.

„Was? Nein. Nein, ich bin dir nicht mehr böse, von wegen." Lachend nahm sie ihr die Gläser aus der Hand und stellte sie auf die Ablage.

„Jetzt!", rief sie, kaum dass die Gläser sicher standen.

Kayla hatte kaum Zeit, sich zu fragen, was sie damit meinte, als Elian auch schon in die Küche geeilt kam, einen Stuhl bei sich.

„Was hast du denn damit vor?"

Doch da schupste sie Kim und sie fiel Richtung Elian, auf den Stuhl.

„Was?"

„Ganz ruhig, es ist nur zu deinem Besten", meinte Kim und band ihr die Hände an den Stuhllehnen fest.

„Bist du bescheuert, was soll das?"

Woher hatte sie eigentlich das Seil?

„Wir bereiten dem jetzt ein Ende, das kann ja keiner mit ansehen, der noch Augen im Kopf hat! Ihr seid echt so stur, da möchte man euch einfach schlagen!"

Mit einem Schlag verstand sie, was die beiden vorhatten und fing an, an ihren Armen zu reißen.

„Ich hab dir gesagt, ich will ihn nicht mehr sehen!"

Kim stöhnte gequält.

„Ja, hast du. Aber es geht dir nicht gut, verdammt noch mal, versteh es doch endlich! Du brauchst ihn."

Elian nickte und legte ihr eine Hand auf die Schulter.

„Und er dich auch. Seine Launen, seit du weg bist, gehen auf keine Kuhhaut."

Verzweifelt riss Kayla an ihren Fesseln, aber Kim wusste, was sie tat.

Da fiel ihr die einzige Möglichkeit zur Flucht ein. Sie riss ihre Macht nach oben und wollte sich verwandeln, aber etwas stimmte nicht.

„Du blockierst mich!"

Elian lächelte traurig.

„Ganz genau."

Dann wandte er sich wieder Kim zu, die mit einem Schal vor ihr stand. Er nickte und sie verband ihr die Augen.

„Seit ihr verrückt geworden?!"

„Nein, aber so fällt es dir noch schwerer, die Gestalt zu wechseln", meinte Elian und hob den Stuhl hoch.

Sie schrie erschrocken auf und klammerte sich fest.

Er hatte ihre Schulter los gelassen!

Doch da legte sich Kims kleinere Hand auf ihren Arm.

„Du bist die Verbindung zwischen ihm und mir!", stellte sie bestürzt fest, als es immer noch nicht klappte.

„Genau und jetzt sei leise, das wird kompliziert."

Die beiden stopften sie samt Stuhl in ein Auto. Keine Ahnung, wie sie das schafften, ohne sie loszulassen, aber sie schafften es und so gab es kein Entkommen für sie.

„Kim, das ist Wahnsinn!", versuche sie sie wieder zu Vernunft zu bringen.

Der Wagen hielt an einer Ampel, so konnte sie sich ausrechnen, wie weit es noch bis zu ihm war.

Ihr Magen krampfte sich bei jedem weiteren Kilometer immer mehr zusammen.

Sie wollte ihn nicht sehen, konnte es nicht ertragen.

Denn die Zeit heilte nicht alle Wunden, sie überdeckte sie nur.

„Kim!"

Doch der Wagen hielt schon und wieder hob Elian den Stuhl hoch und trug sie zur Tür. Sie hörte die Türklingel und betete inständig, dass er nicht da war. Doch da ging die Tür auf und sie war einem Nervenzusammenbruch nahe.

„Was zum...?", konnte sie seinen Vater hören.

Ihr fiel ein Stein vom Herzen. Er würde ihr bestimmt helfen. Doch seine nächsten Worte ließen alle Hoffnung so schnell in ihr absterben, wie sie kam.

„Ihr habt nur gesagt, dass ihr sie herholen wollt. Was macht ihr denn mit ihr?"

Er klang halb schockiert, halb belustigt.

„Hey!", beschwerte sie sich.

„Ist doch egal, lass uns rein. Hast du die Fenster und Türen gesichert?"

Wahrscheinlich nickte er, denn Elian schien zufrieden zu sein. Unvermittelt hob er den Stuhl wieder an und marschierte weiter. Kims Hand lag nach wie vor auf ihrem Arm.

„Wenn das vorbei ist, bringe ich dich um!", zischte sie ihr zu.

„Tu das", meinte Kim gelassen.

Kayla konnte ein erschrockenes Keuchen hören, als sie wohl ins Wohnzimmer abbogen.

Nach dem Keuchen herrschte Stille und Kim nahm ihre Hand weg. Sofort zog sie ihre Macht hoch und verwandelte sich, nur um kurz darauf neben dem Stuhl wieder aufzutauchen. Das Seil und der Schal landeten auf dem Stuhl.

Sie erfasste die Situation sofort.

Seine Eltern waren wohl zum Kaffetrinken vorbei gekommen, denn auf dem Tisch stand ein Kuchen und es roch nach Kaffee. Alle saßen am Tisch, nur Kirian stand und sah so aus, als wäre er aufgesprungen.

Seine Augen waren geweitet. Der Schreck war ihm ins Gesicht geschrieben.

Doch dafür hatte sie jetzt keine Zeit. Erst einmal musste sie ihrer Wut freien Lauf lassen.

„Seid ihr beiden eigentlich völlig übergeschnappt?!", wetterte sie los.

Und die beiden hatten noch nicht einmal den Anstand, bedrückt drein zu schauen, nein!

Sie grinsten breit!

„Ihr könnt einen doch nicht einfach so auf einen beschissenen Stuhl binden! Das nennt man Freiheitsberaubung!"
Sie fuchtelte aufgebracht mit den Händen in der Luft herum.
„Wer von euch Spatzenhirnen hatte denn die tolle Idee? Garantiert ihr beide!
Ihr müsst die Entscheidungen anderer akzeptieren, verdammt noch mal!
Ich habe euch gesagt, dass ich ihn nie wieder sehen will!"
Kayla machte eine kurze Pause um Luft zu holen und fuhr dann zu Kirian herum, der immer noch sprachlos dastand, die Hände auf den Tisch gelegt.
„Und du!"
Er zuckte erschrocken zusammen. Sein Gesicht spiegelte seine Gefühle wieder. Er war überrascht, entsetzt, wie wütend sie war und ... unglaublich froh, sie wieder zu sehen. Das stachelte ihre Wut nur noch mehr an.
„Du hast kein Recht so zu gucken!
Wahrscheinlich hast du denen erst noch diesen Floh ins Ohr gesetzt! Du hast dich für sie entschieden, also steh auch dazu, verdammt! Sei ein Mann!!"
Mit diesen Worten wirbelte sie um die eigene Achse und marschierte Richtung Tür.
Ganz unvermittelt stand dort jedoch sein Vater.
„Kayla, warte."
Sie war so sauer, sie hätte ihm eine verpassen können, obwohl er immer nett und freundlich zu ihr gewesen war und sie sogar jetzt in seinen Augen sehen konnte, dass er es nur gut meinte.
„Lass mich durch", forderte sie und stellte mit Entsetzen fest, dass ihre Wut nachließ und ihre Augen brannten.
Verdammt!
Genau deswegen hatte sie ihn nicht sehen wollen.
Denn es tat immer noch weh, trotz der zwei Monate tat es immer noch verdammt weh.

„Sprich dich mit ihm aus. Du kannst nicht immer davon rennen", sagte sein Vater mit ruhiger Stimme und legte ihr aufmunternd die Hände auf die Schultern.

Sie sah ihm in die Augen, die Kirians so sehr glichen und sah sein Vertrauen. Er wusste, dass es noch Hoffnung für sie gab. Und er hatte sie akzeptiert.

Sie schluckte schwer und musste diese Erkenntnis erst einmal verdauen.

Da dreht er sie auch schon um und gab ihr einen kleinen Schups nach vorne.

Kirian hatte sich in dieser Zeit aus seiner Starre gelöst und war auf sie zugekommen. Jetzt stand sie genau vor ihm.

Seine Augen blitzten.

Er war wütend.

Sehr gut. Denn jetzt wurde auch sie wieder wütend und diese Wut verdrängte das Brennen in ihren Augen.

„Was soll das heißen, ich habe ihnen diesen Floh ins Ohr gesetzt?", verlangte er zu wissen.

Sie schnaubte verächtlich.

„Was weiß ich? Du benimmst dich manchmal so blöd, da wäre das auch kein Wunder", schnauzte sie ihn an.

Seine erste Reaktion darauf war Verblüffung, dann zog er die Augenbrauen zusammen und starrte sie wütend an.

„Ich benehme mich überhaupt nicht blöd! Wenn sich hier einer blöd benimmt, dann bist du das", rechtfertigte er sich.

„Ach ja? Und was war das mit den Chips, Herr Fresssack?", schoss sie zurück.

Daran hatte er erst einmal zu knabbern.

„Das war eine Ausnahme. Und du kaufst doch auch immer Tonnen von Schokolade."

Sie stöhnte genervt auf.

„Das hab ich dir schon mal erklärt und ich werde mich nicht wiederholen, nur weil du dein Hirn verschenkt hast!"

Jetzt war er sprachlos.

„Das sagt die Richtige, Miss schlecht in PoWi!", meinte er dann triumphierend.

„Oh, dass nimmst du zurück!"

Er lachte und verschränkte die Arme vor der Brust.

„Wieso sollte sich?"

„Das ist besser, als im Fernsehen", hörte sie Kim zu Elian meinen.

„Außerdem war das mal, jetzt bin ich viel besser", ignorierte sie die beiden.

„Und was war mit der letzten Arbeit? Die hast du in den Sand gesetzt", erinnerte Kim sie.

Wütend über ihren Verrat, starrte sie sie an. Doch Kim schob sich einfach eine große Gabel Kuchen in den Mund, den sie sich vom Tisch geklaut hatte.

„So, da hast du´s. Unsere Freundschaft ist hiermit beendet!", raunzte sie sie an.

Kim lachte nur und winkte ihr mit ihrer Gabel zu.

„Ich hab dir doch gesagt, dass du dich mehr anstrengen sollst!", motzte er.

Sie schnaubte und legte all ihre Emotion dahinein.

„Das Recht dich in meine Angelegenheiten einzumischen hast du schon sehr lange verwirkt!"

Er funkelte sie böse an.

„Du weißt genau, was ich meine!"

Sie bohrte ihm ihren Finger in die Brust.

„So? Woher soll ich das denn wissen, Herr ich scheiß so klug? Sehe ich aus wie ein Telepath?"

Er ergriff ihre Hand und hielt sie wütend fest. Der Teil ihres Hirnes, der noch rational denken konnte, realisierte, wie warm und vertraut sich seine Hand anfühlte und wie gut es tat.

„Pass auf, was du sagst, kleines Mädchen", raunte er und die Atmosphäre um sie herum lud sich elektrisch auf.

„Oh, komm mir nicht mit der Tour! Ich bin Achtzehn. Volljährig, Mister!"

Er schob sein Gesicht ganz nah an ihres.

Kayla konnte Kim irgendetwas sagen hören, doch sie blendete alles aus, sie Elian und seine Eltern. Nicole schien irgendwie zu Eis geworden zu sein, denn sie sagte überhaupt nichts.

„Dann zeig mir doch, wie erwachsen du bist und gib zu, dass du mich noch liebst."

Ihr Herz machte einen Satz und stand dann still. All ihre Gedanken waren wie weggefegt. In ihrem Kopf herrschte komplette Leere und sie verlor sich, wie so oft schon in seinem Blick.

„Nein", flüsterte sie dann schwach.

Um den Kopf frei zu bekommen, schüttelte sie ihn.

Ihr Blick flog wieder zu seinen Augen und was sie darin sah, gefiel ihr gar nicht. Doch ihr dummes Herz machte erneut einen Satz und quoll über vor Freude.

Es dauerte eine Weile, bis sie es wieder zur Ordnung gerufen hatte.

„Es ist vorbei, endgültig", erwiderte sie, merkte aber selbst, wie ihre Stimme zitterte. Kaum merklich, aber wenn man es wusste doch deutlich.

Seine Augen blitzen und der entschlossene Zug um seinen Mund, verriet ihr, dass er es auch gehört hatte und dass er nicht locker lassen würde.

Ihr Mut schwand, genauso, wie ihre Wut.

„Lass sie doch, wenn sie nicht will. Ich hab es dir doch gesagt", wetterte da seine Mutter los.

Seine Augen richteten sich kurz auf sie, schossen dann aber wieder zu ihr zurück.

„Sag es", forderte er sie auf und drückte ihre Hand, die er immer noch in seiner hielt.

„Nein."

Entschlossen klang sie nicht einmal in ihren eigenen Ohren.

Er lächelte, so wie er es immer tat, wenn sie zu stur war, um sich etwas einzugestehen.

„Dann küss mich", verlangte er und schob sein Gesicht noch näher an ihres.

Seine Wärme traf sie und ließ etwas in ihr schmelzen.

„Nein, verschwinde", wehrte sie sich und stieß ihn weg. Er taumelte einen Schritt zurück, sah aber nicht getroffen aus, sondern eher überrascht.

„Du liebst mich!"

Sie schüttelte den Kopf und wich vor ihm zurück.

„Nicht mehr."

Kirian wollte nach ihr greifen. Sie schlug seine Hand weg.

„Kayla, verdammt noch mal!"

Frustriert wollte er wieder näher kommen, doch sie stieß ihn erneut weg.

„Lass mich in Ruhe!"

Die Wut kroch wieder aus ihrem Versteck und verschlang den Moment der Schwäche.

„Nie mehr!", schoss er dagegen und hielt sie am Arm fest.

„Passt auf, das wird gleich nicht mehr jugendfrei", freute sich Kim.

Elian stieß sie an und bedeutete ihr leise zu sein.

„Behalt es einfach für dich", schrie sie ihn an und schlug ihm mit der anderen Hand vor die Brust.

„Das werde ich nicht!", keifte er und wollte auch nach ihrer anderen Hand greifen. Doch die schnappte sich seine Krawatte und zog daran.

Damit zwang sie ihn, sich vorzubeugen und ihr genau in die Augen zu sehen.

„Ich hasse dich!", fauchte sie und seine Augen weiteten sich geschockt. Das war der Moment, in dem sie fester an seiner Krawatte zog und ihren Kopf anhob.

Ihre Lippen trafen sich und es durchfuhr sie wie ein Stromschlag. Es war wie nach Hause kommen. Seine Augen weiteten sich noch ein Stückchen mehr, bevor er sie zusammen kniff und ihren Kuss erwiderte.

Sie küsste ihn grob und aggressiv, zog ihn an seiner Krawatte noch weiter zu sich hinunter.

Ihre Zähne klackerten aneinander.

Genauso schnell wie sie angefangen hatte, hörte sie auch schon wieder auf und ließ seine Krawatte los.

„Das war doch jetzt mal wirklich schön", kommentierte Kim die momentane Lage.

Jetzt erst fiel ihr auf, dass sie sie alle anstarrten. Seine Mutter hatte sich gesetzt und beobachtete das Schauspiel mit nachdenklichem, verschlossenem Gesichtsausdruck. Sein Vater hingegen schien glücklich zu sein und zwinkerte ihr sogar zu.

Nicole hatte sich auf einen Stuhl fallen gelassen und betrachtete die Situation schweigend, mit vor der Brut verschränkten Armen und schien sauer zu sein.

Sie wurde kirschrot und wandte sich ab.

Was hatte sie nur so weit getrieben?

Wie hatte sie seine Eltern einfach vergessen können?

Gott, war das peinlich.

Kayla wollte schon die Flucht ergreifen, aber jemand hielt sie am Handgelenkt fest. Ganz leicht nur, nur um ihre Aufmerksamkeit auf sich zu lenken.

Ihr Blick wanderte den Arm hinauf, zu wunderschönen, braunen Augen.

Sein Blick war so voller Liebe, dass sie schon wieder mit den Tränen kämpfen musste.

Dann jedoch, erstarrte alles in ihr, als Kirian vor ihr auf ein Knie sank und etwas aus seiner Tasche holte.

Ihr Atem stockte und ihr Herz raste.

„Kayla Marie Jones ich liebe dich und will den Rest meines Lebens mit dir verbringen."

Er lächelte sie an.

„Willst du meine Frau werden?"

Sie fiel in ein Loch. Der Schock ließ sie dastehen, wie ein Fisch auf dem Trockenen.

Sie schwieg und konnte ihn nur ansehen. Er lächelte immer noch zu ihr hoch und hielt eine schwarze Lackschachtel in der einen Hand.

Seine andere drückte ihre Hand auffordernd.

Und genau in dem Moment, indem sie erkannte, dass es für sie keinen Ausweg gab, dass sie diesen sturen Bock immer lieben würde, floss ihr dann doch eine Träne die Wange hinunter.

„Wenn es unbedingt sein muss, du sturer Esel", weinte sie und ließ sich von ihm in die Arme ziehen.

Er drückte sie fest an sich und sie schmiegte sich in die Kuhle zwischen seinem Arm und seiner Schulter. Mit einem Schlag fiel alles von ihr ab und sie entspannte sich. Alles war gut. Sie war wieder zu Hause.

„Danke", murmelte er in ihr Haar, bevor er sie wieder los lies und ihr den Ring an den Finger steckte.

Sie keuchte überrascht auf und starrte ihn an.

„Bist du völlig übergeschnappt? Der war bestimmt schweineteuer! Tausch ihn sofort wieder um!", regte sie sich auf und besah sich das kleine Kunstwerk an ihrem Finger.

Kirian lachte und drückte ihr einen Kuss auf den Handrücken.

„Immer beschimpfst du mich, wenn ich dir etwas schenke", beschwerte er sich.

„Dann schenk mir was normales", rügte sie ihn und konnte den Blick gar nicht mehr von dem silbernen Ring abwenden. Dieser war mit kleinen, filigranen Edelsteinen besetzt. Edelsteinen in allen Farben.

„Wenn du ihn nicht umtauschst, tu ich es", meinte sie.

Immer noch lachend, legte er ihr einen Arm um die Schultern.

„Lass mal. Du weißt eh nicht, wo ich ihn herhabe."

„Das lässt sich rausfinden", meinte sie.

Genau diesen Moment suchte Nicole sich aus um ihr Schweigen zu brechen.

„Du kannst sie nicht heiraten, du bist schon mit mir verlobt!", regte sie sich auf.

Kirian hatte schon den Mund geöffnet um ihr zu antworten, aber da kam ihm Kim zuvor.

„Ach, halt die Klappe! Er hat dir keinen Antrag gemacht, also sei still und ruinier den Moment gefälligst nicht!", regte diese sich auf.

Nicole stand der Mund offen. Etwa für fünf Sekunden blieb sie so stehen, bevor sie kehrt machte und nach oben in ihr Zimmer stürmte.

Elian zwickte Kim in den Arm.

„Benehm dich doch wenigstens heute mal", seufzte er.

„Ist doch war", moserte sie noch eine Weile.

Kaylas Freude trübte sich drastisch, als Kirians Mutter aufstand und auf sie zukam. Ihre nachdenkliche Miene war Entschlossenheit gewichen.

Als sie vor ihnen stand, sah sie erst auf ihren Ring, dann auf ihre miteinander verschränkten Hände und schließlich ihrem Sohn in die Augen.

„Wenn du dir wirklich sicher bist", meinte sie und schaute etwas traurig drein.

Kirian nickte.

„Das bin ich", sagte er stolz und lächelte Kayla an. Diese lächelte zurück und schmiegte sich enger an ihn.

Seine Mutter nickte und ging an ihnen vorbei zur Tür. Sein Vater folgte, stoppte aber auch erst bei ihnen.

„Du hast dich richtig entschieden", meinte er und nickte ihr zu, bevor er seiner Frau folgte.

„Endlich!", stöhnte Kim und ließ sich auf das erst beste Sofa fallen.

„Sei du bloß still! Ich bin immer noch sauer auf dich", klärte Kayla die Situation zwischen ihnen.

„Von mir aus, so lange ihr beiden wieder zusammen seid und diese trübe Dunstwolke von Traurigkeit verschwunden ist, ist mir alles Recht", meinte sie gelassen und legte sich einen Arm über die Augen.

Kirian neben ihr, kicherte, dann nahm er zwei Gläser vom Tisch, reichte ihr eins und zwinkerte ihr verschwörerisch zu. Sie wusste genau, was er vorhatte.

Elian wich misstrauisch zurück, als Kirian sich ihm näherte.

„Was hast du mit dem Glas vor?", verlangte er zu wissen.

„Das wirst du schon sehen", meinte er, rannte seinem Bruder hinterher und kippte ihm das Glas über dem Kopf aus.

Kim nahm genau dann den Arm von ihrem Gesicht, als auch Kayla ihr das Glas über dem Kopf ausleerte.

„Hey!", schrie sie und sprang auf, wie von der Tarantel gestochen.

Auch Elian tat seinem Unmut über die nasse Überraschung kund.

„Rache muss sein", sagten Kirian uns sie im Chor und lachten herzlich.

Elian und Kim sahen sich verständnislos und vor allem triefend an, lachten dann aber doch mit.

Epilog

Sie räumten gerade den letzten Schrank in ihr Zimmer. Nach ihrer rechtmäßigen Verlobung war Nicole sehr schnell wieder ausgezogen.

Doch jetzt mussten sie ihr Zimmer wieder so einrichten wie vorher. Na ja, fast.

Nach einem kleinen Streit, wo sie ab sofort zusammen leben wollten, hatten sie sich doch für Kirians Haus entschieden.

Doch Kayla hatte auch einen kleinen Sieg errungen, denn sie brachten ihr Zimmer aus ihrer Wohnung in sein Haus. Damit waren alle glücklich.

„Das war´s", streckte sie sich glücklich und besah sich das Ergebnis. Es sah gut aus.

„Endlich", beschwerte sich Kirian und hielt sich den Rücken. Kayla lachte, kam auf ihn zu und zog seinen Kopf zu sich hinunter.

„Ich mag deine Krawatten", stellte sie fest, als sie diese wieder los ließ.

Er lachte.

„Und mich nicht?"

„Nein, überhaupt nicht", meinte sie lässig über die Schulter und ging aus dem Raum.

„He!", beschwerte er sich.

„War doch nur ein Scherz", zog sie ihn auf und wuschelte ihm durchs Haar.

Dieses war weich und seidig, wie immer. Sie liebte es ihm durchs Haar zu wuscheln.

„Ich hab da noch etwas für dich", meinte er ganz unvermittelt, nahm sie an der Hand und zog sie zum Flur.

„Ich finde, es macht sich hier ganz gut."

Sie warf ein Blick auf das Bild und lächelte.

Es war das Bild, das ihre Liebe darstellte. Das dunkle Bild mit dem hellen Blitz hindurch. Denn so hatte die Liebe sie getroffen. Wie ein Blitz.

Kirian legte von hinten die Arme um sie und zog sie an sich.

„Außerdem hat der Arzt deiner Eltern angerufen. Ende nächsten Monats werden sie entlassen. Vollständig geheilt."

Ihr Herz machte einen freudigen Satz. Sie hatten es geschafft. Endlich.

Jetzt würde alles gut gehen.

Nächste Woche waren die Abschlussprüfungen, danach wollte sie Kunst studieren, hatte sie sich entschieden und vielleicht Kunstlehrerin werden.

Ihre Eltern würden in ihrem alten Haus wohnen. Frisch renoviert und einzugsbereit.

Und sie würde hier bei Kirian sein.

Dieser roch gerade an ihrem Haar.

„Ich liebe deinen Geruch", meinte er unvermittelt und ihr fiel die Szenerie in der Kirche wieder ein.

„Ich weiß nicht, ob das ein Kompliment war, oder nicht", wiederholte sie seine Worte von damals.

Er kicherte und schien ihren kleinen Scherz auch verstanden zu haben.

„Wozu tendierst du denn?", fragte er und drehte sie zu sich um.

„Ersteres, wenn du weißt, was gut für dich ist", lachte sie an seinen Lippen.

Er knurrte und küsste sie.

Es war ein herrlicher Moment, der allerdings von ihrem Laptop unterbrochen wurde, der den Eingang einer neuen Mail ankündigte.

„Sorry, aber ich warte auf etwas", murmelte sie und löste sich von ihm.

Er verzog mürrisch den Mund, ließ sie aber gehen.

Kirian setzte sich neben ihrem Computer auf einen Stuhl und sah ihr beim Lesen zu.

Ihre Miene war erst neutral, aber dann weiteten sich ihre Augen bei jedem weiteren Satz etwas mehr, bis sie praktisch auf den Bildschirm stierte.

„Das darf doch nicht wahr sein!", flüsterte sie, kurz bevor sie einen Freudenschrei ausstieß, ihn von seinem Stuhl riss und mit ihm durch die Wohnung tanzte.

Lachend kamen sie nach einer Weile wieder zum Stehen.

„Was ist denn los?"

Sie lachte und fiel ihm um den Hals.

„Der Direktor eines der berühmtesten Kunstmuseen dieser Stadt hat einige meiner Bilder gesehen", erklärte sie.

„Er will, dass ich eine Ausstellung bei ihm mache!"

Erst verstand er nicht, was sie meinte, aber dann wurde ihm alles klar und er schloss sie lachend in die Arme.

„Ich glaube, du brauchst nicht mehr zu studieren, du wirst bald schon eine berühmte Künstlerin sein!", schwärmte er, hob sie hoch und wirbelte sie durch die Luft.

„Quatschkopf", lachte sie und küsste ihn erneut.

Das Leben war wunderbar.

Zeitfracht Medien GmbH
Ferdinand-Jühlke-Straße 7
99095 Erfurt, Deutschland
produktsicherheit@kolibri360.de